见识城邦

更新知识地图　拓展认知边界

萨伏依公国
都灵
阿斯蒂
蒙费拉托侯国
米兰
伦巴第
米兰公国
热那亚
热那亚共和国
威尼斯共和国
帕多瓦
威尼斯
曼托瓦
费拉拉公国
费拉拉
博洛尼亚
罗马涅
佛罗伦萨
佛罗伦萨共和国
托斯卡纳
乌尔比诺
马尔凯
锡耶纳
锡耶纳共和国
翁布里亚
科西嘉
教皇领地
亚得里亚海
罗马
撒丁岛（王国）
坎帕尼亚
那波利
巴里
布林迪西
那波利王国
塔兰托
第勒尼安海
卡拉布里亚
巴勒莫
西西里（王国）
0
100
200
300km
N

15 世纪末的意大利

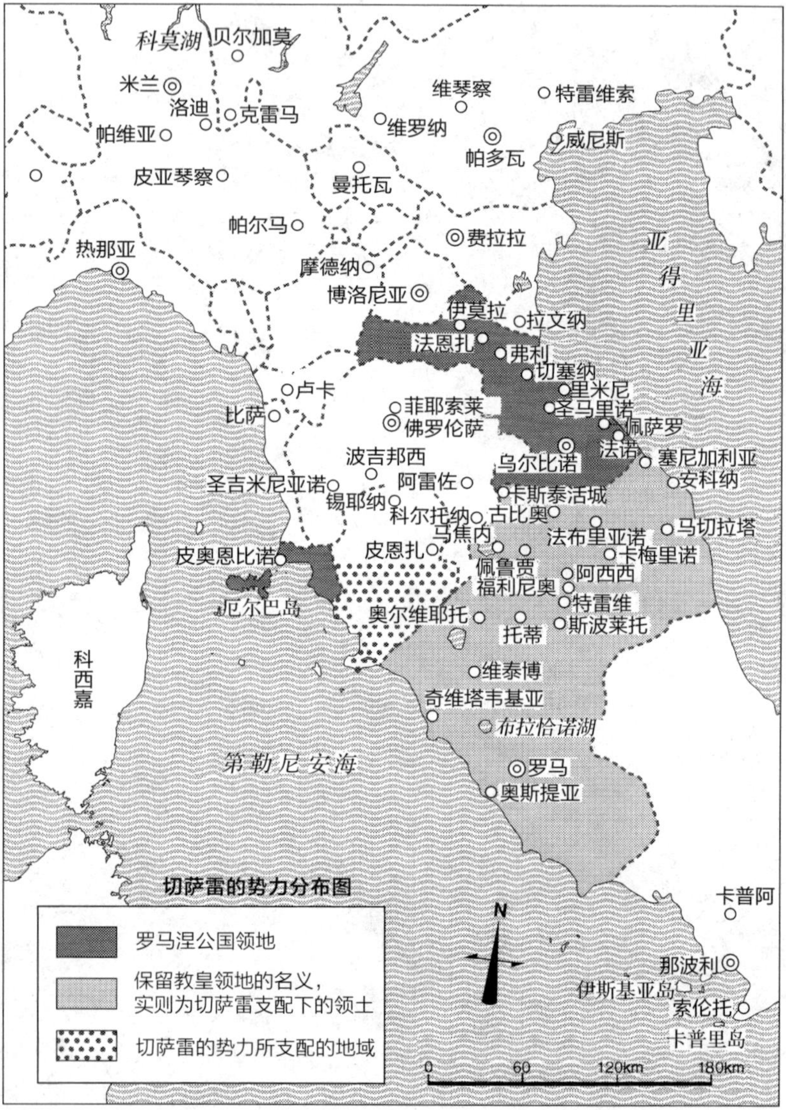
科莫湖
贝尔加莫
米兰
洛迪
克雷马
帕维亚
皮亚琴察
维琴察
特雷维索
维罗纳
帕多瓦
威尼斯
曼托瓦
帕尔马
费拉拉
热那亚
摩德纳
博洛尼亚
伊莫拉
拉文纳
法恩扎
弗利
切塞纳
里米尼
圣马里诺
佩萨罗
卢卡
比萨
菲耶索莱
佛罗伦萨
法诺
乌尔比诺
塞尼加利亚
安科纳
波吉邦西
阿雷佐
圣吉米尼亚诺
锡耶纳
卡斯泰活城
科尔托纳
古比奥
马焦内
法布里亚诺
马切拉塔
皮恩扎
皮奥恩比诺
佩鲁贾
卡梅里诺
阿西西
福利尼奥
特雷维
厄尔巴岛
奥尔维耶托
托蒂
斯波莱托
科西嘉
维泰博
奇维塔韦基亚
布拉恰诺湖
第勒尼安海
罗马
奥斯提亚
亚得里亚海
卡普阿
那波利
伊斯基亚岛
索伦托
卡普里岛
罗马涅公国领地
保留教皇领地的名义，
实则为切萨雷支配下的领土
切萨雷的势力所支配的地域
N
0
60
120km
180km
切萨雷的势力分布图

切萨雷 · 波吉亚
同时代作家保罗 · 乔维奥的《伟人传》插图

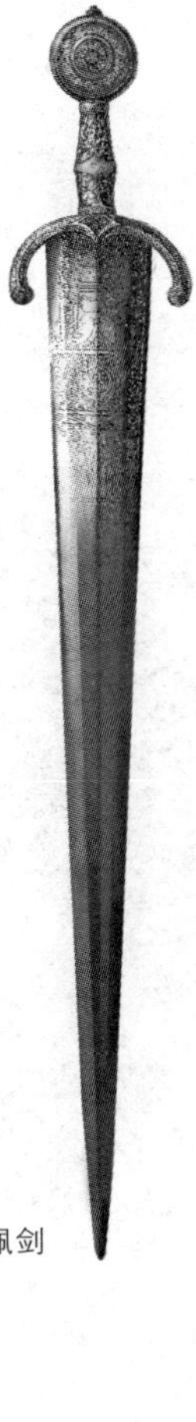

切萨雷 · 波吉亚的佩剑

波吉亚家的主要人物

切萨雷·波吉亚（1475—1507

母亲瓦诺莎·卡塔内

父亲罗德里格（1431—1503）
教皇亚历山大六世

弟弟胡安（1476—1497）
二代甘迪亚公爵

弟弟杰弗里（1481—1516）

妹妹卢克雷齐娅（1480—1519）

波吉亚家的关系图（主要人物）

圣职人员不被允许结婚，因此教皇的子女全部被视为庶出

嫡子
庶子
婚姻关系

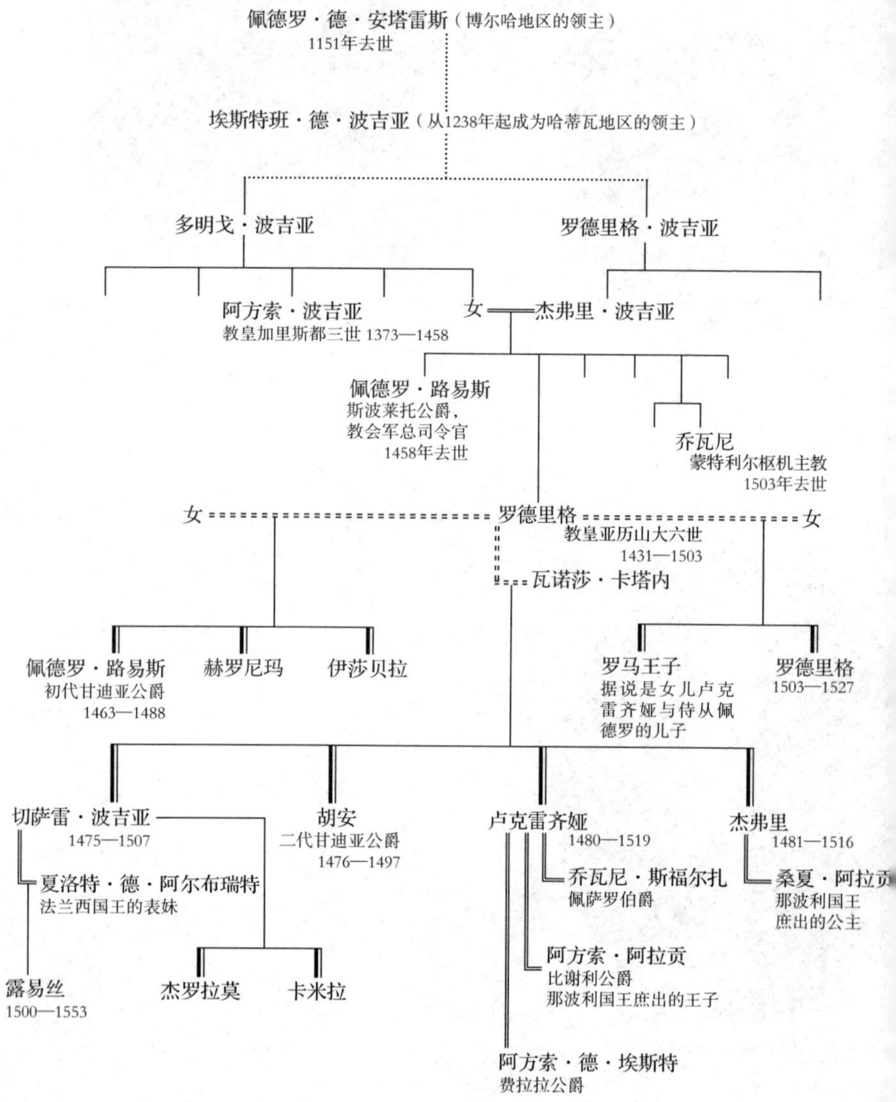

文艺复兴的故事

005

チェーザレ・ボルジア
あるいは優雅なる冷酷

优雅的冷酷

——切萨雷·波吉亚的一生

[日] 盐野七生 著
赵文莞 译

中信出版集团

图书在版编目（CIP）数据

优雅的冷酷：切萨雷·波吉亚的一生 /（日）盐野七生著；赵文莞译. -- 北京：中信出版社，2017.1（2021.9 重印）
ISBN 978-7-5086-6847-5

Ⅰ. ①优… Ⅱ. ①盐… ②赵… Ⅲ. ①历史小说－日本－现代 Ⅳ. ①I313.45

中国版本图书馆 CIP 数据核字 (2016) 第 250358 号

优雅的冷酷：切萨雷·波吉亚的一生

著　　者：[日] 盐野七生
译　　者：赵文莞
出版发行：中信出版集团股份有限公司
（北京市朝阳区惠新东街甲 4 号富盛大厦 2 座　邮编　100029）
承 印 者：山东韵杰文化科技有限公司

开　　本：880mm × 1230mm　1/32　　印　　张：10.75　　字　　数：200 千字
版　　次：2017 年 1 月第 1 版　　印　　次：2021 年 9 月第 6 次印刷
京权图字：01-2015-4246
书　　号：ISBN 978–7–5086–6847–5
定　　价：48.00 元

服务热线：400-600-8099
投稿邮箱：author@citicpub.com

致读者

——值此“新人新作三部曲”以文库本形式再度面世之际

当年的我正全身心投入享受在意大利的生活，丝毫未曾想过自己要成为一名作家。但在偶然结识的友人建议下，于29至30岁期间经过学习研究，执笔写下了自己最初的文字——《文艺复兴的女人们》[1]，其最初刊载于《中央公论》杂志，大致在其后的第二年被整理成书出版面世。

第二部作品《优雅的冷酷》[2]下笔时间紧随其后，未经过杂志刊载，直接单独成册。即在写完《女人们》后，我便着手撰写了《冷酷》一书，但这本书最终面世于书店，已是我32岁时候的事情了。

再次转过年后，我早早地就开始动笔撰写自己的第三部作品——《神的代理人》，这部作品与《女人们》相同，先刊载于杂

1　在下文中，作者将此书一律简称为《女人们》。——译者注

2　在下文中，作者将此书一律简称为《冷酷》。——译者注

志，后于我 35 岁之时单独成册出版。也就是说，这三部作品是我在二十几岁的末尾到三十五岁之间所写下的作品。

而时隔多年再次品读，在我这个写下了这些文字的作者本人来看，用一句话来概括感想的话，只能是“不尽如人意”几个字。这三部作品过于鲜明地体现出的“新人新作”的特征，让我倍感不妥，其中令我最为在意的缺点是我在文中经常流露出的过于片面地强调自我主张。但世间万物皆有正负两面，换个角度来想，我的这种写作手法也有可取之处，当年充斥于我内心的想法皆是借由这样的写作才得以一举迸发而出。

从以前开始，我就不是世人所认为的那种“好孩子”，而随着经历青春期成长进入青年人的行列后，更是对当时充斥在日本社会中的那种温暾氛围越发厌恶。我认为社会宣扬的所谓与人为善、其乐融融什么的都是一派胡言，也非常讨厌当时一心相信这种气氛能够推进社会发展的所谓日本精英们。而当这样的我与西欧尤其是古代西欧历史相“对决”之时，心中所想便一气倾泻而出。

写作中的我仿佛就是亟待喷发而出的岩浆，不管笔下所写的是女性、青年才俊抑或是成熟男性，无论对象如何变换，在我心中所迫切想要展示给日本人看的都是同一个念头，“当个老实人是没法子活下去的”“在古代欧洲曾有如此顽强不屈的人存在过”。

虽已无法忆起书名，但年幼时曾拜读过一部作品，安德烈·纪德在其中写过如下的话：

“人们从山脚下即可望见名为托尔斯泰[1]的山峰，但只有登上了这座名为托尔斯泰的山峰，方能看到其对面还矗立着一座名为陀思妥耶夫斯基[2]的山峰。”

而无论是《女人们》《冷酷》抑或《神的代理人》，都是我可以从山脚处看到的山峰，三本书的故事舞台普遍集中于罗马和意大利。我当时居住于此地，闭上眼都能明了笔下的每个事件所发生的场景，故而才选择了这些内容下笔。

而当我攀上了山峰，随即映入眼帘的便是高耸在前方的威尼斯与佛罗伦萨，继续向上攀登的成果，便是《海都物语》与《我的朋友马基雅维利》两部作品的出版。随后，立于山顶的我所看到的，

---

1 列夫·尼古拉耶维奇·托尔斯泰（1828—1910），19 世纪中期俄国批判现实主义作家、文学家、思想家和哲学家。代表作有《战争与和平》、《安娜·卡列尼娜》等。——译者注

2 费奥多尔·米哈伊洛维奇·陀思妥耶夫斯基（1821—1881）是 19 世纪群星灿烂的俄国文坛上一颗耀眼的明星，与列夫·托尔斯泰、屠格涅夫等人齐名，是俄国文学的卓越代表，是俄国文学史上最复杂、最矛盾的作家之一。如有人所说，“托尔斯泰代表了俄罗斯文学的广度，陀思妥耶夫斯基则代表了俄罗斯文学的深度”。代表作有《罪与罚》、《被侮辱与被损害的》等。——译者注

是一条通往远方的名为古罗马的绵长山脉。经过十五年的翻山越岭，我恍然发现自己所写的内容完全没有涉及那漫长的被夹在文艺复兴与古罗马之间的中世纪。自然而然地，我随即转而去攀登最能代表这漫漫千年中世纪的三座山峰。

第一座山峰，是一本名为《罗马灭亡之后的地中海世界》的作品，以地中海为舞台，讲述了千年之间围绕着海盗与海军所展开的故事。在罗马帝国支配下的和平崩溃后，地中海地区便成为从北非袭来的海盗与为了防御而组建海军迎头对抗的欧洲南部之间激烈战斗的舞台。

第二座山峰，虽然同样也是伊斯兰教徒与基督教徒间的激战，却是围绕着从欧洲北部进攻到中东的基督教徒及与之迎战的伊斯兰教徒间发生的十字军故事。

第三座山峰，是我现在正在筹备的作品，因为书名还未确定，无法在此详细讲述。但在我心中，这三部作品加上已经出版的《海都物语》共四部作品，将使我构想的“登顶”漫长中世纪主峰成为可能。

这样一路走来，我那从“新人新作三部曲”开始的作家事业，在一次次攀登展现在眼前的高峰后不断前进，也就是说，“三部曲”

成为我作为历史作家的起点。

坦白来说，年轻时候的作品难以避免不尽如人意之处，但我没有对此进行修改，因为我更想要原样保留下年轻时候的气势，毕竟源于青涩的不成熟也是有其美好之处的。

我始终深信细节之中得见神迹，故而至今为止一直拒绝写作“一册读懂世界史”、“西洋史手册”之类的作品。要讲述历史这一复杂的人类世界，若是只图省事妄想简短总结，只会离事实越来越远。而在我看来其中最为重要的一个原因是，只做寥寥数语一言概括，就是对曾经拼命生存的前人们的最大不敬。

但也正因如此，我总是致力于写全所有细节，最终导致了每一册作品都比较厚重。对于购买并阅读我的作品的读者们，虽然我一直觉得很抱歉，但还是希望大家能够体谅并理解我的“细节之中得见神迹”这一想法。而最后可能还需致歉的一点就是，我的这种作风恐怕是到死都不会改变了。

再启

但凡作者都会有所谓的“青春的一册”。作品的主人公是年轻人，而作者写作时也尚且年轻，读者通常也正值大好青春，《优雅的冷酷》便是这样一部作品。

即使是过了近半个世纪的现在，我还清晰地记得当日截稿的情景。写完原稿上的最后一行文字才豁然发现天已破晓的我，打开窗户沐浴着微弱的晨光，深深地吸入了清晨清冷而新鲜的空气。那是7月7日的清晨，我恰在那一天迎来了自己31岁的生日，伴随着完成写作的满足感，我郑重地向自己宣告“你已于今日成人”。

话至此处，已无须多言，作品自会说明一切。而曾断然忘却自己的女性身份，全情投入于描绘与自己年龄相仿的男性的这段经历，于我而言是毕生难忘的体验。

2012年春，在阔别已久的祖国日本。

盐野七生

目　录

在我来看，比起思虑周全，迅猛果断更为可取。究其原因，是在于命运之神是位女神，要想将其据为己有，就只有打倒她，冲撞她。

比起冷静处事的人，命运更愿将胜利赐予这样的人们。

也就是说，命运犹如女子一般是年轻人的朋友。正是因为年轻人不会瞻前顾后，而总是极其迅猛大胆地将她征服。

——尼可罗·马基雅维利，《君主论》——

引子

在罗马的一位贵族家中，珍藏着这样一把宝剑。

这把剑，因其做工极其精美，几个世纪以来一直被誉为“剑之女王”。剑身上的金银饰物制作精湛，被鉴定是出自有名的细金工艺大师埃尔克雷·德·费德里之手。而饰物的样式设计，有人主张说是出自米开朗琪罗，也有人主张是出自拉斐尔，然而，从这把剑的制作时期来推断，一般认为是平图里乔的作品。

根据这把剑上的装饰判断，其用途并非为了斩人饮血，更像是为了在仪式中佩带，抑或单纯只是为了让定制者时不时拿在手中把玩。

这便是切萨雷·波吉亚的宝剑。

在基督教世界中，他的身份是教皇的儿子——这在基督教义中被视为异端，但与此同时，他却对当时代表俗世间最高权威的教廷不屑一顾，将罗马教会彻彻底底踩作了垫脚石，为了自己建立王国一统意大利的野心，自愿脱下曾一度披上的枢机主教红衣，并在同时舍弃了终身的安定与荣誉，而这正是之后五百年间，史学界一直斥他为文艺复兴时代的梅菲斯托菲勒斯[1]的理由。

然而对他持有这种观点的，并不只有史学界，在维克多·雨果的戏剧《卢克雷齐娅·波吉亚》，及多尼采蒂的同名歌剧中，我们了解到文学与音乐领域也是这般看待他的，甚至还有名为《波吉亚家的毒药》的电影被制作上映。

然而，梅菲斯托菲勒斯的魅力是不灭的。

就连伯特兰·罗素也曾说："遗憾的是，比起善良的人，我们从恶人身上能够学到更多的东西。"

而切萨雷，在其生前却从来没为自己做过任何的辩解。他是一个极少述说自己的男人，唯有作为有效策略的时候，才会对自己的恶行稍作解释。

切萨雷唾弃解释自己这种示弱行为，唯一一次将自己尚不成熟的野心借助历史典故示于人前的，便是这把宝剑。

略粗的银质剑柄上镀有一层金箔，雕金工艺与镶嵌其上的各色

1 梅菲斯托菲勒斯（Mephistopheles），又译作梅菲斯特、梅菲斯、墨菲斯托，它的来源可能有两种，一是来源于古希伯来文，原意为"破坏者""骗子""恨恶光者"，一是源于希腊文，意为"不爱光的人""不爱浮士德的人"。在 19 世纪歌德的歌剧作品《浮士德》（*Faust*，1832）中有提到梅菲斯托菲勒斯作为恶魔与魔术师之间的契约者，是引诱人类堕落的恶魔，自称为地狱之王路西法效忠。——译者注

宝石，为它的美丽赋予了生命。剑柄顶端的剑首处理成了一个精致的镂空圆形金饰，在其中央有一颗小小的星星，那也许是一颗代表他自身的恒星。在剑柄与剑身之间，有两片各向左右弯曲的新月形护手，其正中镶嵌有一枚三角形碧绿色宝石，其上雕刻着代表他们波吉亚家族纹章的一头红色公牛，护手上还用银字刻有这样一句话：

“CES.BORG.CAR.VALENT”

（瓦伦西亚枢机主教切萨雷·波吉亚）

据此铭文我们可以得知，这把剑是在他担任枢机主教时期，也就是在他 18 岁到 22 岁期间制作完成的。

靠近护手一侧大约三分之一的剑身镀有金箔，宽阔的剑身正反两面均被一分为二，分别相应地雕有四幅具有象征意义的图案，而这些图案与拉丁文字，也许就是根据切萨雷自己的希望所特别定制的。

正面的第一幅，描画着在布置好的祭坛上按照仪式被神化了的公牛，下面刻有“D.O.M.HOSTIA”（神是最崇高伟大的，在此献上牺牲[1]）。捧着献祭供品的纯洁少女们半裸身体，在公牛四周跳着华美的舞蹈，周围还刻有如下文字：

1　牺牲：这里指古代祭祀或祭拜用品，供祭祀用的纯色全体牲畜，供盟誓、宴享用的牲畜均被称为牺牲。——译者注

“CUM NUMINE CAESARIS OMEN”

这句话的意思大概可以被解释为，与通往恺撒伟大力量的前兆同在。切萨雷这个名字，其实就是拉丁语中的恺撒一词在意大利语中的读音，而根据剑身上体现出他与古罗马将军尤利乌斯·恺撒在名字上的共同之处，我们也许可以猜测在某种程度上，他希望自己能成为恺撒大帝的后继者。

而第二幅图案进一步佐证了我们的猜测，那上面雕刻着卢比孔河的渡口。

“IACTA EST ALEA”（骰子已经掷出了），其上还刻着尤利乌斯·恺撒留名青史的这句话。从以上两幅图案中，能看到他坚信力量必将带来胜利。

翻转剑身，我们能看到与正面图案中宣扬的力量获得胜利所不同，背面的这两幅强调的是，对在高度调和中所获得的生命之赞美。首先是其中的第一幅，描绘的是恺撒的凯旋。在随风飘扬的军旗中，在为凯旋送上祝福的诸神中，加入了“FIDES”（信赖）。并且在下方刻有这样的文字：

“FIDES PRAEVALET ARMIS”

即，信赖远胜过武器。

最后的一幅图案，是由虎头海雕展翅环抱着的，安置于崩塌的圆柱之上的地球，圆柱下方有鹿横卧，因渐渐恢复和平的四周而欣喜，为表祝贺而翩翩起舞延展至图案的结束。

但是，只有着短短三十一年人生的切萨雷，还未走完正面第二幅图案便不幸去世了。那么接续其后，雕刻在剑身背面的那份高度调和中所获得的对生命的赞美，自然也就在与他无缘的情况下结束了。

第一部分

红衣（1492—1498）

0
100km
N
萨伏依公国
都灵
米兰
阿斯蒂
伦巴第
蒙费拉托
侯国
米兰公国
威尼斯共和国
帕多瓦
曼托瓦
威尼斯
热那亚
费拉拉公国
费拉拉
热那亚共和国
博洛尼亚
罗
马
涅
佛罗伦萨
佛罗伦萨
共和国
托斯卡纳
乌尔比诺
锡耶纳
马尔凯
锡耶纳
共和国
科
西
嘉
翁布里亚
亚得里亚海
教皇领地
罗马
撒
丁
岛
坎帕尼亚
那波利
布
林
迪
西
巴里
那波利王国
塔兰托
第勒尼安海
卡拉布里亚
巴勒莫
墨西拿
西西里
叙拉古

15 世纪末的意大利

第一章

正值夏日的傍晚，高塔在广场上投下了修长的黑色阴影。锡耶纳城的田园广场由十一条小路汇集而成，有如一条条河川最终汇聚成的湖泊。晚风穿过石板路，朝着广场中心吹来，为这个扇形的广场渐渐带来了一丝凉爽的气息。工匠与商人们也正是在这个时候结束了一天的工作，为了晚饭前的片刻小憩，从各条小路上三三两两地聚集而来。

但是，广场上还有着尚未结束一天活动的人——几个年轻人还在跑着马。五天后的 8 月 16 日，将要召开由锡耶纳市主办的派力奥赛马节比赛。为了这比赛，这一天的广场从午后便一直回响着响亮的马蹄声。而且，最近两三天骑手们陆陆续续从意大利各处到达了此地，不只田园广场周围，就连锡耶纳全城都热闹兴奋了不少。在锡耶纳城，派力奥赛马节是一项历史悠久、年年例行不落的节日。

当然，对于意大利的君主和有名的贵族子弟们来说，这正是炫耀不惜花重金买来的骏马，以及测试自身马术的绝好机会。

“潘普洛纳！”

在练习终于快要结束的时候，人群中一人策马而出，围着广场快马飞驰，高呼着向年轻人奔去。打招呼的是佛罗伦萨大富豪普契家的次男，他呼唤的是终于放慢黑马脚步的年轻人，切萨雷·波吉亚。因为切萨雷担任着西班牙潘普洛纳地区的主教，在他求学的比萨大学同窗中，他便有潘普洛纳这个别名。

“已经差不多可以了吧，肚子都饿了。”

普契似是对这位爱马的朋友非常无奈，调侃着说道。切萨雷则以微笑回应，与他并排着策马同行。只身着浅灰色紧身裤和白色衬衫的切萨雷，晶莹的汗水从脖颈一直流到了胸前。年轻的两人边嬉笑着边往回走，突然，切萨雷提起“怎么没有看到美第奇家的马啊”，他口中的这位乔凡尼·德·美第奇也正是他们的同窗。伟大的洛伦佐家的次男所拥有的马，明明与自己的爱马一并被誉为优胜候补，今天却没有出现在广场上。

“那家伙可是枢机主教，现在一定在罗马呢。不过就算人在这里，那家伙也肯定是不会自己来骑马的。”

“他是胖子嘛。”

年轻的两人无所顾忌地玩笑着，不知不觉间已来到了广场尽头，普契说着“明天见”便离去了。

剩下独自一人的切萨雷，思绪一下子回到了罗马这个词上。乔凡尼是为参加推选教皇的枢机主教会议才去的罗马。前任教皇英诺森八世于十一天前逝世，至今尚未选出新任教皇。而想到罗马，便想到了当枢机主教的父亲罗德里格·波吉亚。

出了广场，骑着马正要进入银行上街的切萨雷，与要赶着进入广场的侍从碰上了，连同朋友米凯雷也在。侍从非常激动地交给他一封书信，说道：“主人，这是您在罗马的父亲大人的来信，快马加鞭刚刚送到的。”切萨雷顾不上下马便立刻打开了父亲的来信，首先映入眼帘的便是父亲熟悉且粗重有力的字迹，“致我亲爱的儿子，主教切萨雷阁下”，他从这行开始一口气读完了这封内容简洁的信。

“米凯罗特！”翻身下马的切萨雷对身旁的米凯雷·达·克雷利亚用的是惯常的爱称。和有着西班牙血统的切萨雷一样，同为西班牙人的米凯雷与他是从小一起长大的伙伴，现在也同为比萨大学的同窗，两人的关系既是主仆也是朋友，更有着胜似兄弟的深厚感情。切萨雷说，信上写的是作为枢机主教的父亲在今早被正式选为教皇，所以自己必须听从父亲的命令尽快赶到罗马。之后他轻咳一声接着说："可惜不能再参加赛马了，苏丹是匹好马，我本来有绝对的自信能够获胜呢。所以米凯罗特，你骑苏丹去比赛吧。苏丹虽然不好驾驭，但你一定没问题。不过要注意，虽然围着广场跑十圈才是终点，但到第二圈为止一定要跑到最前面。那匹马有些高傲，不喜欢跟在别人后面跑，要是被其他马匹包围，就会生气地朝右边跑。"

切萨雷又接着提了好几点需要注意的事情给友人，且都是与马相关的，而他的朋友只是边微笑边默默地听着。

回到住处，满身汗水的切萨雷也没有休息，只披了外衣斗篷便又上了马。没听侍从夜路危险还是明早出发的劝谏，只是交代侍从明天跟上即可后，就奔出了锡耶纳的城门。

即使经过托斯卡纳的丘陵地区，他也没有停下，继续快马加鞭地赶路。直到几年之后，他才终于了悟这种能将自己燃烧殆尽的热情是因何而起，并为其找到了命定的方向。虽然此时心中尚不清楚这种感情的本质，但却明白它是因父亲即位教皇一事而生。而直到他了悟这种能将自己燃烧殆尽的热情缘由，并找到命定的方向，还是在几年之后。

黄昏时分，四周的景色犹如铺满黄金一般，闪烁着柔和的光芒，而切萨雷，正在这光芒中御马疾行。从锡耶纳到比萨，大约100公里的路程，骑快马不到五小时距离。当注意到丘陵对面林立的高塔就是圣吉米尼亚诺时，切萨雷突然感到了强烈的饥饿感。路程刚走了三分之一，夜幕已开始降临。笑着自己这突然而来的饥饿，他并未进入城镇，而是推开了路边小酒馆的门，那里平时以田间工作归来的农夫平民们为主要客源。

那是1492年夏天，切萨雷·波吉亚17岁生日前一个月的事情。五天后，在去往罗马的路上，他接到了米凯罗特驾驭的苏丹在锡耶纳的赛马比赛中获胜的消息。

第二章

3月微风和煦，在特韦雷河[1]的河水都已渐暖的罗马，蔚蓝的天空也变得更加深邃。关于到达罗马后的切萨雷，我们能获得的最早史料就是在第二年，即1493年的这个春天。史料是摩德纳主教，即

1　特韦雷河（Fiume Tevere）：英文通常音译为台伯河（Tiber River），是仅次于波河和阿迪杰河的意大利第三长河，源出亚平宁山脉富默奥洛山（Fumaiolo）西坡，向南穿过一系列山峡和宽谷，流经罗马后，于奥斯提亚（Ostia）附近注入地中海的第勒尼安海，全长405公里。——译者注

费拉拉公派遣的驻梵蒂冈大使乔凡尼·薄伽丘，与费拉拉公爵埃尔科莱·德·埃斯特之间往来的书信。

这天，薄伽丘骑马穿过特韦雷河上的桥，向着教皇宫殿方向走去，但却并不是为了觐见教皇，他要去的是位于教皇宫殿与圣安杰洛城堡正中间的司铎殿[1]，切萨雷就住在那里。去年8月末，切萨雷被继任教皇的父亲任命为瓦伦西亚大主教，自那以来意大利乃至全欧洲的大使及贵族们便络绎不绝地前来拜访。切萨雷不但是时下“神的代理人”（教皇）的儿子，且身负瓦伦西亚大主教之职，是西班牙裔高层神职人员中的一员，费拉拉大使薄伽丘也无法继续无视这位有势力的新人了。

但是，那一天的薄伽丘并没能与这位教皇的儿子会面。当他进入接待室时，即被管家告知今日的会见已结束，主人在准备外出了。从接待室往里面的房间望去，那里的几位客人也正在纷纷道别。薄伽丘不得不回去等待下次见面的机会。

---

1 司铎殿（Palazzo dei Penitenzieri），原称德拉罗韦雷宫（Palazzo Della Rovere），1480年由罗韦雷家族中的红衣主教多梅尼科·德拉·罗韦雷（Domenico della Rovere）兴建。1492年亚历山大六世贿选即位，欲阴谋杀害反对他的朱利亚诺·德拉·罗韦雷（Giuliano della Rovere），后德拉罗韦雷宫归于亚历山大六世，改名司铎殿，因切萨雷的母亲瓦诺莎·卡塔内（Vannozza dei Cattanei）在成为亚历山大六世的情妇生下切萨雷之前，曾是朱利亚诺·德拉·罗韦雷的情妇，推测改名约是出于此由。——译者注

正在准备走出玄关的时候，他遇见了迎面走来的切萨雷。薄伽丘甚至没能马上认出来。他所熟悉的切萨雷，是在正式场合身着朴素主教服的人，而那天的切萨雷却穿着俗世的服装。天蓝色紧身裤和天蓝色短上衣，从袖口处露出了白色花式衬衫，一袭紫色短斗篷，优雅包裹着17岁的切萨雷那富有活力的躯体。

走近跪地等待的薄伽丘，切萨雷对这位意大利强国之一费拉拉公国的大使尚有印象，对这位大主教边伸出手边说道："我正要去打猎。"

于是两人并肩走下了玄关的石阶，切萨雷的马夫早已牵着马嚼子在那里恭候多时，年轻的瓦伦西亚大主教单手扶着马鞍就翻身上了马，随后示意薄伽丘也上马，途中可与他同行。

大主教与同为主教的薄伽丘大使边谈笑边朝特韦雷河的方向行去，清爽的微风从并排骑马走着的两人身旁吹过。在他们身后，当天同去狩猎的年轻人们，有说有笑地跟着，比切萨雷小一岁的弟弟甘迪亚公爵胡安也在其中。

大使薄伽丘把以上这些与切萨雷相处的事情，如实写给了主人埃尔科莱公爵，随后写道"通过瓦伦西亚大主教的言谈举止，能明显看出他是继承了君王血脉的人，最重要的是他的生长环境与所接受的教育，更使他成为真正具有贵族精神的人物”。信的结尾处又写道：“但是，他给人留下的印象，与神职者比却又相去甚远。”

就如薄伽丘所记录的那样，切萨雷在罗马的生活，与其说是神职者，不如说更接近于文艺复兴时期的君主。托父亲即位教皇的福，成为瓦伦西亚大主教的切萨雷，光年收入就增加到了16000达克特[1]。想过怎样的生活，全凭他的意愿。

那时候的切萨雷，将全部精力倾注到了宗教以外的事情上。

首先是身体的锻炼。切萨雷把大主教必须履行的教会仪式义务缩减在最小范围，但对跑步、摔跤甚至是各种武艺，却犹如不知厌倦一般。对于那时肆意挥洒汗水，被同辈的年轻人所包围，有着明朗、年轻笑容的切萨雷，年代记作者卡塔内在记录中如此评价：“荷马式大笑[2]一般的人。”

其次，他的兴趣是打猎。虽然打猎也是能够锻炼身体的方法之一，但与之相比，他对打猎本身的关注则更接近疯狂。出色的马、威武的猎鹰、优秀的猎犬，每当看到这些的时候，切萨雷灰色的眼眸更是闪烁出光芒。马要从当时有名的优良马匹产地曼托瓦选取，

1　达克特：当时欧洲通用的货币。——译者注
2　荷马式大笑：源出《荷马史诗》中所写的诸神豪放爽朗的大笑。——译者注

而为了寻求猎犬，甚至把自己的家仆派去德国。切萨雷常常兴奋地对当教皇的父亲叙说自己所拥有的宝马良驹，教皇亚历山大六世则颤抖着肥硕的身体边听边笑。

罗马近郊凡是能称为原野的地方，没有一处能逃过切萨雷的马蹄。瞄向被猎犬逐出的猎物，他那从飞奔的马背上射出的箭，精准地命中逃窜的目标。惊恐的动物也都屈服于猎鹰那王者似的威猛之下。切萨雷骨子里带着绝不甘人后的本性，就算是狩猎，他也从没有输给过同行的任何一个人。日日过着这种太阳下的生活，就连冬季皮肤也晒成古铜色的切萨雷，被前面提到的薄伽丘评价为“giocondo”（享乐主义）。

另一项他极为热衷的爱好就是对周身穿戴的研究。他非常用心地挑选衣服、武器和宝石，总是率先追求当时的流行，并拿来作为参考，还会自己花心思来创新。

那时候，使罗马更添异教色彩的是土耳其王子杰姆的存在。这位年轻的土耳其王子，是1453年率军攻占君士坦丁堡、灭拜占庭帝国（东罗马帝国）的穆罕默德二世的儿子，父亲死后因继承权争斗输给了哥哥巴耶塞特，从君士坦丁堡逃到虽然距离最近但已变成基督教国度的罗德岛。罗德岛的掌权者是由十字军衍变成的圣约翰骑士团，最初他们大喜过望，想不到这种重要人物竟然会自投罗网。但随后发生了更让他们吃惊的事情，新苏丹巴耶塞特为了让对方留下弟弟杰姆，答应每年支付 4 万达克特。条件则是由接管方将弟弟杰姆保护起来，且让他有生之年不得回到土耳其帝国。从那时起，这位流亡的年轻王子便成了人们瞩目的焦点。法兰西国王、匈牙利国王、那波利国王、威尼斯共和国还有罗马教廷，都盯上了杰姆的年金和作为人质的价值，为了将其得到手而相互争夺。杰姆第一个流亡目的地的圣约翰骑士团，其成立经过与现状都与罗马教会有着很深的渊源，故而罗马教廷在前教皇英诺森八世时，得以如愿以偿地接管了这名人质。于是王子杰姆就这样留在了罗马，居住在教皇宫殿中。虽说是人质，待遇却完全没有人质般的不快。这位土耳其王子，在这对他来说犹如异教大本营的罗马，又是打猎又是演奏音乐，也不愁上等的美酒食物，还可以自由地找女人来服侍。如此这般的日子，在切萨雷到罗马之前已经持续了四年之久。

但是，在君士坦丁堡的哥哥巴耶塞特，一边完全按约定给教皇支付着年金，一边不得不效仿基督教徒那样采取慈悲宽大的方式对待弟弟杰姆这个反叛者。这样的情况要持续到什么时候呢？在梵蒂冈的古文书库中留存着这样一封让人发笑的信。这封土耳其帝国的

土耳其王子杰姆

苏丹巴耶塞特写给教皇亚历山大六世的信，是用拉丁语写的：

“土耳其帝国苏丹，长久以来，念及作为人质的可怜弟弟的境遇，总是颇为烦恼伤感。日日苦思如何能于此境地中将其拯救，最终得出了如下的结论——只有将杰姆从尘世间的各种苦难中解脱出来，平安地送往天国，才能彻底救赎他的灵魂。若教皇愿协助达成心愿，将会赠予30万达克特作为谢礼。”

收到这封信的教皇亚历山大六世，想必也忍不住笑了。但是教皇并没有如土耳其苏丹所愿，让王子杰姆从世间苦难中解脱出来。究其原因，亚历山大六世对人质的利用与其他人完全不同。如果说保留人质是为了牵制敌人，那么一般人们只会想到敌人进攻时，以人质来要挟敌人。而他考虑的则是，一旦土耳其苏丹有侵略基督教国家的举动，就让杰姆从罗马率大军攻去君士坦丁堡。他十分清楚，现在的土耳其宫廷内部，尚有不少家臣对前苏丹之子杰姆心有所向。

这位亚历山大六世的外交手腕，对继承伟大苏丹穆罕默德二世遗志、努力实现土耳其帝国统一的现苏丹巴耶塞特的侵略欲望，还是有着几分牵制作用。经过中世纪，西欧基督教国家的君主们，已有几人意识到了十字军远征行为的愚蠢，首先是神圣罗马帝国皇帝腓特烈二世，之后就是这位亚历山大六世，他是首位提出与异教共存的罗马教皇。但在仍有大量狂热信徒盲信于派遣十字军的这个时代，站在教皇的立场上，他的这个想法绝不能公然地表示出来。

杰姆完全不知道自己的生命究竟与何种策略相关联着，虽然他在罗马生活得很自在，但常年的异乡生活也难免使他染上了一丝忧郁。在王子杰姆周围散发着充满东方风情、慵懒惬意的异教氛围，对喜好新鲜事物的罗马上流子弟们来说有极大的魅力。他们争相穿上了土耳其风的服装，教皇的儿子们也没有例外。在教皇宫殿内“波吉亚的房间”中，挂着由平托瑞丘亲笔绘画的波吉亚家族众人的肖像画，其中胡安就穿着土耳其风服装。切萨雷也紧跟这个潮流，当时的记录显示，就连在正式的宴会上，他也是以卷着白色头巾的土耳其风格服饰出席，这让那些从阿尔卑斯以北各国到访的笃信基督的人非常反感。

切萨雷自父亲即位教皇后，便从大学退学了。但是有博洛尼亚大学博士学位的父亲在前，他还是特意请求当时在比萨大学有很大权势的美第奇家当家皮耶罗，将大学时代的两位恩师派到罗马来。然而到了罗马，令两位教授困扰的是，他们想要给切萨雷教授神学，弟子却只对体育和狩猎很上心，对神学连看都不看。尽管如此，他们的罗马之行也不是无果而终的。因为对弟子切萨雷的尽心尽力，教授们后来获得了枢机主教的地位。

切萨雷虽对年轻人喜好的各种事物都抱有兴趣，但唯独对神学毫无兴趣。这时候的他，被曼托瓦大使形容为“想要成事，但却没有相应的头脑”，被曼托瓦侯爵夫人伊莎贝拉·德·埃斯特恶评为“没有学问、艺术素养的无脑男人”。

第三章

罗马的夏日，毒辣的阳光照在建筑物的石墙上，形成了强烈的明暗对比。到了这个季节，切萨雷的生活也渐渐变得像点模样了。在驻梵蒂冈大使的通信、年代记和记录中，他的名字出现次数也增多了。随着亚历山大六世迎来教皇即位一周年，即将要发挥老练政治手腕之际，切萨雷也一改往日华丽放浪的罗马社交界新人形象，开始将自己作为教皇第一亲信来行事。所有人都有所察觉，教皇在对这个儿子的事情上一定有着自己的打算，但没有人能预测出教皇的意图。在众人的密切关注中，切萨雷出席正式仪式的次数也明显增多了。

5 月 5 日，与教皇共同出席在人民圣母教堂举行的弥撒。在从梵蒂冈出发到教堂的队列里，紧跟在教皇的身后。

6 月 12 日，出席妹妹卢克雷齐娅与佩萨罗伯爵乔瓦尼·斯福尔扎的结婚仪式。

3 日后，由弟弟甘迪亚公爵胡安与妹夫佩萨罗伯爵相伴两侧，骑马出城迎接到达罗马的西班牙王特使迪亚哥·洛佩慈·德·哈罗威进城。

像这样，切萨雷在宗教活动、政治外交的舞台上，经常伴在教皇父亲的身边，详尽学习父亲老练的政治家处事方法。62 岁的教皇将带在身旁的 17 岁儿子以大主教的身份介绍给各国要人，并将他们呈上来的政治公文交给他翻阅。有教皇对儿子切萨雷的如此待遇在前，所有人都必然会将注意力集中在他身上。早在 3 月，曼托瓦大使普洛尼罗给伊莎贝拉·德·埃斯特的信中就写道："瓦伦西亚大主教恐怕要穿上红衣的事情，在这边已经都传开了。"数月后费拉拉大使薄伽丘也就相同的情况写信给费拉拉公爵。

红衣，是代指枢机主教。红衣和红色的帽子，被称为"教会的君主们"，是在罗马天主教会中地位仅次于教皇的枢机主教们的代名词，就如同三重冠代表教皇，紫衣则代表皇帝一样。

不过，没有人把这则传言当过真，教皇要任命切萨雷为枢机主教的事情是不可能办到的，就算是在枢机院之中，也没有一个枢机主教直接提起过这个传言。

在天主教教义中，想要将切萨雷升任枢机主教几乎是不可能的。因为，对于每一个出生的孩子，教义只认可由神圣结合所出生的嫡子，这之外的关系，都是恶魔行径，而之后出生的孩子，只能当作恶魔作为的结果。若是让这"结果"成为训导善良基督教徒的枢机主教，教会就有大麻烦了，而若只是安插在大主教以下的职位，在当时实力至上主义的背景下，还是可以被默认的。在拥有实力且严守天主教教义的俗世君主中，也存在庶子出身而获得王位的人，如那波利国王费迪南多、塞浦路斯王雅克等人。费拉拉的埃斯特家族也是，上一代博尔索公爵即是庶出。

而第二个问题是下面这点，天主教教义不允许圣职者娶妻。这不只是为了让信仰生活更完美，同时也有防止教会财产流失的考虑，因此不论怎样，圣职者都是不被允许有所谓的神圣结合。所以切萨雷对罗德里格·波吉亚来说虽然是嫡子，但对亚历山大六世的罗德里格·波吉亚来说只是恶魔作为的结果。因为他是精神上治理善良基督教徒的“神在现世的代理人”——教皇。

这位“现世神”教皇通过恶魔行为获得了孩子，而这孩子若是在教会中获得拥有即位教皇资格的枢机主教地位，将会令天主教颜面扫地。

所以，虽然历代教皇都育有子嗣，且孩子们能得到“亲族主义”的待遇，但却当不上枢机主教，能当上枢机主教的最多也就是侄子们。庶子出身最终当上教皇的只有克莱门特七世。他是因帕齐的阴谋在娶妻前便遇害的朱利亚诺·德·美第奇的庶子，父亲死后便被朱利亚诺的哥哥“伟大的洛伦佐”收养入籍，正式成为嫡子。日后他借助法定的兄长、实为堂兄的教皇利奥十世的力量成为枢机主教，再作为克莱门特七世即位教皇。

从这些事情看来，没有人会相信切萨雷升任枢机主教的传言。

但是，亚历山大在世界最古老的博洛尼亚大学25岁便获得哲学、神学、教会法等学位，被美誉为建校以来难得一见的才子，学识渊博，任职仅次于教皇的副教宗一职达三十四年，积累了丰富的经验，亚历山大六世比任何人都清楚天主教会为何物。

9月19日，教皇召开枢机主教会议。当着被召集来的枢机主教们的面，他发表了一份教皇诏书，要求枢机主教们认可。

“瓦伦西亚大主教是公正婚姻所生的嫡子。父亲是多明尼柯·达利纳诺，母亲是瓦诺莎·卡塔内。两人一同在此证明。”

没有一个枢机主教不知道瓦诺莎·卡塔内这个名字。她作为教皇波吉亚十几年来的情人，生育了切萨雷、胡安、卢克雷齐娅、杰弗里四个孩子。而名义上的父亲达利纳诺是她曾经的丈夫。对于所有人都认为不可能的事情，枢机主教们现在连怀疑的余地都没有，就在他们眼前成了现实。且不说枢机主教会议中的五分之二已经归于教皇波吉亚的势力下，单就这份诏书来说，也没有反对的理由，教皇一句也没有提让切萨雷当枢机主教的话。枢机主教会议最终以赞成者起立的投票方式通过了这份诏书。然而在同一天，教皇通过秘密文书的方式发布了另一份教皇诏书。其内容如下：

“教皇亚历山大六世证实，瓦伦西亚大主教切萨雷·波吉亚是自己担任圣罗马教会副教宗、阿尔巴诺主教时，同有夫之妇于1475年9月14日所生的孩子。”

另一边，被轻易利用为切萨雷升任枢机主教之事做嫁衣的反教皇派枢机主教们，不想对此保持沉默。但是，对于没有各自出身国后援的他们来说，力量尚且不足，而教皇也没有给他们准备的时间。

第二天，也就是9月20日，教皇再次召开枢机主教会议，并发表了十三位新任命的枢机主教的名单。人名被一一读出，其中出现了刚满15岁的伊波利托·德·埃斯特，和教皇现情人茱莉亚的弟弟亚历山德罗·法尔内塞的名字。最后，瓦伦西亚大主教切萨雷的名字也被念了出来。

枢机主教们哑然地相互对望，随即也意识到他们被剥夺了全部反对的机会和理由。

教皇通过下面两点方法便完全封住了他们的嘴。

第一点，将新任枢机主教均等地分配给各列强，没有给予分配的只有那波利王国。

佩劳德……德意志神圣罗马帝国

古罗拉尔……法兰西王国

卡鲁巴加鲁……西班牙王国

摩顿……英吉利王国

格利玛尼……威尼斯共和国

鲁纳特……米兰公国

法尔内塞、切萨利尼……罗马

埃斯特……费拉拉公国

克什米尔……匈牙利、波兰共和国

以上这些成员再加上切萨雷等另外三位枢机主教。这样一来，那些总想按自己意愿利用罗马教会的列强君主，便可通过掌控与自己息息相关的枢机主教职位，扩张在罗马教会内部的势力，对于如此的变动他们当然毫无怨言。

第二点，教皇亚历山大六世所选的新任枢机主教都是在学识、人格、才能全方面优秀的人才。格利玛尼作为神学者已在后世留名，圣乔治则以法学大家而闻名，佩劳德、鲁纳特作为拉丁文学者都被各自的君主所重用，甚至15岁的伊波利托·德·埃斯特也在之后展现了非凡的才能。而被认为仗着是教皇情人弟弟的身份才当上枢机主教的亚历山德罗·法尔内塞后来则作为保禄三世成为教皇。当时对波吉亚持批判态度的历史学家和年代记作者们，就上演的这场新枢机主教任命闹剧的意图表示批判，但对其结果却不得不表示肯定。

就这样，刚刚18岁的切萨雷终于穿上了红衣，成为“教会的君主”。因为他同时继续任职瓦伦西亚大主教，今后的切萨雷便是瓦伦西亚的枢机主教，用意大利语被通称为“红衣情人”。结束枢机主教认证仪式，从中走出来的切萨雷，被佛罗伦萨大使达·克雷评价为：“本该气宇轩昂的枢机主教，却欠缺庄重感。要说的话，就是太不成体统了。”

但是，被认为太过年轻的切萨雷也渐渐明白了政治的奥妙。他注意到，教皇先前的新枢机主教任命，并不只是单纯地想将作为儿子的自己强行升任枢机主教，更是因为教皇亚历山大六世的西班牙出身。年轻的时候，罗德里格·波吉亚被即位教皇的叔叔加里斯都三世招来意大利，虽说这之后一直在意大利成长，教皇的出生国家也还是西班牙。直到20世纪的今天，罗马教皇厅在他之后也就只有阿德里安六世一位外国人教皇。由意大利人之外的外国人成为教皇，这在任何时代都是不受欢迎的。如果教皇波吉亚只亲近西班牙出身的人，不只会让意大利人枢机主教们反感，更会招来欧洲其他各国的集中刁难。

而且，为削弱在波吉亚被选为教皇时从中协助过他的阿斯卡尼奥·斯福尔扎枢机主教、因选举一败涂地而更加反对波吉亚的朱利亚诺·德拉·罗韦雷枢机主教的力量——这两位分别有米兰公国、那波利王国支持，并确保和增强波吉亚教皇的独立性，教皇被赋予的任命枢机主教权是有效的武器，通过任命对自己效忠的新任枢机主教来实质性地削弱旧势力。

马基雅维利就波吉亚教皇如下写道：

“在新近的那些事例当中，唯有一件事我不想保持沉默，亚历山大六世除了欺骗人们之外，既不曾做过任何其他事情，也从来不曾梦想过任何其他事情，但是他总能找到上当受骗的货色。因为世界上从来不曾有过一个人比他更加有力地做出保证，比他更加信誓旦旦地肯定某一件事情，而同时没有一个人比他更加随便地食言而肥了。可是，他的欺骗总是称心如意地获得成功，因为他深刻地认识到人性的这一方面。”（《君主论》[1]）

1　译文参见商务印书馆汉译世界学术名著丛书《君主论》翻译。——译者注但即使被马基雅维利评价为“在历代教皇当中，最能充分证明教皇拥有了金钱与武力，究竟能够发挥多大力量”的亚历山大六世，要实现这点，也不得不等待儿子切萨雷的成长。切萨雷不关心教皇父亲的期待以及各列强君主和支配者的看法，身着红色法衣也任其在风中翻飞，恣意潇洒。不喜佩戴枢机主教另一个代表物红色帽子的他，却倾心于身披红色斗篷。这也许是因为斗篷会让他产生变成了古代罗马将军的错觉。

第四章

“悲惨时代的第一年。”这是史学家圭恰迪尼在后来回顾 1494 年时所说的话。

中世纪末期，欧洲的局势风起云涌。随着自由城邦这种独立形态的发展，使工商业极度繁盛，从中获得的巨大财富绽放了绚烂的文艺复兴之花，而由此君临欧洲的意大利，也随着历史的洪流毫不例外地遇到了如何建立专制统一国家政体的这道难题。早在这之前，意大利各地的小国便有被并吞入强国的情况，但对于被威尼斯共和国、米兰公国、佛罗伦萨共和国、那波利王国等各列强以及罗马教皇厅所分裂的意大利来说，国家一统的道路还很漫长。

与此相反，一直以来被意大利人蔑称为乡下人的法兰西、德意志与西班牙，则通过确立各自的专制主义国家体制进而掌握实力，扩张领土的野心使其谋划到了内部小国纷争不断的意大利头上。而这之外更不容忽视的威胁，则来自势力已扩张至东地中海的土耳其帝国。

15 世纪后半叶到 16 世纪前半叶，意大利被迫着从根本上重新思考自身的生存方式。但也正是在这个混乱的时代，诞生了文艺复兴的两大历史学家，马基雅维利和圭恰迪尼。

然而，悲惨的时代也好，混乱的世纪也罢，在此出生的人们，最终也只得在其中生活下去，切萨雷·波吉亚也不例外。正是在此时，红袍加身、攀升到能继承教皇地位的他，在心中渐渐产生了无法安于现状的念头。法兰西军于 1494 年，即圭恰迪尼所说的“悲惨时代的第一年”，入侵了意大利，这件大事使刚满 19 岁的切萨雷首次直面动荡的现实。他在那时，第一次学到真正的学问，老师就是自己的父亲亚历山大六世。

被众多的历史学家称为意大利近代起点的这次法兰西军入侵事

件，究竟是怎样引起的呢？有人说，是摩尔人[1]也就是卢多维科·斯福尔扎的策略所致。也有人说，是因法兰西国王查理八世的功利心所致。还有人认为，是枢机主教朱利亚诺·德拉·罗韦雷对教皇波吉亚的仇视心理造成的。虽说以上哪个说法都没错，但真正的原因，则是以上三种原因杂糅在一起发酵而成的后果。

斯福尔扎家兴于弗朗切斯科·斯福尔扎，一位能力卓越的佣兵统领、睿智的国家君主，他成功地获得了米兰公国的统治者地位。在他故后，其子加莱亚佐·马里亚在位时遭暗杀，留下了小公爵吉安加莱亚佐执政，其伯父卢多维科·斯福尔扎摄政。然而这位别称为摩尔人的米兰公国的实权掌握者，并不满足于屈居摄政之位。他同弟弟阿斯卡尼奥·斯福尔扎枢机主教一起，等待从侄子手里谋夺公爵爵位的机会。凭借多年的摄政实绩，比起吉安加莱亚佐公爵，米兰民心更倾向于他这一方。可以说在米兰公国内部已不会对他构成阻碍。问题出在那波利王的态度上，他的女儿下嫁的正是吉安加莱亚佐公爵，自然不会让摩尔人的这一阴谋得逞。于是，摩尔人便

1 摩尔人：本指在11—17世纪创造了阿拉伯安达卢西亚文化，随后在北非作为难民定居下来的西班牙穆斯林居民或阿拉伯人，是西班牙人及柏柏尔人的混血后代。在此代指卢多维科·斯福尔扎，他在孩提时代发肤皆黑，因而获得“摩尔人”的诨名。下文提及的摩尔人均为卢多维科·斯福尔扎的代称。——译者注

把目光锁定在了主张拥有那波利王位继承权的法兰西国王查理八世身上，想要利用这个法兰西人去搞垮那波利的阿拉贡王家。

那么，说到法兰西国王查理八世这边。犹如中世纪骑士传说读多了的这位国王大人，一心想要效仿查理大帝[1]的伟业，而他效仿的方式便是外国远征。他主张那波利王国的王位继承权应由安茹家后世子孙中的一人，也就是他自己所拥有。而第三个原因，关于罗韦雷枢机主教的事情则稍后再说。总之，掌握了这些导火索的法兰西军，一直在等待着入侵意大利的时机。而后，这个时机终于来临了。

1494 年 1 月 25 日，被世人所熟知的老练的政治家那波利王费迪南多逝世，王位理应由嫡出的王子阿方索二世来继承。早在上一任教皇英诺森八世时期，罗马教会便已认可了当时是卡拉布里亚公爵的他继承王位。但是，法兰西国王从中加以干涉，声称只有法兰西国王才拥有王位继承权。这位法兰西国王的抗议，与其说是针对那波利，不如说是针对举行国王加冕仪式的一方，即拥有新王任命

1 查理大帝：768—814 年在位。这位法兰克国王通过（英）查尔斯大帝、（德）卡尔大帝的名字被世人所熟知。800 年于罗马，加冕为西罗马帝国皇帝。他死后不久法兰克王国就出现分裂，843 年他的三个孙子各自为王，帝国一分为三，成为后来法兰西、德意志和意大利三个国家的雏形。

权力的罗马教皇。教皇如果认可阿方索，法兰西就将入侵意大利，这便是查理八世发给教皇的威胁。

但是，教皇主意已定，完全没顾虑过法兰西人会不会真打进那波利。4 月 18 日，教皇任命蒙特利尔枢机主教即自己的侄子乔凡尼·波吉亚为教皇特使，出席那波利国王的加冕仪式。驻罗马的法兰西大使知道此事后十分震惊，亲法派的枢机主教们则强迫教皇召开枢机主教会议，这一日的会议持续了八个小时。斯福尔扎、鲁纳特、圣塞维里诺、科隆纳、萨韦利等枢机主教们，接连不断地就承认那波利王的危险性激烈追问教皇。而朱利亚诺·德拉·罗韦雷作为众所周知的法兰西派枢机主教们的幕后老大，却一直待在奥斯提亚的城堡里，并未出席枢机主教会议。

但是教皇的想法并未改变。长达八小时的枢机主教会议结束后，他马上发表了面向所有信奉基督教的国家君主的诏书，承认阿方索二世为那波利国王。紧接着，公布以前由那波利提出，阿方索庶出的公主桑夏同教皇小儿子杰弗里之间的联姻也已正式敲定。罗马与那波利的这次结亲彻底激怒了法兰西国王。

之后的 4 月 24 日，发生了枢机主教罗韦雷逃亡事件。一直是那波利派的罗韦雷，为了打倒波吉亚，甚至不惜舍弃那波利王，转与

查理八世

法兰西国王勾结，然而煽动枢机主教们的策略却以失败告终。罗韦雷深知，教皇已看穿他与法兰西国王间的关系，必定不会再批给他枢机主教离开罗马所需的许可，便依靠逃亡成功离开了罗马。到达热那亚的他，通过摩尔人的援助进入法兰西，在阿维尼翁与查理重新取得联系，在里昂同查理会面。罗韦雷向查理再三强调应该召开新的宗教会议，通过会议，逼迫靠贿选成为教皇的波吉亚退位。而法兰西国王查理看到这个提案能让自己成为宗教改革者，他的名利心使他蠢蠢欲动。自此，罗韦雷枢机主教、摩尔人、查理八世三人的作战行动正式开始。摩尔人与查理两人先前的目标还只是那波利王国，通过罗韦雷的加入，矛头完全转向了罗马。

另一方面，罗马的亚历山大六世得知罗韦雷枢机主教逃亡的消息，感到事态在渐渐恶化，但是事后去追已起不到任何作用。于是，他将罗韦雷逃走后留下的奥斯提亚城送给了奥尔西尼一族，并令其占领城市。对于教皇来说，掌控奥斯提亚城至关重要，因为这座城市能确保罗马到那波利间的海路畅通。两周后，教皇特使蒙特利尔枢机主教，便经由位于特韦雷河口的奥斯提亚城抵达那波利，为阿方索二世举行了加冕仪式。数日后，13 岁的杰弗里与 15 岁的桑夏也完婚了。

查理八世开始在格勒诺布尔集结士兵的传闻，越过阿尔卑斯转瞬间传遍了意大利全境。因传闻而紧张起来的意大利诸国，紧跟着便不得不迎接查理的使节。不只是意大利，连欧洲列强也接连收到了查理的亲笔信，内容如下：

"征服那波利王国的目的，是为了将其作为十字军远征的基地，用于夺回置于异教徒之下的圣地耶路撒冷。"

在意大利，没有任何一个人相信这个理由，除了当时以狂热信仰的宗教政治支配佛罗伦萨共和国的萨伏纳罗拉和他这一派的少数人以外。

紧接着，法兰西要求意大利诸国对法国的意图进行协助，包括领土通过的允许，与兵力、资材的提供。对这位国王的要求，米兰公国自不必说，将女儿嫁给摩尔人的费拉拉公国的埃尔科莱公爵与曼托瓦侯爵也约定全面协助。东地中海地区，只顾得上防御土耳其的威尼斯共和国也只能默许查理的行为。伟大的洛伦佐死后，被美第奇家与萨伏纳罗拉一派的争斗搞得社会动荡的佛罗伦萨共和国，完全成了连态度都无法决定的状态。尚未开战，意大利等同于已在查理面前敞开了大门。

罗马教皇厅也接见了查理的使节。查理对教皇仅要求其承认自己的那波利王位继承权，并在强调这是十字军远征的第一步的前提下，还记得追加要求——暂时让渡土耳其王子杰姆的看管权。如果教皇拒绝这些要求，法兰西国王将召开宗教会议，以逼迫教皇退位。这已经是十足的威胁了。

教皇对现在还沉醉在十字军远征梦想中的查理十分无奈，但是这个笨蛋却拥有力量。在没有实力的时候，只能使用政治技巧作为对抗的手段。而所谓政治技巧，在此时，即是没有实力的人为了得到另一种意义上的力量而使用的方法。

教皇在没有给查理使节以明确答复的情况下将其糊弄回去后，7 月 14 日同那波利国王会面。然而，在绝望的防御战中全力抵抗的那波利，回复说已无暇为罗马防御出力了。而为了请求军事援助，教皇又向神圣罗马帝国皇帝和西班牙国王费迪南多派去了使节，所带回的答复也没有任何能让教皇安心的地方。费迪南多国王的回答是没有理由反对查理的十字军构想，而神圣罗马帝国皇帝马克西米利安因为前些年同斯福尔扎家族中的女子结婚，所以与摩尔人很亲近。就连在意大利的诸国中，唯一一个足以在政治上保持独立立场的威尼斯共和国，也向教皇递交了认可查理行动的声明。对于收到这些消息的教皇来说，所剩下的方法就只有一个了，那便是拖延时间，至少到阿尔卑斯降雪的时候。

但是，查理是急性子。8 月 23 日，法兰西军终于向着格勒诺布尔出发了。9 月 3 日，翻过阿尔卑斯进入萨伏依公国领土。9 月 5 日，进入都灵城。9 月末，总人数 9 万的大军进入了阿斯蒂。查理在这里受到了摩尔人及其妻子贝亚特丽切的欢迎，费拉拉公爵埃尔科莱也出席了。而朱利亚诺・德拉・罗韦雷枢机主教从此地开始伴查理同行。10 月 14 日，到达帕维亚。再四天后，查理进入了皮亚琴察。在这期间，通过奥尔良公爵路易得到了那波利海军在拉帕洛战败的

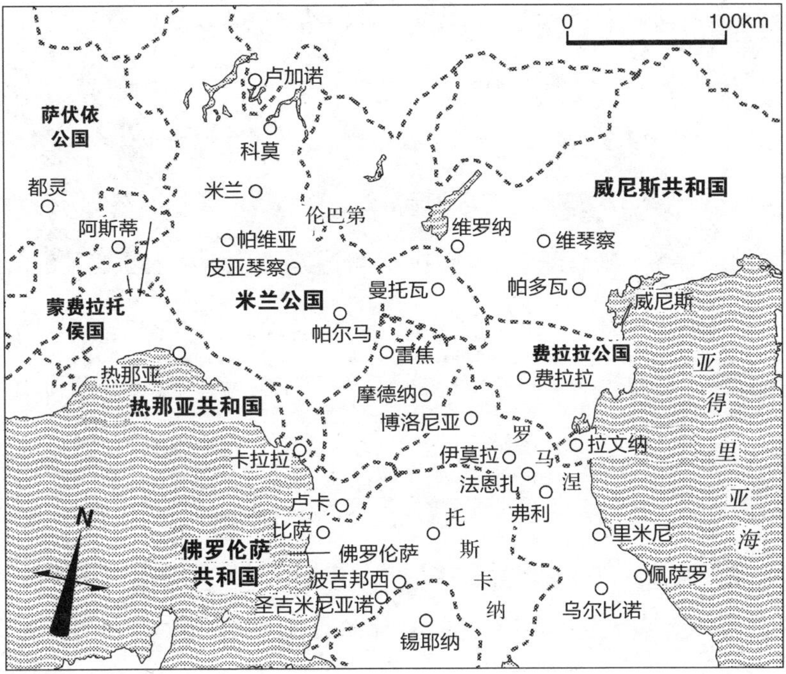

15世纪末的意大利北部

汇报。在那之后又接到了被软禁在帕维亚的米兰公爵吉安加莱亚佐的死讯，一直等待这个时刻到来的摩尔人，匆忙回了米兰，至此，他想成为米兰公爵的野心终于实现了。

在皮亚琴察，查理接受了教皇派来的特使的访问。主要内容是表示可以重新考虑查理提出的十字军远征计划，希望他改变征服那波利的想法。查理虽然拒绝此请求，但却对特使表示希望与罗马教皇一同出席当年的基督诞辰祭。

教皇不得不想办法对付这位麻烦的巡礼者，他对全体枢机主教发出了罗马的召集令，不听命前来的人将被剥夺圣职。然而，依然是无果而终。罗韦雷一如既往在查理身边暗中活动，将查理的意图示意给枢机主教们，让他们不要遵从教皇，而要遵从枢机主教领袖[1]的阿斯卡尼奥·斯福尔扎枢机主教。斯福尔扎、罗韦雷两位枢机主教的背后有法兰西大军做后盾，至此，非亲法派的枢机主教们开始动摇了。

更让教皇陷入窘境的，是科隆纳家的军队夺取了奥斯提亚城。9月18日，占领这处要地的科隆纳军队在城中升起了法兰西的国旗，自此切断了那波利与罗马的关系。

意大利人战战兢兢地迎接穿过伦巴第进入罗马涅区域的法兰西军。总人数9万的大军，尽管加入了瑞士士兵、加斯科尼人和德意志士兵等不同国籍的佣兵，也还是被统一在法兰西国王意志下的

1　枢机主教领袖：是教皇之下最高职位的人，有枢机衔，由教皇任命，受命于教皇。权力和教皇差不多，只是不可任命总枢机主教、枢机主教，更改罗马天主教会法典，拥有/使用教宗纹章（以枢机主教领袖纹章代替）及教宗牧徽（以枢机主教领袖牧徽代替），发教皇敕令（以枢机主教领袖诰令代替）。——译者注

军队。与意大利人见惯了的、为金钱所驱使的小规模佣兵队完全不同。

那么，指挥如此大军的究竟是怎样的人物呢？所有人都抱有这样的疑问。当时的记录中，有很多关于查理八世容貌的记载。记载显示，这位22岁的年轻国王，个子矮小、体格瘦弱，大脑袋与又短又细的腿很不协调，他骑马前行的画像显得非常滑稽。

“威尼斯大使科塔里尼写道：法兰西国王相貌丑陋。脸是扭曲的，两只大眼睛斜视着，无法判断到底是在看哪里。下垂的鼻子特别大，厚厚的嘴唇总是半张着。同人说话时，还有随意抖动身体和晃动脑袋的习惯。”

对于生来便崇尚威武、赞颂人体古典美的意大利来说，无论怎样的小国家，像查理一样的君主都不可能保持这个地位，更何况他还沉醉在骑士传说和十字军远征的理想中。然而，这个丑陋的小男人，如今却将对自己的才能颇感自豪的意大利君主们置于脚下。这是为什么？意大利人用自身的牺牲，得出了这个疑问的答案。

11月，在罗马涅，又传出了那波利军被法兰西军击退的报告。而当月的第一天，在佛罗伦萨，面对恐慌的民众，萨伏纳罗拉的说教点燃了火焰。

"这才是神降下的宝剑，预言已经应验，挥下的皮鞭，这正是神所降下的愤怒的试练。"

美第奇家的地位，在多明我派僧侣的面前动摇了。11 月 9 日，佛罗伦萨市民蜂拥而起，城中响彻"人民！自由！降下球（美第奇家纹章）！"的叫喊声。美第奇当家皮耶罗与弟弟乔凡尼枢机主教，变装后逃出了城。激动的民众冲入美第奇家的宅邸，抢夺艺术品与贵重物品。

在罗马，教皇的处境愈发窘迫，与法兰西军相呼应的科隆纳、萨韦利的豪族也一直在蠢蠢欲动。

11 月 8 日，查理进入卢卡城。在此等候的教皇特使皮科洛米尼枢机主教请求觐见却遭到了回绝，只得到了国王的传话："期待在永恒之城与教皇见面。"

11 月 9 日，查理进入比萨城。国王在此同萨伏纳罗拉会面。萨伏纳罗拉称呼查理为"基督教徒之王"，赞美国王是神为了解放意大利和改革教会而选中的人。美第奇也将托斯卡纳各地的城堡献给了查理。如此逢迎拍马的意大利人，令法兰西军自己都感到吃惊。

11 月 17 日，查理进入佛罗伦萨城。佛罗伦萨的民众向着入城的国王欢呼："法兰西，万岁！"在此，查理作为佛罗伦萨共和国的

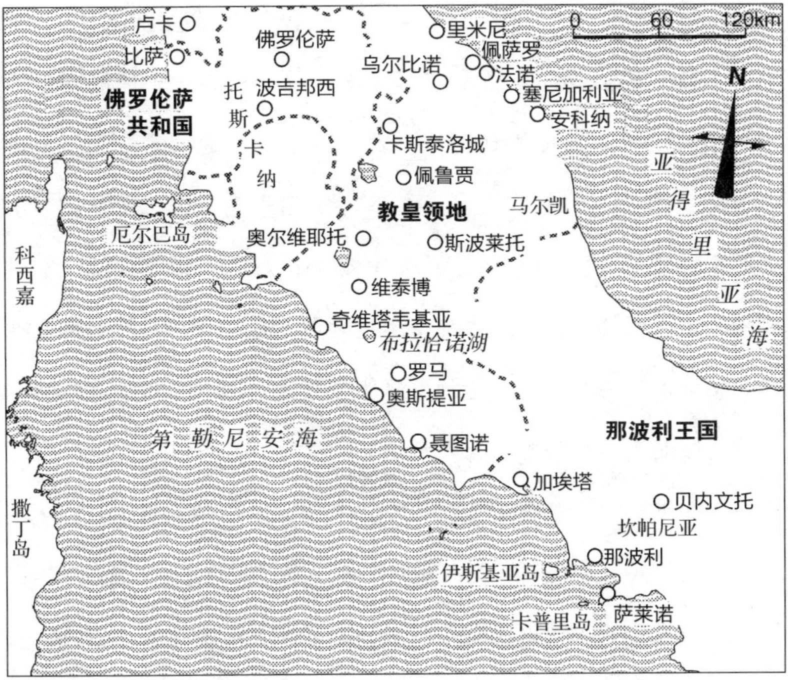

15 世纪末的意大利中部

保护者，要求此后每年要上供 12 万盾[1]年金。

11 月 22 日，查理面向全体基督教徒们发布了宣言。内容为以下两点：第一，征服那波利之后，将进行十字军远征。第二，责令

1 盾：当时欧洲大陆通用货币的一种。——译者注

不当其位的教皇波吉亚退位，并将召开宗教会议以选出新任教皇。

召开宗教会议，对教皇波吉亚来说是一种威胁。他能即位教皇，是通过收买斯福尔扎枢机主教一派才成功的，因为触及了被严令禁止的“神职买卖”，他极力想要回避宗教会议。他拜托与法兰西王关系较近的斯福尔扎枢机主教在两人之间调停。就连枢机主教提出的将切萨雷作为人质交给科隆纳的这一条件，教皇都已接受。切萨雷被当作人质，送到了聚集在罗马南部的科隆纳一党的大本营。然而，真正的幕后之人则是一心反对波吉亚的罗韦雷枢机主教，斯福尔扎的调停只得以不成功收场。

11 月 28 日，查理从佛罗伦萨出发，12 月 2 日，进入锡耶纳城。在这里，教皇的特使枢机主教皮科洛米尼总算得以与国王会面，但是却没有效果。查理只单方面地口出狂言，要求打开罗马的城门，否则便要武力进城。

在罗马的教皇，因全部的对策都失败了，而一时陷入了回天乏术的绝望中。阿斯卡尼奥·斯福尔扎、圣塞维里诺、鲁纳特等枢机主教们认为，将普罗斯佩罗·科隆纳和法兰西大使关在圣安杰洛城堡，并不能阻止事态的进一步恶化。收到法兰西国王的强硬抗议后，教皇只得将他们释放。与此同时，查理的大军已经快来到这附近了。

12月10日，为保卫罗马而来的那波利军到达了罗马，但也仅有五千步兵，千余骑兵。保护罗马的只有他们和奥尔西尼一党，但是也不能毫无保留地相信奥尔西尼。

在同一天，查理进入维泰博城，还是一如既往地兵不血刃。就这样，罗马教皇厅的领土接连不断地为查理的前进方向敞开了道路。

所有人都预想到了罗马的命运，民众争先恐后地逃走，各国大使也都接到了本国发来的保护本国在住居民的命令。

那波利王阿方索建议教皇逃离罗马，并以年金5万达克特为条件承诺在加埃塔的城市要塞中保护他。然而教皇拒绝了这个提议。人们接连几日都看到，被任命为教皇特使的枢机主教们骑着马从圣伯多禄广场跑过，身后扬起白色的沙尘。被任命为教皇特使的枢机主教有斯福尔扎、圣塞维里诺、佩罗、皮科洛米尼等等，全部都是亲法派的枢机主教。

12月17日，法兰西军进入奇维塔韦基亚。翌日，为了预防万一，整个梵蒂冈的仆人们从早上开始便匆忙将贵重物品转移保管，枢机主教们的马匹也都整备完善以随时待发。第三天，即12月19日，在蒙特马瑞奥的丘陵上首次出现了法兰西士兵的身影。骑马在山丘上来回走动，向梵蒂冈方向张望的小队的身影，从教皇的房间也能看得很清楚。罗马的人们，被抛到了恐怖的最底层，教皇要从罗马逃跑了的谣言也四散开来。确实，到了23日，教皇好像也首次倾向于逃亡的意见，逃去威尼斯是当时的主流意见。然而，与其说教皇是在逃向西班牙还是威尼斯间犹豫不决，不如说是逃亡本身已经不能成行了。海路被盘踞在奥斯提亚的科隆纳势力所阻断，陆路上包围罗马的法兰西军队数量也在不断增加。

从维泰博到奇维塔韦基亚，再到布拉恰诺，稳步前进的法兰西军大部队，距罗马仅有70公里远。查理于此向教皇派出了使节。

"罗马市内的那波利军队即刻从罗马撤退，并为此准备相关的通行许可证。如果拒绝条件，就请做好不惜让法兰西军在罗马市内战斗的准备。"

在身负这份通告的使节向罗马出发的同时，以往以那波利王名义服役，侍奉于教皇身边的奥尔西尼一党，正向查理表示恭顺。

12月24日，迎接查理的来使后，梵蒂冈的恐怖每时每刻都在增加。罗马的市民代表请求会见教皇，表态施压：

"两日之内，如果不能与法兰西国王达成一致协议，我们就打算打开罗马的城门迎接国王了。"

接见过法兰西使节与罗马市民代表后，亚历山大六世便遣散了他人。在教皇宫的回廊里，教皇独自一人抱臂而立，一袭白色长袍被冬日的晚霞染至绯红。望着一动不动的教皇的沉重背影，有所顾虑而一直并未靠近的近侍们，现在也不得不上前告知教皇，法兰西国王使节要求再次会面。教皇拿到了国王发来的书信，上面如是写道：

"抵抗是没有意义的，请将罗马所有的城门在我们面前打开。我们只是要求去往那波利的通行自由，没有一丝对教皇或者教会不利的想法。"

读完这封信后，教皇许久未发一言。又过了很长一段时间，终于教皇下达了命令，传唤那波利军的队长觐见。教皇当面向这位队长下令，命其将那波利军撤出罗马，不过与其说是命令，不如说是请求更为贴切。立刻察觉到教皇这个命令真意的队长，用激动的口吻说道：

"您是要舍弃那波利了吗？"

然而教皇却没有一句辩解，队长因愤怒颤抖着退下了。

这之后，教皇给国王写了回复。在国王所有要求之中，承诺打开罗马城门，让那波利军从罗马撤退，并授予法兰西军去往那波利的通行自由这几项。而就十字军远征、交出王子杰姆和召开宗教会议这几项，则丝毫未涉及。教皇让使节拿着这回信，回到法兰西国王的驻地。随后再次释放了关在圣安杰洛城堡的阿斯卡尼奥·斯福尔扎枢机主教，条件只有一个，返还作为人质待在科隆纳军队中的切萨雷。在做完这些事情之后，教皇留下切萨雷一旦回来就马上通知他的命令后，便关在自己的房间里不出来了。当晚，那波利军离开了罗马。

痛苦的基督教诞辰祭总算过去了。

从翌日开始，梵蒂冈突然开始忙碌了。不只为了准备法兰西王的迎接仪式和选择接待的人员，让查理住在哪里也成了大问题。罗韦雷、斯福尔扎两位枢机主教主张让查理住在教皇宫中，而对此感到困扰的梵蒂冈一方，不得不尽早决定哪里才是最合适的场所。秘书官们就此向教皇寻求建议的行为，让教皇很是生气。

他说道："你们这些人让我的脑子都乱了。你们随便决定让那些法兰西人住在哪里吧！"

法兰西王的住所选定在了圣马可宫殿（现在的威尼斯宫殿）。并反复向查理强调不要让军队进入梵蒂冈特韦雷河以西的区域。

27日，法兰西军的先锋部队开始进入罗马。

1494年12月31日是查理进入罗马城的日子。这天的早上，教皇厅的庶务官员、留下了诸多详细记录的年代记作者、德意志人——布鲁卡鲁多，为商榷仪式等各方面事项，被教皇派遣到国王身边。这一天在他的记录里是这么记载的：

“国王表示不想大张旗鼓地进入罗马。并且在3公里的这段距离里，我被安排一直跟在国王的身后行进。他在这期间不断地向我提问，诸如面对教皇应该采取怎样的礼仪，如何接触切萨雷枢机主教比较合适等。”

法兰西军是从下午三点开始进入罗马，一直持续到晚上九点。国王从人民大门入城是在七点的时候。在大门前，有罗马市民的代表上前迎接，并为国王献上了罗马全市所有城门的钥匙。

行进的第一方阵，是从瑞士和德意志的步兵开始的。随后紧接着的是五千的加斯科尼人的弓箭手。再之后是五千人的法兰西骑士一个团，各自都带着三名侍从。在他们后面的，是被六百人的亲卫队包围着的、骑马前进的国王。国王查理后面紧跟着罗韦雷和斯福尔扎两位枢机主教，他们的后面是科隆纳、萨贝利两位枢机主教，科隆纳一党紧随其后。沿着拉塔大道（现在的科尔索大道）径直走过，接连不断的行进大军仿佛没有尽头，罗马市民对此吃惊万分。而更加让他们震惊的，则是看到由马匹拉着的三十六门大炮从眼前经过的时候。尽管如此，他们还是对着从眼前经过的大军，不断欢呼着：“法兰西！科隆纳！温克利！”温克利是圣伯多禄·尹·温克利的枢机主教罗韦雷的俗称。

查理进入圣马可宫殿之后，宫殿周围立刻围起了两千骑兵的警卫，除此以外市内其他重要地点，法军也都是全副武装，并且有两门大炮架在了特韦雷河的岸边，而炮口则准确地瞄准着梵蒂冈。

从教皇宫的回廊也能看清楚直到晚上还在持续进城的法兰西大军。熊熊燃烧的火炬的火焰浮现在眼前，犹如巨大的黑蛇在爬行。“法兰西！科隆纳！温克利！”的呼声此起彼伏，随着特韦雷河上的风吹拂而来。

教皇站在寒冷的风中，定睛看着远处光芒中的骚动。切萨雷站在父亲的背后。但是与教皇父亲静谧的眼神不同，他的眼中闪烁着光芒，专注凝视的目光，锐利好似不会看漏任何事物。此时的父子二人，正考虑着同一件事情。

第五章

法兰西国王究竟想把教皇怎样？不只是意大利，就连欧洲各国也都关注着查理的下一步行动。事实上，如今的教皇就是法兰西国王的俘虏。由于害怕法兰西军进城掠夺，罗马市民过着提心吊胆的生活。与查理的“不能进入特韦雷河以西地区”的这条约定，现也已成为一纸空文。在如此情况下，教皇断然拒绝了近臣们要他到圣安杰洛城堡避难的恳请，没有从教皇的居所教皇宫离开，而保护他的亲卫士兵也仅仅不超过一千人。

1495 年 1 月 2 日，切萨雷被教皇父亲任命为特使，前去拜访查理，他的任务不只是带去教皇的提案，更是去侦察敌情。法兰西国王态度冷淡地迎接了教皇的儿子。随后只是把以前对教皇提出的要求重提一遍。不只如此，以前国王的最大要求只是认可他的那波利王位继承权，否则就以召开宗教会议相要挟。而现如今国王在被身边的罗韦雷等枢机主教们一直煽动着，召开宗教会议的要求反而更加迫切。并且还进一步要求，将罗马的要塞圣安杰洛城堡交给国王。若是一一答应，恐怕教皇就将在他漫长的人生中，迎来最为微妙、危险的时刻了。

对于切萨雷带回来的国王要求，教皇只给出了暧昧的回答，但唯有让出圣安杰洛城堡这一项坚决地拒绝了。随即，法兰西军的三十六门大炮一字排开架在了特韦雷河的岸边，炮口都对准了圣安杰洛城堡的方向。见到此状况的教皇，亲自带领着切萨雷、蒙雷阿莱、卡拉法、奥尔西尼、圣乔治、帕拉维西尼等六位枢机主教，转移到了圣安杰洛城堡。随后，向随时可能开火的法兰西军传达道：

“你们即将要做的事情，并不只是会杀了我，更是会破坏在这里的圣者和殉教者的圣遗物啊。”

大炮最终没有开火。

然而，教皇表面上一副断然拒绝的态度，背地里却并没有断绝与法兰西国王之间的联络。尽快让法兰西军离开罗马，才是对教皇来说最紧要的问题。切萨雷、帕拉维西尼和瑞阿里奥以及其他成为教皇特使的枢机主教们，同查理持续交涉着。在此期间，查理出席了在罗马大寺院举行的弥撒，对在那里的圣遗物献上了恭敬的礼拜。而另一方面，发生了罗马的犹太人教堂被法兰西军烧毁的事件。

1 月 15 日，教皇与国王之间终于达成了协定。在查理要求的事项中，去往那波利的通行自由被认可了，奥斯提亚将归还给罗韦雷枢机主教。并且约定，到十字军远征为止，杰姆王子交由法兰西国王看管，在四个月的时间里，切萨雷枢机主教将作为教皇使节待在国王身边。说是使节，实际是人质。教皇甚至还加上了一项，将国王的两个近亲任命为枢机主教，查理认可了这个事项。但是，这其中丝毫没涉及查理以前要求的三大事项，即那波利王位继承权、十字军远征计划、为改革教会召开宗教会议。知道了这些的亲法派枢机主教们震惊又愤怒。特别是罗韦雷，怒火中烧到了要国王亲自安抚的程度。然而查理难以按捺明日将要与教皇初次会面的兴奋，完全没有余力去倾听枢机主教们的请求。在绝望的他们之中，斯福尔扎、鲁纳特两位枢机主教向着米兰出发了，唯有罗韦雷不得不跟在查理身边。

第二天的16日，将国王的威严展现十足后，查理进入了教皇宫。教皇从圣安杰洛城堡通过秘密通道，回到教皇宫等他。亚历山大六世，甚至穿戴了三重冠的教皇第一礼服。他周围还有红衣的枢机主教成排地簇拥着教皇。来到教皇面前的查理，不假思索地下跪，接着三度亲吻了教皇的指尖，并且战战兢兢地亲吻了伸出来的手上的戒指。而后，查理总算开口了：

“我，在此向基督十二使徒代理人的教皇陛下献上服从与忠诚。如同我的祖先法兰西国王们曾经献上的一般。”

胜负已分。选择在自己的地盘决胜负的教皇一方获胜了。面带温暖笑容、全身散发着喜悦的教皇让查理起身，边说着真诚的话语，边拥抱了身体颤抖的他。

第二天，梵蒂冈圣彼得大教堂，为法兰西国王举办了庄严的弥撒。进入教堂的时候也毕恭毕敬地手蘸圣水的查理，谢绝了特意准备的最前排位置，坐在了最年长枢机主教的下一个席位。

25日，教皇和查理出席了在圣保罗教堂举办的弥撒，从圣彼得大教堂到圣保罗教堂的这段距离，二人甚至并肩骑马而行，看到此景的罗马人民都要怀疑自己的眼睛了。在两人身后，跟随着各国大使和枢机主教们，法兰西军的将军们也夹在队列中。

28日是查理出发的日子，没有被教皇承认那波利王位继承权的他，依旧没有放弃征服那波利。他从住所圣马可宫殿出发，去梵蒂冈向教皇告别。教皇对查理照旧称呼为“我的儿子”，在接受了查理的感激后，又带他来到了自己的房间，此外只叫来了切萨雷一人。没有人知道，他们三人究竟在此说了什么，只是没过多久，走出来的查理几乎是热泪盈眶的。

出发的时间到来了。国王骑马走在充斥着法兰西军队的圣彼得广场上，骑的正是切萨雷送给国王的六匹马中的一匹。在马上，国王再一次向教皇致敬，而站在露台上的教皇，则庄严地挥着祝福的手势回应。查理驱马前进，在国王左侧的是骑马跟在旁边的切萨雷，在他们身后的随行人群中，还看到了土耳其王子杰姆慵懒的身影。

带着两名人质的法兰西国王查理八世的军队，背对罗马城墙，顺着拉丁大道前进。这条道路对查理来说，是条唤起感动的道路。究其原因，那便是这条路在 229 年前，同样是他的祖先安茹的查理为征服那波利南下时所走的路。随着骑马前进，查理越发欢快，然而，与国王并排骑马走着的切萨雷却甚少言语，与其形成了鲜明的对比。

一行人到达马里诺后，迎接他们到来的，是一则让查理欣喜异常的消息。那波利王阿方索二世将王位让给儿子费迪南多，逃去了西西里岛。阿方索二世还是卡拉布里亚公爵的时候，因在奥特朗托对抗土耳其军取得胜利，被评价为意大利第一军人。对于这样的对手，查理果然还是有些畏惧的。然而，没有人知道这位昔日的猛将究竟是发生了怎样的心境变化。抛弃了那波利王国的他，迁到西西里岛，终生待在那儿的修道院里闭门不出。另一边，从父亲那里继承了王位的年幼的费迪南多，在竭尽全力进行防卫战之前也逃跑了。逃到了位于卡普里岛西北部的伊斯基亚岛上。

突如其来的逃跑发生在查理和他的军队愈发轻松地离开马里诺之时。在此之前，谁都知道队伍之中有十九个大箱子，在侍从牵着的马背上驮着，装饰得十分奢华，因其黑色天鹅绒遮盖上绣着切萨雷枢机主教的纹章，众人皆知这十匹马和大箱子归属于谁。而此时，没人察觉到这其中驮着两个箱子的一匹马，被带着悄悄远离了队伍，被藏在了道路旁的草丛里。驮着其他十七个箱子的九匹马儿，照常跟着欢快的法兰西人一起继续行军。

这天晚上的投宿地是罗韦雷枢机主教的领地韦莱特里，国王与两名人质被安排下榻于罗韦雷的宅邸。切萨雷将国王送到他的寝室，并同国王稍作闲谈后，方才回到了安排给自己的寝室。

夜半时分，一个马夫装扮的男人悄然离开了宅邸，却没有人察觉到。国王的守卫兵们因行军的疲惫，和即将轻易征服那波利的前景所带来的安心感，不停眨着犯迷糊的眼睛，任谁也没有发现佝偻着背走路的这个男人。郊外，有两个男人正在等待。附近的阴影中，可以看到三匹马安静地站在那儿。有两匹马分别各驮着一个箱子。扮成马夫到达此地的男子同等待的两个人会合，悄声交谈后，三人随即跳上马，缓慢助跑后全速策马飞奔出去，将陷入沉睡中的城镇留在了他们三人的背后。乔装成马夫的正是切萨雷，而等待他的两人分别是他的朋友唐·米凯罗特和另一名随从。去向罗马的道路左侧是夜晚的海洋，策马奔驰的切萨雷脸上一直洋溢着年轻爽朗的笑容。

第二天早晨，来查看人质枢机主教情况的查理家臣，只看到了被丢弃在白色睡榻上的红衣。切萨雷枢机主教的逃亡事件即刻被禀告给了尚在卧榻上的国王，国王勃然大怒，四散搜寻的家臣们个个胆战心惊，屋宅和城镇中都一一严密排查，却毫无所获。接到没有找到切萨雷任何踪影汇报的国王，盛怒之下命令将枢机主教的行囊全部烧毁。切萨雷那十七个奢华的大箱子被搬到庭院中，为方便点火打开了盖子。这个瞬间，所有人都突然看向国王。暴怒的国王查理气得浑身发抖，只结巴着吼了一句"都给我滚！"就回了屋。十七个大箱子里，装的全是破烂儿。

这时的切萨雷，早已回到了罗马，但为慎重起见，没有靠近梵蒂冈和自己的宫殿，只是在教皇厅官员弗洛里斯家中藏着。据传当日曾同教皇父亲秘密会面，而两天后，他已经在斯波莱托了。

被不到二十岁的年轻人愚弄，怒火中烧的查理下令将韦莱特里地方官施以绞刑，还一度下令烧城。虽然最终在罗韦雷枢机主教的请求下更改了命令，但依然给在罗马的教皇送去了强硬的抗议书。

教皇对其的回复则是："哪里都找不到枢机主教，我这边很是担心。"

与悠然回复的教皇相比，罗马市民代表们则很是慌张。罗马市立即送了三位代表到查理身边，试图解释切萨雷枢机主教的作为与他们全无半点关系。数日后，有切萨雷逃到了斯波莱托的消息传到查理耳中，他对斯波莱托市提出交出切萨雷的要求，但斯波莱托的回答却是如下内容：

“枢机主教偕两个随从，一队仅三人轻骑，早已说说笑笑地离开了。要是觉得他现在还在这边，下次你们连主教的影子都抓不到了。”

2 月 5 日，浪费了八天时间的查理，放弃再找切萨雷，向着那波利出发了。两天后，侍从牵着之前驮着装破烂儿的十七个箱子的马匹一行，欢快地回到了罗马。之后直到 3 月末为止，再没有关于切萨雷的消息传出。

轻易征服了那波利的法兰西军，要想沉浸在这美丽港湾的享乐生活中是很容易的。擅自加冕为“那波利、西西里岛、耶路撒冷之王”的查理自不必说，连法兰西士兵们也每日持续地纵情享受着宴会。在法军之间，流行为到手的那波利女人画肖像画，国王自己也为其数量众多的收藏而得意。然而被征服的那波利人民，也没有从法兰西军那里受到特别巨大的损害。不论怎么说，那波利人已经习惯了对各种征服者迎来送往。女人们尽可能多地从法兰西人身上榨取金钱，肖像画家们也乐于同她们合谋。那波利王国的家臣们也是如此，表面奉承着查理，背地里则与在伊斯基亚岛上的那波利王保持着联系。而街头巷尾都在传唱着嘲笑弯脚、大鼻子国王的小曲儿。

这期间，发生了让法兰西人的欢乐蒙上阴影的事情。首先是另一名留下来的人质，王子杰姆的死亡。法兰西一方刚开始还想要隐瞒这件事情，但马上又发表声明，说是因为从罗马出发前被波吉亚下毒而死的。但是第二件发生的事情，彻底唤醒了查理的沉醉，那便是以针对法兰西国王为目的的大同盟的结成。因儿子切萨雷的逃跑变得没有负担的教皇亚历山大六世开始了复仇之战。教皇的提议，得到了意大利各国的赞同，就连为法兰西军入侵带路的米兰的摩尔人也出声支持了，意大利各国在历史上少有地采取了一致的行动。再加上对查理的做法开始感到反感的西班牙国王和神圣罗马帝国皇帝，4 月 12 日同盟正式成立。

于是查理慌了。对他来说，为了不让自己在所征服的土地上被俘虏，除了抓紧回法兰西外再没有其他办法了。即使这样，全军一半的人员还是在蒙庞西埃将军的指挥下留下来守卫那波利。

5 月 20 日，查理匆忙地离开了那波利，罗韦雷枢机主教也同他一起离开。亚历山大六世回避了查理想要在罗马与教皇会面的请求。5 月 27 日，率领着二十人的枢机主教和各国大使，在威尼斯和米兰增援的一万军队的守护下，教皇朝着奥尔维耶托进发了。身后的罗马，有莫顿、帕拉维西尼两位枢机主教作为教皇代理留守。前方的奥尔维耶托，则有切萨雷在等待，他之前便担任着隶属于教皇厅的奥尔维耶托总督职位。

另一方面，于 6 月 1 日到达罗马的查理，受到了作为教皇代理的两位枢机主教毕恭毕敬的欢迎。所有人都担心查理会不会为了教皇的欺骗而复仇，然而法兰西军这次却一反前日，安静又低调。查理也只是参拜了圣伯多禄大殿。两天后，查理和他的军队就这样离开了罗马。

在奇维塔韦基亚，教皇再次避开了查理的会面请求。6 月 5 日，教皇这次率领全教皇厅的人去了佩鲁贾，这次真可被称为是欢快的逃避之行。而查理的结局早已明显可见，在锡耶纳和比萨，所到之处受到了与之前截然相反的冷淡待遇，查理立即掉转方向往北疾进而去，也放弃顺路去佛罗伦萨，就连等在波吉邦西的萨伏纳罗拉那对国王落实教会改革的热情演说，也丝毫没能阻拦查理的步伐。国王只是一味地想要尽快与在阿斯蒂的奥尔良公爵军队汇合。

然而，到了福尔诺沃附近的塔罗河岸时，遭遇了埋伏于此的同盟军，同盟军总司令是曼托瓦侯爵弗朗切斯科·贡扎加。而法兰西军方面，像败兵一样舍弃了重兵大炮，兵力也仅有来时的一半约万余人。讽刺的是，在历史上作为塔罗战役闻名的这场战斗，仅在一个小时里便分出了胜负。查理抛弃了自己的战利品、士兵和友方军队在内的一切，才最终翻过了阿尔卑斯山逃回了法兰西。而这，距离为入侵意大利而翻越阿尔卑斯山的时间，还不到一年。留在那波利的另一半兵力，在后来同那波利王国军的战斗中也被全部消灭了，大多数法兰西士兵就这样葬在了意大利。查理和他的法兰西军送了两件礼物给意大利。第一个，是对意大利现状的危机感，然而这件真诚的礼物，只传达给了为数不多直觉敏锐、思维不受外物束缚的人。而另一件礼物，却转瞬之间便席卷了全意大利甚至整个欧洲。

那样礼物在当时被叫作“法国病（梅毒）”，如今则被称为“性病”。

第六章

当时，在风波秘闻接连不断的波吉亚家族中，最为神秘的便是教皇亚历山大六世的三男胡安了。一般来说，父亲都会为孩子的将来尽心谋划，亚历山大六世在他们当中表现得尤为突出，他对于孩子们抱有超乎寻常的期待，尽自己所能为其铺路。

长男佩德罗·路易斯，其生母在史料上并无记载。因西班牙出身的父亲对出生国的乡愁，他很早就被送到西班牙并作为费迪南多国王的武将被予以重用。与国王的侄女订了婚，身处于西班牙宫廷高层，背负着父亲期待与希望的这位甘迪亚公爵，却在父亲即位教皇的四年前英年早逝。次男切萨雷，生母是教皇波吉亚最爱的人瓦诺莎·卡塔内，她还生育了胡安、卢克雷齐娅、杰弗里三个孩子。切萨雷在教皇父亲的大本营罗马教皇厅中，被看作是父亲的后继者，很早便入籍圣职。而比他小一岁的弟弟便是胡安。胡安在哥哥佩德罗死后即位成为甘迪亚公爵，并娶了哥哥的未婚妻唐娜·玛丽亚·恩里克斯，一人肩负起了父亲在已逝哥哥身上未达成的期待。当然，他的继承之所以这么顺利，也是得益于西班牙国王费迪南多想和罗马教皇进一步拉近关系。

1493 年 8 月，在查理八世入侵意大利的一年前，胡安乘船向西班牙出发了，目的是去拜见西班牙国王并完成婚事，从罗马到奇维塔韦基亚走陆路，而之后到巴塞罗那为止是率领四艘桨帆船船队走海路。借着这个重要的机会，教皇给了胡安一封家书，这封用他们家族间常用的巴伦西亚方言所写的家书，内容满是教皇亚历山大六世作为父亲的关爱之情。从文中挑几点来看，首先在实际生活方面，有关于应该如何同桨帆船船长讲价，连金额也有所涉及，给太多会被觉得好糊弄，给太少会被认为太吝啬。信上还写了在巴塞罗那登陆时该带哪位家臣，并指定了每一天该带何种装饰品。宗教方面，提到要时常虔诚地向圣母祈祷，要作为良好的基督教徒去生活。关于夫妻生活，则叮嘱平常要与妻子同食同寝。更告诫他要踏实过日子不要夜游，忠告他不要沾染赌博。在最后结尾处，甚至加上了对美容的担心，建议他时常戴着手套，因为西班牙人很重视手的美感。而胡安在那时才刚刚 17 岁。

船上的事情因为没有史料所以不得而知。但是，刚刚在巴塞罗那登陆，胡安立马就把父亲信中所写的所有事情全都忘得一干二净了。当月月末，西班牙国王与卡斯蒂利亚女王伊莎贝拉共同出席了胡安的结婚仪式，但完成了义务的胡安不久便将新娘丢在了一边。这座魅惑的港口城镇，完全不缺乏能让他享乐的因素。比起在宫廷中老实地待在国王和重臣面前，胡安更喜欢与同辈的年轻人一起游戏人间。跟随胡安的家臣们叹息着将这些通报给了在罗马的教皇，从西班牙送到罗马的所有信件都是叹息这位甘迪亚公爵的乖戾状况，而从罗马送回西班牙的全部信件都是对儿子的忠告和斥责的内容，最终连切萨雷都不得不写信劝解胞弟。11 月，切萨雷给胡安的信中如下写道：

“吾弟，吾等兄弟均应时常亲吻教皇陛下普降威光的大地，并应时常为那位替你我着想、养育你我的陛下虔心祈祷。吾等理应为他所用，并为使他满意而不断努力。这也是为教皇陛下明了吾等无尽感激的微小尝试。”

只是，18 岁兄长的忠告最终也没见到什么效果。而此时的罗马，没人相信胡安的婚礼实际已经举行过了，但在 12 月 4 日的信中，胡安向教皇父亲宣称已经完成婚礼。一段时日后，年轻的公爵同夫人从巴塞罗那搬到领地甘迪亚。那里有父亲曾经为佩德罗·路易斯所准备的城堡。然而，这座宁静小城市的生活让胡安感到无聊得要死。即使如此，这之后的两年时间里，他还是留在了西班牙。

查理八世的法兰西军入侵意大利的惨痛教训，使亚历山大六世强烈体会到了弱者被动而凄惨的处境，进而筹备起扩充教会麾下的军事力量。首先第一步，矛头直指罗马豪族们，他们盘踞在罗马近郊且势力强大，甚至时常因势威胁教皇。特别是奥尔西尼一族，他们将距罗马仅 50 公里的布拉恰诺作为据点，实际支配着罗马北部，是被圭恰迪尼评价为“卡在教会喉咙的骨头”的豪族之中最强的一支。

1496年春天，甘迪亚公爵胡安被教皇召回罗马。教皇任命他为教会军总司令官，将实现自己的心愿这一重任寄托给了他。也就是说，从此刻开始，胡安将不得不成为波吉亚的利剑。同年6月，他将妻子和两个孩子留在甘迪亚的领地，从西班牙出发去了罗马。

回到意大利的胡安受到了前所未有的优渥待遇，不再是对待教皇其中一个儿子的态度，而是接待罗马教会大人物的态度。前来迎接胡安的是作为教皇特使的切萨雷，而教皇父亲也对到达罗马的他给予了满怀喜悦的热烈欢迎。12月26日，胡安在圣伯多禄大殿被正式任命为教会军总司令官、教会的旗手职位，由亚历山大六世亲手赐予元帅杖及三幅旗帜。这三幅旗帜，一幅是画有圣彼得钥匙的教会旗帜，另一幅是波吉亚家族绘有牛纹章的家族旗帜，而第三幅旗帜是绘有甘迪亚公爵以雷光劈裂山峰纹章的家族旗帜。切萨雷则在旁，一一将物品交到教皇父亲手中，再由其授予弟弟胡安。

教皇诏书经由枢机主教会议审核通过，为对奥尔西尼攻略战的开始起了个好头。对胡安的军事才能略有几分不安的教皇，将乌尔比诺公爵圭多巴尔多·达·蒙特费罗作为副将安排在他身边。送到罗马的战报显示，奥尔西尼的要塞被接二连三地攻下，教皇为此欣喜若狂。不只教皇，全体梵蒂冈都在为甘迪亚公爵的胜利欢腾雀跃。然而这之中只有一人疏离于庆祝胜利的喧闹之外，独自体味着自己苦涩的心情，此人便是切萨雷。他时常假借狩猎之名骑马远行，每每这时，他便不假思索地朝着战场的方向前行。很多人曾在战场上目睹过切萨雷的身影，独自伫立于高丘之上，遥望弟弟胡安指挥着军队战斗。高丘可同时俯视左右两方军队，曾有一次切萨雷被敌人发现并追赶，好在他有快马良驹才得以脱险。

然而，因接连不断的捷报而眉开眼笑的教皇，脸上渐渐阴云密布了起来。胡安的军队绞尽脑汁也没能攻破布拉恰诺城堡，打败躲在其中誓死抵抗的奥尔西尼一族。布拉恰诺城堡引以为豪的是以护城河水为基础构成的铁壁防御，而指挥守卫这座城堡的是一名女子，名为巴尔托洛弥娅·奥尔西尼。她在城中高塔上悬挂法兰西国旗，对满载士兵渡河而来的教会军船只毫不留情地准确炮击，逐一将其击沉，战况随即逆转。教会军同时遭遇从两岸而来的攻击，腹背受敌而不能后退重整阵容，只得节节败退。此役死者 800 人，副将乌尔比诺公爵受伤被擒，胡安虽然勉强逃脱，奥尔西尼军却借着胜利的气势直追到了罗马城下，教皇只得向奥尔西尼提议讲和。第二年 2 月和解达成，奥尔西尼将每年支付给教皇厅 5 万达克特，相对应的，讨伐奥尔西尼的教皇诏书则宣布作废，这让教皇颜面尽失。通过达成和解，濒临罗马城下的奥尔西尼军队撤退，并返还了俘虏。奥尔西尼就乌尔比诺公爵的释放向胡安索要了高额赎金，却被其视作不见，公爵不得已只能自己设法筹钱解决。

随后，亚历山大六世将从奥尔西尼处所受的屈辱，转向了支配罗马南部的反波吉亚派，想要在与他们的战役中一雪前耻，目标是奥斯提亚城堡。这座固守特韦雷河河口的要塞，因在查理八世入侵时被承认为罗韦雷枢机主教所有，而插上了法兰西国旗，由与罗韦雷关系很近的著名海盗莫纳尔多及其部下守卫。同上次相同，指挥军队的还是教会军总司令官甘迪亚公爵胡安，然而，这次接连传到教皇耳边的，却全是胡安和麾下军队的惨淡战况。因愤怒与屈辱涨红了脸的教皇只得向一名西班牙将军寻求帮助，而在他和他的副将普罗斯佩罗·科隆纳的面前，要攻陷奥斯提亚的要塞简直轻而易举。

戴着枷锁的海盗首领被押在阵前，胜利归来进入罗马城的西班牙将军受到了市民热烈的欢迎。在他旁边，因再度出征而越发暴露自己无能的胡安却毫不在意，犹如自己才是胜利者一般，骄傲自负地与之策马并行。心中苦涩难咽，却不得不为这位西班牙人的胜利表现出欢喜的教皇，上前迎接并授予“复活祭的棕榈”以庆祝他的胜利。然而，西班牙的将军却索要“黄金玫瑰”。这对教皇来说，无疑是让反复受辱的心更添新伤。“黄金玫瑰”是教皇能授予俗世的最高奖赏。如果此次是教会军总司令官胡安赢得胜利的话，的确理应赐下此等殊荣，但对于区区一介武将如此重赏却过于隆重。然而教皇不得不满足这个西班牙人的愿望，因为世人皆知这次胜利真正的功劳归属于谁。圣伯多禄大殿正中，为这位西班牙武将举行了盛大的“黄金玫瑰”授予仪式，出席的众人脸上，大多浮现出了轻蔑的冷笑。他们笑话的不只是竟也列席仪式的胡安，更是在嘲笑竟然派这种男人出阵的波吉亚家族全体。切萨雷也出席了仪式，他的眼神直直地盯着胡安。而胡安却跟在西班牙人身后，若无其事地旁观对方从教皇手中接受“黄金玫瑰”。切萨雷没有笑，唯有眼底闪烁着比轻蔑更幽深、炽盛的光芒。西班牙将军正是西班牙国王费迪南多的家臣，在那波利一带威名远扬的贡萨洛·费尔南德斯·德·科尔多瓦，他将对波吉亚家族此后的盛衰影响重大，且早已成为与切萨雷的一生紧密相关的人物。

1497 年 6 月 7 日清晨，接到教皇发来的召开枢机主教会议命令书的枢机主教们聚集到了梵蒂冈。当着他们的面，教皇公布了一份有待他们通过的诏书，其上写有教皇将认可那波利王国的新王王位继承权。去年，年幼的那波利国王费迪南多去世了，由于并未留下可以即位的王子，导致其身故后王位争夺异常激烈。诸多王位竞争者中，已故年幼国王的伯父，费德里科稳健而顺利地向着王位这个目标巩固着自己的地位。但在法兰西还固执地盯着那波利的王冠时，费德里科当务之急便是让教皇承认他的王位继承权。为达目的，他向教皇提出了一项交易，以贝内文托的土地来交换教皇对其王位继承权的承认。而被召集来参加会议的枢机主教们，不单知道这桩王位继承权背后涉及的土地交易，或多或少还察觉到了教皇想秘密将领地交给儿子胡安的谋划。

但教皇是将波吉亚家族的两大绝技——胁迫与怀柔——使用得炉火纯青的代表人物，在他面前，枢机主教们完全不是对手。只有一位年岁很高的皮科洛米尼枢机主教，指责教皇波吉亚的“亲族主义”并明确提出反对，但就连他也马上亲口改变了自己的说辞，因为皮科洛米尼自己也是借着伯父庇护二世才升任枢机主教的。就这样，枢机主教会议通过了教皇的诏书。两天后，枢机主教切萨雷被任命为教皇代理，将前往那波利参加新王加冕仪式。

兄弟俩预定 7 月初从罗马动身向那波利出发。哥哥是作为教皇代理去参加新王加冕仪式，而弟弟则是为接手贝内文托的领地做自己的公国，而后两人应在9月回到罗马，之后胡安的预定是陪伴妹妹卢克雷齐娅去向西班牙。教皇有意让女儿同丈夫佩萨罗伯爵离婚，因为继续与米兰的斯福尔扎保持亲密关系对波吉亚来说绝不会有任何好处了。而胡安还向着辉煌的荣升道路前进着，对于一心想将他培育成波吉亚之剑的教皇父亲来说，面对他在战场上的种种丢脸行径，只得继续忍耐下去。因为波吉亚家族抛开胡安，再没有合适的男子可以胜任此职，切萨雷是圣职人员，而幺弟杰弗里还年岁太小。

与围绕在弟弟胡安周围华丽快乐的喧闹相反，哥哥切萨雷的心境很是复杂。作为甘迪亚公爵，胡安在西班牙宫廷的地位日渐稳固，这次又得到了贝内文托的领土，同时入手的还有那波利王国重臣的位置。当那波利时局动荡之时，胡安所要走的路很大可能是通向那波利王位的。恐怕作为父亲的教皇，也认为这一天说不定会真的到来。胡安的前途，有无限的可能。

而另一方面，切萨雷是身负红衣的身份。教皇将这个声名实力俱佳的儿子，选为波吉亚家族在教会中的继承人，在加里斯都三世、亚历山大六世之后继承波吉亚家族的传统。同时拥有幸运的家世和自身的“才能”的切萨雷，将在枢机主教中获得极大影响力，十有八九会过上不逊色于帝王的优渥生活。安定的地位、富足的生活、受众人尊重的立场，这便是被誉为“教会的君主们”的枢机主教拥有的。不能正式结婚这种事情，对男人来说没有任何的不便。所以，追溯到今天为止的教会的漫长历史中，得到枢机主教位置的人，没有一个想要放弃这件红衣。

然而切萨雷的目光却越过身着红衣狂喜的人们，一直看向更高的位置。但是，他的视线却被严酷的现实割断了。虽然能够升任至枢机主教，但他却与父辈们有着截然不同的出身。波吉亚家的教皇们，无论是加里斯都三世还是亚历山大六世，都是正式婚姻里所降生的嫡子。与此相比，切萨雷的出生，不要说是正式了，在天主教教义中是被双重否定的存在——不能够结婚的圣职者的私生子，这便决定了他野心的最远界限。

虽然通过教皇父亲的力量成功升任了枢机主教，但升任枢机主教时因天主教教义这座屏障所引起的那场闹剧，使他不可能再前进到更高的位置上了。这是无论亚历山大六世的力量多强大，运用多么巧妙的策略，都不可能实现的。切萨雷无法坐上“圣彼得的宝座”，教皇的三重冠也绝不可能在他头上闪耀。俗世第一地位的宝座，连一个微笑也不曾赐给过切萨雷。

作为父亲的教皇也深知儿子的这个立场。但是，作为神在地上的代理人，教皇有着必须守护天主教教义并将其发扬光大的立场。对此束手无策的教皇，只能让切萨雷成为枢机主教中最有权威、最富有的人，这是教皇所能做到的极限。而亚历山大六世丝毫没有想到，这些对于即将迎来 22 岁生日的切萨雷来说，是完全不够的。

第七章

瓦诺莎的宅邸坐落在梵蒂冈圣彼得大教堂附近，十分靠近皇帝图拉真努斯和皇帝提图斯的浴场遗迹。教皇亚历山大六世不曾忘却对这位为自己生育了切萨雷、胡安、卢克雷齐娅、杰弗里四个孩子的昔日情人的深厚体恤。这座柏树环绕的美丽宅邸，犹如教皇对满足于半生都作为波吉亚情人隐于暗处的瓦诺莎所表达的感谢之情。

这一年 6 月 14 日的傍晚，这座终日寂静、恍若无人的宅邸大门敞开，迎来了几位衣着华贵的客人，他们应宅邸女主人瓦诺莎邀请，前来参加家族内部晚宴。这场晚宴是母亲瓦诺莎的一片苦心，为月内就要出发去那波利的儿子们——切萨雷与胡安举办的。除了因被政治策略愚弄而感到厌恶，躲在修道院里不出来的卢克雷齐娅，波吉亚家的兄弟们和他们最亲近的人们都来了。犹如要享受初夏甜美的夜晚一般，宴席被设在了庭院之中，众人围绕在依然风韵犹存的母亲身边，气氛融洽而和睦。

切萨雷没穿法衣，而是穿着俗世人的服装，虽非艳丽色彩，但这身剪裁精良的衣服完美展现了他紧致修长的身材。古铜色的皮肤，黑色的秀发，蓝灰色的眼睛里充满了深邃的光亮，唯有性感的黑色胡须和其下的嘴唇，才使他面色严肃的清秀容貌稍显温和。

聚会的焦点是胡安。对自己一帆风顺的将来深信不疑的他，完全不在意曾经在战场上的失败，心情愉悦至极。将妻子留在西班牙独自在罗马生活的他，过得十分快活。

最近犹如集全部父爱于一身的他，变得不可一世，态度傲慢的他总是与阿斯卡尼奥·斯福尔扎枢机主教起冲突，而不得不忍耐退让的总是阿斯卡尼奥。这一夜，在大放光彩、汇聚众人视线的胡安身旁，紧跟着一位没见过的假面男子。在座没有人知道他的名字，只知约莫是这数月中一直待在胡安身边的那位年轻男子。尽管如此，人们也没有感到不安或奇怪，只是在悄悄议论，那恐怕是胡安正热恋中的不伦对象。

最小的弟弟杰弗里携妻子桑夏一同出席。热情的那波利黑发姑娘桑夏对年幼的丈夫很不满意，一到罗马立刻与切萨雷亲近了起来，而胡安自打从西班牙回来便也同她有了来往。

临近午夜，人们陆续向瓦诺莎告辞各自回去了。波吉亚家的众人朝住处梵蒂冈的方向走去，舒爽的夜风中，众人缓步而行。就在快走到梵蒂冈的特韦雷河边，胡安表示想再独自感受下夜晚的空气，便与假面男子同骑一马，仅带着马夫离开了行列。众人建议最好带上武器以防不测，但他却只是笑着说会很快回来。此时的罗马街道昏暗，路上人影全无，家家门窗紧闭。除了稀稀落落的街灯发出的暗淡光亮与其下的灯影，城市整体都被笼罩在瘆人的黑暗中，而胡安的身影就消失在这黑暗之中。

第二天，教皇在梵蒂冈从早上就开始忙碌，那波利新王加冕仪式的磋商持续了整个上午，而胡安一直没有出现。教皇虽然有些担心，但他之前有过类似行径——不想被人看到自己从留宿的妓女家中出来，故意待到傍晚仍未归家，所以教皇认为这次也是类似缘故。然而，暮色降临后，甘迪亚公爵的身影也没有出现，教皇已掩饰不住不安的情绪。亲卫队的西班牙士兵们奔上街头，穿梭在大街小巷中的武装士兵甚至让市民们以为是奥尔西尼或科隆纳的军队前来袭击罗马。终于，甘迪亚公爵的马夫被发现了，却已是身受重伤的濒死状态，还没有问出任何情况就死了。所有人的心里，都预感到了胡安已凶多吉少。

就在这时，一名船夫被带来了，自称是在特韦雷河岸边停靠的船中过的夜。名叫乔尔乔的这名船夫，讲述了以下的经过：

从 6 月 14 日到 15 日的这个晚上，他像往常一样在船里睡觉，却被奇怪的响声吵醒了。他看到两个男人从斯基亚沃尼医院旁边的小路拐了出来，两人边走边小心翼翼地四下查看。稍过片刻，又有一名骑着白马的男人走近，马鞍后捆着个人，一边跟着一个马夫扶着。他们在河边停住，马夫们听从骑士的命令，将一动不动的人从马鞍上解下来投入了河中。船夫称，明确地听到了骑士询问随从是否已顺利将人投入河中，随后马夫们回答“是的，主人”。河水缓缓流淌，有什么东西浮上了水面——是死者系的斗篷乘风而起，马夫们朝斗篷投了石块，接着又听从骑士的命令消除了地上的痕迹，随后一行人朝着圣贾科莫医院的方向离开了。

船夫说他本没想要把这事儿说出来，毕竟至今为止没少遇到这种事，而事件最终都会被淹没在黑暗之中无人知晓。

这个瞬间，教皇呆滞了，他无法相信。其他人都意识到自己的预感是对的，只有教皇不愿去相信。但最终，他还是下令在特韦雷河展开捕捞。当夜，三百艘船结网搜寻河底，数千只火把为其照亮，特韦雷河两岸一夜通明亮如白昼。

翌日将至正午时分，甘迪亚公爵胡安的遗体从人民广场附近的河底被捞了上来。衣服还是原样，两手被缚，全身有9处伤势，致命伤是喉咙处深深割出的大伤口。短剑佩带在原处，手套也别在腰间，钱包中的三十达克特原封未动，斗篷内侧裹着许多河泥。

胡安的遗体被搬到了圣安杰洛城堡，脱下污秽的衣服，清洗了身体后，穿上了公爵的正装，胸前佩戴教会军总司令官的纹章。这时的他只有20岁。

这一日的傍晚时分，送葬行列朝人民圣母教堂出发了。在亲族、神职人员、贵族们的围绕下，被一百二十只火把的光照亮着，在无声聚集而来的群众中间，送葬行列离开了圣安杰洛城堡。这时候，透过城堡开着的窗户，人们听到了教皇在黑暗中哭喊儿子名字的声音。

甘迪亚公爵遇害的消息转瞬就传遍了罗马乃至整个意大利，欧洲各国的大使们，都纷纷忙着给自己的君主提交详细的情报。

而旋涡中心的教皇，好似自己受到拷问一般痛苦万分，三天不眠不食。事件发生的五天后，他以憔悴的面容出现在召开的枢机主教会议上。

“最难以忍受的打击，”断断续续听到教皇的西班牙口音在低吟着，“我从心底爱着公爵，总想着如果所有的事情都能够回到以前该多好。然而，就算再想着这是自己所犯罪孽的报应所致，如此悲惨的死法也太过……”

话至此，他哭了。随后环视了在座的枢机主教们，继续说道：

“我想要对教会内部进行重新编排，废止亲族主义，今后教会的职位要赋予与之相应的人。”

这时教皇的语调已经平稳镇静多了，当即任命枢机主教科斯塔为改革负责人。

这期间，教会警察的搜查还在继续。首要追查那天夜里与胡安在一起的假面男子。但是，就连此人是生是死也没能确认。随后嫌疑人的名字被一个个列举了出来。

首先是阿斯卡尼奥·斯福尔扎枢机主教，可以说他有完全的暗杀动机。他与死去的胡安之间的不合是众所周知的，而且现在的米兰公国派几乎被指控为恐怖主义，已经无可救药地在教会中被孤立了。当法兰西将第二次展露的野心指向米兰的时候，米兰非常需要与教会搭建友好关系，因此有足够的动机暗杀反米兰派领军人甘迪亚公爵。并且，公爵最后消失的地点正好是在阿斯卡尼奥的宫殿附近，也让他的嫌疑加深了。对宫殿内部进行了搜查，但什么也没有发现，教皇公开表示了阿斯卡尼奥的清白。

其次是乌尔比诺公爵圭多巴尔多，他在同奥尔西尼交战的时候与甘迪亚公爵同行，战败后公爵置被俘的他于不顾，因此被认为对公爵的逃跑怀恨在心。但是，众所周知，乌尔比诺公爵性格温厚诚实，不可能做出这种事情。

因嫉妒妻子卢克雷齐娅与亲哥哥胡安之间的不伦恋情，在事件最初便多次被提到的佩萨罗伯爵，也被证明当时人在米兰。同样，被认为因妻子桑夏被哥哥抢走而怀恨的小弟弟杰弗里也是清白的。树敌过多，更确切地说是到处树敌结怨的甘迪亚公爵被暗杀的真相开始变得扑朔迷离。事件发生后第 21 天的 7 月 5 日，教皇突然公开表示停止搜查，同时让波吉亚家的所有人都从梵蒂冈撤离，杰弗里与桑夏出发去那波利。22 日，切萨雷从罗马出发，踏上了本应同过世的胡安同路的旅途，去往那波利出席国王加冕仪式。

全意大利、全欧洲的注意力也都集中在了梵蒂冈发生的谜一般的暗杀事件上。“亚历山大六世为了向人们显示自己是得人如得鱼的人，将自己的孩子用网捉住了。”[1]

在事件过去了8个月的1498年2月22日，当坊间流传的谣言消散的时候，我们首次发现了作为暗杀主谋出现的切萨雷的名字。这一天，驻威尼斯的费拉拉公国情报官艾伯特·德拉·皮尼亚寄给埃斯特公爵的信中如下写道：

“根据我听人说的新情况，甘迪亚公爵之死大概是其当枢机主教的兄长所为。”

好奇的目光又重新回到了波吉亚的身上，事件发生后的种种事情又再次被人们提起。在这8个月里，一次也没有听到过有关切萨雷名字的谣言，这更加激起了人们的好奇心。而暗杀的动机有如下几条：

（1）因弟妹桑夏引起的切萨雷对胡安的嫉妒；

（2）因妹妹卢克雷齐娅引起的兄弟间爱的纠葛；

---

1 将自己的孩子用网捉住了：耶稣·基督在加利利地区布教的时候，遇到在海边撒网的西门（之后的圣伯多禄）和他的兄弟安德烈说道：“跟随我，我要让你们得人如得鱼一样。”西门与安德烈立刻扔下了网跟随耶稣走了。之后在耶路撒冷，耶稣身背十字架复活，当再次在弟子们面前现身的时候，耶稣指命西门为“我羊群们的牧羊人”。根据耶稣的话语，西门成为第一代教皇，即圣伯多禄（意大利语中称圣彼得）。罗马梵蒂冈内的圣保罗大教堂的名字由此而来。因此以后的教皇们被称为得人得鱼者，即圣彼得的后继者。另外，在意大利语中以“Pastore”（牧羊人）作为教皇代称使用的情况很多。——译者注

（3）切萨雷对教皇父亲给予胡安宠爱的嫉妒；

（4）事件发生后教皇所说的“我知道是谁所为”的话；

（5）母亲瓦诺莎在事件发生后与教皇见面，而教皇宣布停止搜查就是在这之后，一定是瓦诺莎知道暗杀者是谁；

（6）面对从那波利归来的切萨雷，教皇只让他行了亲手礼而没有与他说话。

以上这些就是使人们传出流言的原因。

但这终归是人们的传言，而之所以能留存到现在，也是因为年代记作者们将这些坊间传闻记录了下来。事件的当事人们一句话也没有留下，大使们的书信中没有找到新的事实。并且不可思议的是，在我们调查波吉亚家的众人，特别是亚历山大六世及其周围的时候，本该留下最为可信记录的教皇厅书记官、德意志人布鲁卡鲁多，其日记中缺少自那事件当天即 6 月 14 日之后的一段时间的记录。从那时开始到五百年后的今天，被好奇心驱使的众多学者们翻阅了各种古文书库中的资料，却依然没能发现任何一点关于事件主谋是谁的决定性史料。

第八章

1498年夏季，自甘迪亚公爵胡安被暗杀已经过去了一年的时间。驻罗马的各国大使与情报官们意识到，最近一直没有看到切萨雷枢机主教的身影。暗杀事件之后波吉亚一家就一直是众人关注的焦点，为了骗过几乎将监视波吉亚当首要之务的大使们，切萨雷从4月开始逐渐不参加宗教仪式等官方活动，仅出席非官方活动，不久后连非官方活动也不再出席，只窝在自己的宫殿和教皇宫内父亲的私人房间。他在打什么主意？所有人都想打探这位年轻枢机主教的动静，但此时的切萨雷不仅在社交界销声匿迹，就连他喜爱的狩猎也不再参加。从教皇贴身侍从口中打听到，切萨雷与教皇两人时不时会进行长谈，众人也排除了切萨雷是因病静养的可能。并且，使他们更显可疑的另一个事实，是自查理八世入侵意大利以来，实际上已断绝了往来的法兰西与罗马教会间，有了新的转机。在法兰西前国王查理死后，由奥尔良公爵路易作为路易十二世继承了王位。而最近，有几个好似国王使节的法兰西人造访了罗马，其中大多都拜访了教皇与切萨雷。事到如此，才第一次令密切关注教皇和切萨雷的大使们捉到了一丝事件的苗头。然而，波吉亚家的这两个人并没有给予他们发现真相的时间。

7月17日，教皇召开了枢机主教会议。在被召集来的枢机主教们面前，切萨雷请求发言。身着一身红衣红帽的他站起身，用平静但果断的语调说道：

"即使身着红衣，但我的内心却时常为现世俗务所吸引。只是因为教皇阁下的愿望，我才至今为止留任圣职。"

切萨雷在奉还枢机主教职务的同时也舍弃了瓦伦西亚大主教的职位，宣言要降归俗世。面对其他那些面面相觑的枢机主教，教皇表示自己已认可这位瓦伦蒂诺枢机主教的决定，随后的投票以枢机主教全体赞成通过而告终，切萨雷脱去了红衣。萨努多[1]在他的《日记》中如是写道：

"曾经，有过枢机主教阿雷利亚为当修道士而请求脱下红衣的事情，但在枢机主教会议上被多数的反对票阻止了。而这次则是全员都赞成了。神之教会如今是何等堕落啊。"

众人直到此刻才意识到，牵动整个教会为之行动的毫无前例之

1 萨努多（Marin Sanudo il Giovane，1466—1536），威尼斯外交官，年代记作者。著有威尼斯历史与现状等著作，其中尤以1496年至1533年的《日记》最为世人所知，是从文化、经济、社会风俗等方面对当时社会全面记录的一本著作。——译者注

事的主角，是这个即将要迎来23岁生日的年轻人，而教皇也总算发觉自己只不过是能给这个儿子提供助力的存在。但是没人能想到任何对策，毕竟除了切萨雷，没人会舍弃枢机主教的名誉和总额超过35000达克特的年收入。那么，切萨雷以舍弃了红衣的代价，想要得到的又是什么呢？在人们开始臆测与谣传之前，切萨雷早已完成了所有的准备。

去年的夏天，作为教皇代理出席那波利国王加冕仪式的切萨雷亲眼见识了富饶广阔的阿拉贡王国。占据那波利往南的普利亚、卡拉布里亚，还有西西里岛和亚平宁半岛三分之一以上的阿拉贡王国，与其广阔的疆域相反，切萨雷目睹了其内政极度混乱的状态。并且由于弟弟胡安的去世，切萨雷得到了国王转赠的贝内文托领土，正式成为那波利王国的一员。切萨雷将实现野心的希望，首先押到了那波利王国上。

阿拉贡王家的命数将尽。在老练的政治家费迪南多国王死后，受困于国内众多小领主的反抗，被搞得焦头烂额的王室中，再未出现一位能够重拾王室权威与实力的支配者。想要最快接近那波利王国王权的方法，是与现任国王的嫡出公主结婚，而与像桑夏一样的先王庶出公主的联姻是行不通的。切萨雷盯上了卡洛塔公主，而他为此所准备的棋子是自己的妹妹卢克雷齐娅，已同佩萨罗伯爵离婚的卢克雷齐娅就这样被许诺要嫁给桑夏公主的哥哥比谢利公爵阿方索。但是，当时的卡洛塔公主却不愿与切萨雷结婚。没有预想到切萨雷会放弃枢机主教职位的公主，因为不想被人们称呼为“枢机主教夫人”（也就是情妇的意思）而拒绝了他，同时国王费德里科二世也不喜欢波吉亚通过结婚来染指王权。切萨雷的野心眼看就要遇挫了。

不过，他一边持续探听着那波利的态度，另一边还把目光投向了法兰西。如果是面对在韦莱特里因切萨雷的逃亡事件而咬牙切齿查理八世，切萨雷大概没法开口提出请求。但对于波吉亚来说幸运的是，法兰西已经变为路易的时代了。

新任法兰西国王路易十二世在继承王位后考虑要离婚。想要与路易十一世的公主——患有佝偻病的让娜·德·瓦卢瓦离婚，同已故查理八世的未亡人安娜·德·布列塔尼结婚，所图的是安娜所拥有的布列塔尼公国这个巨额的嫁妆。但是，作为基督教国家的国王，想要成功离婚非常困难，必须想办法让以往的婚姻无效化，此外还需要教会之首教皇的认可，而路易接近教皇的目的就在于此。

波吉亚对这样的路易提出了条件：为切萨雷准备领土和新娘。

路易十二世

路易接受了这个对双方来说互惠互利的条件。另外还有一件事情占据着路易的内心，他想征服意大利北部的伦巴第地区，而这对波吉亚来说也没有任何不利之处。现如今卢克雷齐娅已经与斯福尔扎家族一员的佩萨罗伯爵离婚，同斯福尔扎家族已毫无关系。如若能除去米兰公国的当家摩尔人，还能击溃一直以来在教会中实力强大的摩尔人的弟弟阿斯卡尼奥·斯福尔扎枢机主教的背后势力。在这一点上，路易与波吉亚有着相同的利益，在始终贯彻着利己主义的男人们之间，妥协是时常可行的。

就这样，路易与波吉亚之间达成了协议。密使频繁奔波于巴黎与罗马之间，协议在商议中被一一逐条确认，切萨雷希望路易在法兰西的宫廷内招待他，而路易也追加了希望让自己的心腹鲁昂大主教乔治·昂布瓦兹成为枢机主教的要求。波吉亚一口应诺，主教的红帽将会由自己去法兰西时随身带去。

在梵蒂冈的古文书库所遗留的记录中，在以上协议内容外还额外添加了九个条目，日期是切萨雷奉还枢机主教职位的前一天，即7月16日。

（一）基督教徒的国王（法兰西国王的代称）约定将费德里科国王的女儿嫁给切萨雷阁下；

（二）将赠予切萨雷法兰西国内的瓦朗斯与图尔[1]的领土，保证其获得公爵爵位的同时能从两地得到全部收入；

（三）国王同时承诺将出资精心挑选三百枪骑兵赠予阁下，如有必要还可以增加兵力；

（四）约定有3万达克特的终身年金；

（五）当征服伦巴第地区成功时将赠予阁下阿斯蒂领地；

1　图尔（Tours）：现法国中西部城市，中央大区（Région Centre）安德尔-卢瓦尔省（Indre et Loire，37号省）的省会。在当时的瓦卢瓦王朝后期（1462年3月），包括路易十一世和查理七世在内的法兰西皇室家族来到卢瓦尔河谷，此后的一个世纪内，图尔成为法国的皇室之地。——译者注

（六）赐予法兰西宫廷承认的圣米凯尔骑士团的骑士称号；

（七）当切萨雷阁下不在罗马时，国王将派遣一千名士兵保证教皇阁下的安全并承担全部费用；同时国王承诺将尽义务从各方敌人处守护教皇阁下的安危；

（八）许诺在没有教皇许可时，不会针对那波利王国采取任何行动；

（九）最后，教皇希望能让朱利亚诺·德拉·罗韦雷枢机主教和雷蒙德·佩劳德枢机主教回到罗马，彼此尽释前嫌，像弟弟一样温暖地迎接他们。

以上条目全部以国王之名约定。

切萨雷在脱去红衣之前早已完成了上述所有的准备。并且，虽然没有被明确地记录下来，但第三项法兰西将给予切萨雷军事援助这一点，在未来发挥了巨大的威力。

就这样，因为担任瓦伦西亚的大主教而被称呼为瓦伦蒂诺枢机主教的切萨雷，现在成了瓦朗斯领主，巧合的是法语的瓦朗斯与意大利语瓦伦蒂诺发音相近，故切萨雷竟仍然是用瓦伦蒂诺公爵来称呼。没人能够知道当时这位年轻人的心境如何，只是有一段时间，切萨雷会在署名为瓦伦蒂诺枢机主教后用力划掉，再重新写上瓦伦蒂诺公爵。

为了将切萨雷接到马赛，国王派遣的六艘桨帆船正向着意大利行进，与此同时在罗马，教皇则忙着为儿子的法兰西之行做准备。写好了路易十二世的离婚承认书，给鲁昂大主教的红帽也准备妥当。给切萨雷的服装当然是精心安排的，罗马的裁缝店总动员，全罗马的绢布、锦缎以及缝有金线银线的豪华料子被一夜之间扫荡一空，这之上仍然不足的部分则现从威尼斯订购。几十匹宝马良驹也从曼托瓦运达，跟随切萨雷去法兰西的随从也经过了严格的筛选。

1498 年 10 月 1 日，切萨雷出发的日子。这天正是罗马最美的秋日，切萨雷的面容仿佛历经岁月的黄金酒杯那雕刻有致的浮雕纹理，在柔和的阳光下形成了美妙的光影调和。和父亲做了出发前的最终告别的他，回到了在圣伯多禄广场等待他的一行人之中，白色缎子金线绲边的上衣，黑色天鹅绒斗篷，同是黑色天鹅绒的贝雷帽上插着白色的羽毛。看着在秋天暖阳中骑着鲜亮栗色鬃毛马的儿子飒爽的英姿，教皇很是满足。随后从阳台探出身子朝向儿子嘱咐，到了法兰西也要像现在这样威风凛凛地骑马进城。

随行的一队人马如影随形地跟在切萨雷身后，其中看到了唐·米凯罗特的面容。此外还有约三十名贵族，数百人的仆从、侍童、马夫、乐师等，外加二十几匹骏马、十二驾马车和七十头驮行李的骡子，记录中还留有切萨雷怀揣着满满20万达克特上路的信息。

10月3日，六艘桨帆船驶出奇维塔韦基亚港。切萨雷站在先行的咆哮号船头上，斗篷被风吹拂着向后飘动，长发被猛烈的海风吹得上下飞扬。黑色紧身裤包裹着的双腿平稳地站在甲板上，单手用力攥着贝雷帽，目不转睛地遥望远方目的地所在的海平面方向。

第二部分

剑（1498—1503）

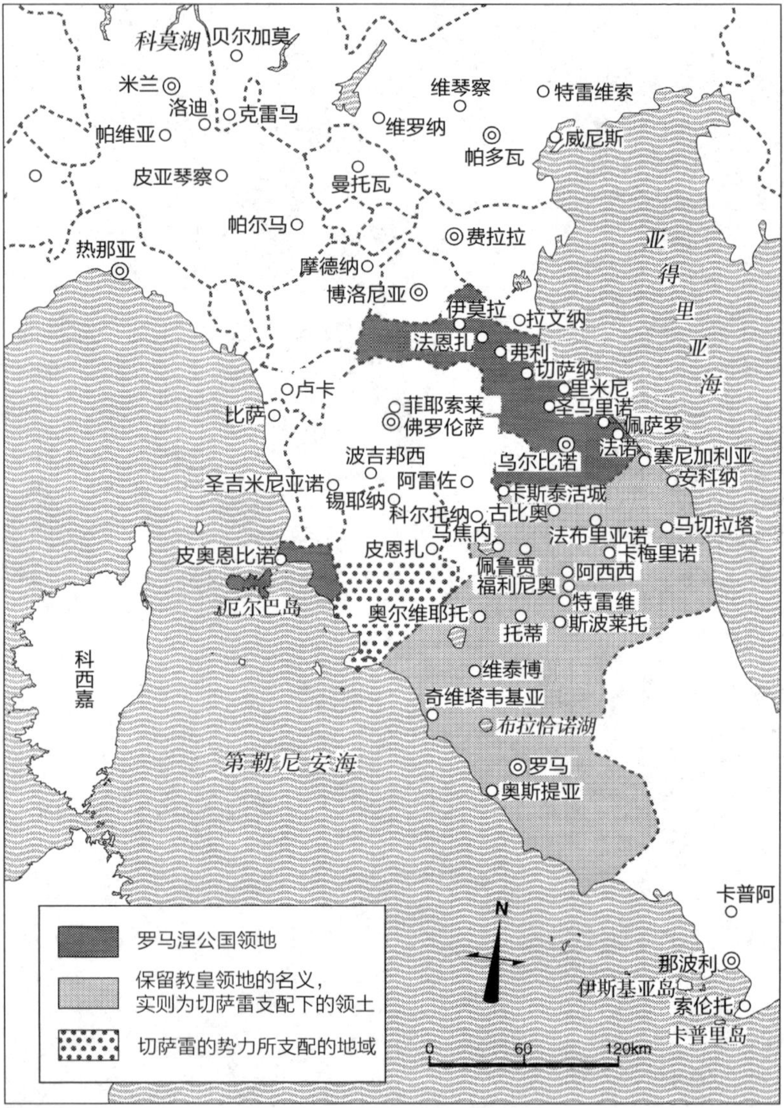

科莫湖
贝尔加莫
米兰
洛迪
克雷马
帕维亚
皮亚琴察
帕尔马
热那亚
维琴察
特雷维索
维罗纳
帕多瓦
威尼斯
曼托瓦
费拉拉
摩德纳
博洛尼亚
伊莫拉
拉文纳
法恩扎
弗利
切萨纳
里米尼
圣马里诺
佩萨罗
法诺
乌尔比诺
塞尼加利亚
安科纳
亚得里亚海
卢卡
比萨
菲耶索莱
佛罗伦萨
波吉邦西
圣吉米尼亚诺
阿雷佐
锡耶纳
卡斯泰洛城
科尔托纳
古比奥
马焦内
马切拉塔
法布里亚诺
卡梅里诺
皮恩扎
佩鲁贾
阿西西
福利尼奥
特雷维
皮奥恩比诺
厄尔巴岛
奥尔维耶托
托蒂
斯波莱托
维泰博
奇维塔韦基亚
布拉恰诺湖
科西嘉
第勒尼安海
罗马
奥斯提亚
卡普阿
那波利
伊斯基亚岛
索伦托
卡普里岛
N
0
60
120km
罗马涅公国领地
保留教皇领地的名义，
实则为切萨雷支配下的领土
切萨雷的势力所支配的地域

切萨雷的势力分布图

第一章

秋日将尽，平安结束了一个多月的海上航行，咆哮号带领着五艘桨帆船驶入了马赛港口。对切萨雷来说，这是首次外国之行。根据路易十二世的命令，法兰西宫廷高官及贵族代表们以国宾待遇前来港口迎接，还有其他许多为了向教皇的儿子致礼而前来的教会人士。为缓解漫长航海旅行带来的疲惫，切萨雷在马赛停留了数日，之后经由罗讷向亚维农出发。切萨雷华丽的一行人让法国民众们真是大开眼界，这位从他们憧憬的意大利远道而来的年轻贵族及其一行人身上，处处散发着文明的香气与都市的考究。

在与罗马教会关系匪浅的亚维农，还有更加盛大的欢迎仪式等着切萨雷，而且波吉亚的宿敌罗韦雷枢机主教也将在此处出席迎接仪式。通过路易十二世的调停，罗韦雷表面上已同教皇言归于好，并被教皇任命为驻亚维农大使。这只老狐狸嘴上说着前嫌尽释，手里也确实舍得下血本，为了切萨雷的迎接仪式竟自掏腰包出了7000达克特。在此地停留了十余日的切萨雷一行，而后又朝着瓦朗斯出发了。

瓦朗斯为迎接新领主而一时喧嚣，为迎接瓦伦蒂诺公爵，这座古老的小城仿佛要将城市金库挥霍一空。单拿一次宴会为例，宴席上逐道传上的菜肴堆积如山，根据遗留下来的记录显示宴席菜品包括：28只烤全鸡、24只番茄炖兔、168只白鹌鹑和24只黑鹌鹑串烧、16只鸭子、28只雏鸠、37只山鹬、6只仔兔、6只斑鸫、6只云雀、12只孔雀、10只烤野鸡、两扇烤牛腿、两扇烤小牛腿、150千克的腌渍肥肉、煮羊舌冻12碟，此外还有鹑肉酱、蛋糕、馅饼、英式布丁，还有意式馄饨、杏仁、柑橘、糖点心、葡萄、李子、海枣果实、石榴……葡萄酒更是多到喝不完，切萨雷年轻旺盛的食欲被极大地满足了。

切萨雷在此收到了法兰西国王来函，告知将于12月18日在卢瓦尔河附近的希农接见他。切萨雷及其一行当即从瓦朗斯出发，离开了里昂地区。

另一方面，路易十二世为了要如何迎接切萨雷而犹豫不决。要带着全宫廷的人前去迎接吗？不行，这样对待作为瓦朗斯公国领主又是自己臣下的切萨雷太过于隆重，更何况这只是他踏入世俗的第一步。那么在城里等他？不行，这样又在对待教皇亚历山大六世儿子的礼仪上欠妥当。最终，路易选择了居中的方法。

切萨雷到达的当天，国王指名让心腹昂布瓦兹担任到城门外迎接的职务，而自己则带着宫廷内的其他人外出打猎。而后，想要在离入城还有2公里的地方来一出最初的邂逅，佯装偶遇正往入城方向走着的切萨雷。然而，结束匆忙狩猎的路易到达偶遇地点的时间太早了，还完全看不到切萨雷一行人的身影。路易和他的家臣们又不能站在野外这仅有的一条路上，只得躲在附近的林中悄悄等待。感觉过了相当长的一段时间，总算从道路远方听到了人马的嘈杂声，只见切萨雷一行不慌不忙地缓步前来。蹲在树林里，透过林间缝隙望见队列走过的路易，总算能从林子里出来了。

俨然一副狩猎归来偶然相遇的场景，路易与家臣们边高声笑着边敲打着武器弄出声响，走近切萨雷一行人。切萨雷早已驻马等待他们，他注意到国王正在这一群穿着狩猎服、打扮随意的人当中，于是命令自己的家臣们下马。走近切萨雷的国王发现，这个比自己年轻很多的年轻人，一直目不转睛地直视着自己。

“不好意思，我正好打猎回来，没想到在这儿能遇到公爵您这一行人。”国王接着说道：

“我将在城内恭候，长途旅行真是辛苦了。”

切萨雷对此简短地表达了谢意，路易便带着家臣们快马回到了城里。路易本还担心，如果切萨雷面对国王的时候下马回话，自己该如何应对，现在看来全是白费心思了。年轻人面对在马上同自己说话的国王和其身后诸多骑马的家臣时，丝毫没有要从马上下来的意思。待国王及其一行远去后，切萨雷他们慢慢前进。当日午后如约入城之前，全员又进行了整备。

对于进入图尔城的切萨雷一行，威尼斯大使在给祖国的报告中有如下描写：队伍由驮着华丽衣箱的骡子群打头阵，随后是24头驮有武器的披着华丽马衣的骡子，分别披着代表法兰西王国颜色的红黄两种马衣，其中12头是黄色呢绒，10头装饰着金色锦缎的马衣。在这些被随从牵着的骡子后边跟着马匹。气派的骏马们分别装饰有银色的缰绳、西班牙风格的金色流苏、德意志制造的闪亮马具、黑色天鹅绒和锦缎的马衣。这之后跟着18个骑马的侍童，其中16人着锦缎流苏上衣，披深红色天鹅绒斗篷，另两人身着全套金色绉纱风格的绢织华贵服饰。再后面有60人的随从，清一色穿着黑色天鹅绒外服，配有金色项链，还有两头体态健壮的骡子驮着贵重物品箱子，里面装有华贵宝石、献给国王的礼物，大概还有认证法兰西国王路易十二世离婚的教皇诏书、圣遗物等。在这之后紧接着的是罗马的贵族们，还有到城外迎接的国王代理昂布瓦兹和法兰西宫廷里的人带路前行。

终于，切萨雷的身影出现在了城门下。他在18人的亲卫兵中心，骑在一匹高头大马之上显得尤为高人一等，胯下宝马披着缀有宝石和金色锦缎的马衣，毛色油光水滑。切萨雷身穿法兰西风格的衣服，宽大的黑天鹅绒左袖口上缝着12根金线流苏，右袖上金线织花锦缎不松不紧地缠绕到肘部，胸口上佩戴有闪闪发光的钻石纽扣，无法估价的华贵项链与之相映生辉。紧身裤和长靴都是黑色锦缎制成，头戴黑色锦缎贝雷帽，帽子边缘镶有两朵雕工精巧的红宝石百合熠熠生辉，百合正是法兰西王家的纹章。为了探听切萨雷的动静而来到法兰西的米兰间谍给摩尔人的密报中写道："这是人类所能见识到极致的美与财富的结合。""哪怕是神圣罗马帝国的皇帝，也没有谁曾这样进入罗马的城市。"威尼斯大使也如此写道。但是，此情此景竟还有一样欠缺的东西，那就是军队——切萨雷唯一尚未拥有的东西。

路易将脸抵在城堡窗户上看着切萨雷入城的盛况。这队华丽的队列缺少什么，当时的切萨雷十分清楚，但路易在那时却并没有立刻意识到，国王只是对超越了公爵身份的这份气派大为震惊。路易拿到了证明自己至今为止的婚姻无效的教皇诏书，在20天后举行了与先王查理的未亡人安娜的结婚仪式，国王的心腹昂布瓦兹也顺利地带上了枢机主教的红帽子。

切萨雷转瞬间便征服了法兰西宫廷。寡言的他只要是自己没心情便基本不与人交谈，而国王以下的宫廷内外都努力地向他示好。国王待他犹如自己的儿子一般，时常带在自己身边。米兰的间谍在报告了切萨雷日常的活动细节后，结尾处加上了“本世纪最出色的男性”的形容。抢先到达亚维农，在国王身边迎接切萨雷的罗韦雷枢机主教，不光嘴上说着恭维的话，连给教皇的信中也如此写道：

“教皇阁下，我不能再对瓦伦蒂诺公爵在当地的卓越成功闭口不谈了。公爵的年轻朝气、谨慎认真、机智聪明等，以及公爵那被主赐予的身体与精神，完全征服了法兰西宫廷的所有人。公爵得到了国王的最大的赏识，受到包括国王在内所有人的尊重。我所言并非夸大其词，实乃众人心声。”

在这周围的喧嚣之中，只有切萨雷一人没有失去冷静。一边尽力为获得寄住在安娜王妃宫殿里的那波利公主卡洛塔的芳心而努力，另一方面打探着路易的真实用意。切萨雷发现路易也和查理八世一样没有放弃征服那波利的意图。波吉亚在罗马时推测到路易正在策划攻取米兰，然而在这里，切萨雷察觉到国王的真实心意是先夺取米兰，进而征服那波利。米兰公爵摩尔人感到危险正在逼近，便拼命游说那波利国王，但国王还是一如既往不愿让女儿嫁给切萨雷。事到如今，这件事对切萨雷来说也无关紧要了。最初想让卡洛塔公主嫁给切萨雷的国王路易现在也好像无心再促成这桩婚事了，切萨雷也舍弃了那波利。他将目光转向了罗马涅和托斯卡纳地区。为此，他下决心与法兰西，即拥有武力的路易拉近关系。那时的他，心中丝毫没想过已跟那波利王子结婚的妹妹的事情。

路易“以国王的名义起誓”，与教皇订立了约定，必须为切萨雷再找到一位新娘。这件事很快便敲定了，这个人选就是夏洛特·德·阿尔布瑞特。她的兄长是纳瓦拉王国的国王，因为纳瓦拉王国与各王室之间的姻缘关系非常多，作为教皇儿子的对象不仅是无可挑剔，更是有很大好处的联姻。纳瓦拉国王也接受了法兰西国王的提议并给出了条件。条件的第一条是，让国王拥有神职的弟弟升任枢机主教。第二条，夏洛特放弃纳瓦拉王国的继承权。但是，在丈夫死后又无子嗣的情况下，还可以将瓦朗斯公国的继承权归还给她。切萨雷因没有自己的领地，又是不能被正式承认的教皇儿子的这一耻辱出身，又在这里被迫品尝了苦楚。

1499 年 5 月 10 日，在昂布瓦斯的城堡里结婚仪式结束了。这个结婚仪式对切萨雷来说很重要，有着决定今后方针的意义。而这意义就是指契约的成立——切萨雷·波吉亚及其亲族、同盟者等所有人，要协助路易十二世进攻米兰公国与那波利王国，而路易则约定要协助切萨雷在意大利的行动。

结婚仪式由国王与王妃担任新郎双亲的职责，虽不是特别盛大，但却充溢着用心筹备的亲切氛围。仪式之后的宴席上，国王显得比新郎切萨雷还要高兴。这之后紧接着的骑马射枪比赛中新郎也出场了，从新娘手中接过授予胜利者的月桂树头冠，收获了人们欢快的庆贺呼声。

切萨雷在最初的夜晚没有忘记向法兰西宫廷里的人们提供话题。对当时的支配者阶级来说，结婚是政治重要的一部分。所以，若不圆房，政治的效力就不能算是被发挥出来了，因此有必要为是否圆房而立证。这一夜的证人是国王与王妃，加上因为有圣职者必须参与的惯例，昂布瓦兹枢机主教也在场，共计三人。根据为教皇快马加鞭送去的报告——教皇身在罗马，非常担心婚礼的过程，切萨雷先是当着三人的面完成了一次，之后每完成一次都给国王打暗示，当数到第六次的时候，就连国王也笑着说：“比我还出色。”

即便如此，法兰西国王尤觉在当时称赞尚不足够，还额外给在罗马的教皇送去了书信，写道：

“瓦伦蒂诺公爵与我那时候相比多了四次。两次在夜宵前，之后还进行了六次。”

而这一切却是伴随着抗议与骚乱完成的。信仰虔诚的基督教徒无法认同国王给予堕落的教皇亚历山大六世儿子的优待，奋起抗议的巴黎大学的学生举行了声势浩大的游行，新婚之夜在如潮汐一般若隐若现的“恶魔之子”、“恶魔之子”的喊声中进行着。

九天后，佩戴有金贝壳装饰的银肩章、身披纯白缎子长斗篷跪地的切萨雷被正式授予圣米凯尔宗教骑士团成员荣誉。切萨雷得到的这一殊荣，是自中世纪起、以漫长历史传统为荣的宗教骑士团中原本只能授予正统婚生嫡子的骑士名誉。

数日后，举行了盛大的血统认定仪式。切萨雷与他的子孙今后将被允许使用法兰西王家的身份与百合纹章。这位教皇私生子出身的原枢机主教，在未来将以切萨雷·波吉亚·德·弗朗西亚之名成为法兰西国王的亲族、瓦朗斯公爵。

路易想尽早品尝到从这位原枢机主教那里所获得的好处，至少趁机先把米兰得手，而若是像查理那时候等反法兰西同盟结成就晚了。教皇方面看起来也对此并无异议，1494 年法兰西军入侵时始终持反法兰西立场的亚历山大六世，如今也转为以儿子的立场优先，尽自己之力辅助。话虽如此，教皇却仍是任命了自己的侄子——蒙雷阿莱枢机主教为特使，命他走访意大利各国，鼓吹曾经的反法兰西同盟意识，当然行程中也包括米兰。波吉亚家族只想利用路易一段时间，只要达成了切萨雷的目的，之后的路易就毫无用处了。而当那刻到来，反法兰西同盟将立刻活动起来。持有表里双重牌面的纸牌游戏，这是即将迎来 24 岁的切萨雷的游戏，它还有另一个正式的名字，叫作政治。

然而，新婚宴尔的年轻妻子夏洛特却完全不了解丈夫的脑中究竟做何打算，她所知道的切萨雷只是个俊美健硕且对妻子细心呵护的年轻人。在结婚仪式四日后，丈夫将领地交由一名家臣管理，在昂布瓦斯的城堡里只两人相伴却仍不觉乏味。享受着这样的时光，年轻的妻子倍感幸福，她觉得两人就像一对忘却了世间烦恼的普通爱侣，沉浸在只有彼此的世界里。

但是对夏洛特来说，自己与丈夫的两人时光转眼就结束了。5

月 20 日，路易十二世终于踏出了进攻米兰的第一步，切萨雷也在其随行之列，准备向里昂出发的丈夫希望妻子可以同行。于是，随后国王与军队在里昂等待时机的两个多月，成为夏洛特与切萨雷一同度过的最后时光。终于在一天清晨，切萨雷将自己在法兰西领地的一切权限交给了刚满 17 岁的妻子后，骑马奔赴前线。一段时间后，夏洛特知道自己怀孕了。

9 月 9 日，切萨雷到了格勒诺布尔。在这次战争中，他几乎无事可做。在翻过阿尔卑斯山向意大利一拥而入的法兰西军队和从东边绕道过来的威尼斯共和国军双面夹击下，米兰的抵抗很快消失了。摩尔人带着 20 万达克特的金币逃跑了，逃向有姻亲关系的德意志神圣罗马帝国皇帝马克西米利安求援。10 月 6 日，切萨雷陪同国王路易进入米兰城，教皇特使蒙雷阿莱枢机主教和罗韦雷枢机主教也随行在旁。意大利的君侯们向国王送来胜利的庆贺陆陆续续地被送达米兰城，其中有摩尔人的岳父——费拉拉的埃尔科莱·德·埃斯特，以及曾在塔罗战役中将查理打败的曼托瓦的弗朗切斯科·贡扎加。在米兰大教堂被授予米兰公爵称号的路易，毫无顾忌地在意大利亚君侯们的面前表现出了对切萨雷的宠信。对波吉亚的存在感到毛骨悚然的君侯们，无法从路易与切萨雷身上移开他们不安的视线。曼托瓦侯爵弗朗切斯科在给他妻子伊莎贝拉·德·埃斯特的信中写道："我们有必要更加注意瓦伦蒂诺公爵的动静。"

在米兰雄伟壮丽的城堡中，切萨雷即使被衣着华丽的宫人前呼后拥，也没有忘记与自己分别的妻子，时常派人给妻子送去礼物，可口的点心、威尼斯产的衣服料子以及塞浦路斯产的葡萄酒等，不一而足。而后，也曾于意大利获得高位之时，想将妻子从法兰西接来，却没能实现，只从夏洛特处得到了因病无法前来的回复。而夏洛特也曾一度请求丈夫回到法兰西，但切萨雷是不可能接受的，随着他对意大利的野心一步步实现，切萨雷再也无法离开这里了。不过，夏洛特所谓因病无法前往，却并非出自她本意。从路易十二世对切萨雷产生戒心的那刻起，夏洛特便从事实上成为人质，她甚至不能离开法兰西去兄长所在的纳瓦拉生活。后夏洛特产女，取名为露易丝，而这个从没见过父亲一面的女儿，在伊修丹的城中陪伴着夏洛特默默度过了自己的余生。

第二章

终于，切萨雷迎来了首次出阵的时刻，路易曾许诺在法兰西攻占米兰公国成功后，就会对切萨雷提供援助。开始行动的切萨雷把最初的目标指向了意大利中部的罗马涅。当然，无论是怎样的征服，发兵之时都需师出有名。不过这对于有个教皇父亲的切萨雷来说简直易如反掌——对教皇领土内肆无忌惮僭越称王的小领主们进行镇压，收复教会在地方应有的权力，这在基督教国家中是毫无争议的，更何况教皇领土内罗马涅地区列国分立、秩序混乱，早已是众所周知的事实。

罗马涅的小领主们均是在被教会授予“教皇代理”的官衔后，方能统管地区治理，故代替教会进行统治的他们有义务向教会缴纳一定金额的岁贡。然而，教皇所代表的教会权威自阿维尼翁之囚[1]时代起便大不如前，领主们也不复往日教皇代理的恭顺谦卑，半世纪以来没有人上交岁贡，也无人愿意服从教皇了。而费拉拉公国虽也是由教皇分封的封地，但经历了埃斯特家族数代的善政，确立了一个独立的国家体制，成为教会也无法简单出手干涉的状态。但

1 阿维尼翁之囚：13 世纪末时基督教（实指罗马教廷）已成为欧洲最大的政治势力和经济集团，尤其是罗马教皇的权势更不可一世。到了“阿维尼翁教皇”时，西欧各国世俗政权与罗马教皇之间的权力争夺十分激烈，教廷也由罗马迁往靠近法国边境的城市阿维尼翁，教皇势力受到极大的冲击。后世的历史学家将此时的教皇称为“阿维尼翁之囚”。——译者注

是，实力并不如埃斯特家族的罗马涅小领主们则需另当别论，历代教皇为了降服他们不惜软硬兼施，但均告失败。而当罗马周边有着科隆纳、奥尔西尼这样棘手的豪族时，教皇更是无暇管制远方罗马涅小领主们的横暴。当时教会国家的软弱无力放任了小领主们的统治，马基雅维利在书中评价这些领主为“不知执政之道，只知一己私欲”的家伙。提升罗马教会的权威、镇压僭越横暴的领主，切萨雷抓住了这无人能非难的两点，让自己的出兵做到了师出有名，剩下的就是教皇亚历山大六世向领主们发布宣战声明即可。而教皇诏书就位后，最后一项准备也完成了。

伊夫·达勒格莱指挥下的三百枪骑兵，第戎所指挥的加斯科涅与瑞士的步兵四千，这些兵力由路易十二世出借，切萨雷负担费用。此外还雇佣了阿基里·蒂佩尔提和埃尔科莱·本蒂沃利奥的军队，意大利、西班牙士兵混编的军队则由著名的佣兵队长维特罗佐·维特里指挥。切萨雷担当的就是这支总兵力约一万五千人，可以说是拼凑而成的佣兵军队的总指挥。

1499 年 11 月 5 日，路易十二世要求曼托瓦和博洛尼亚两国认可切萨雷的军队在其领土内通行自由。两日后，路易将米兰公国交付给部下意大利武将特里武尔齐奥，自己率领全部家臣返回法兰西。

11 月 9 日，切萨雷从米兰出发。意大利各国都想看看这位原枢机主教作为军队统领的能力如何，在他们的密切关注中，切萨雷和他的军队踏上了 1500 年前尤利乌斯·恺撒从高卢去往罗马曾走过的行军之路。皮亚琴察、帕尔马、雷焦还有摩德纳，切萨雷将最初的攻击目标锁定为卡特丽娜·斯福尔扎伯爵夫人的领土弗利和伊莫拉。选择最先进攻她的领土的理由有两点，弗利是罗马涅地区军事要冲，属地势上的必争之地，而米兰的摩尔人的退败又使得斯福尔扎家族在意大利内部日渐式微。然而，波吉亚也不是完全没有误算，卡特丽娜虽为女性，但却是位不能轻视的敌人。作为 24 岁切萨雷首战的对象，这位 36 岁却仍然貌美的女中豪杰可以说是相当难对付的对手，而这在尚未交战之前就已有征兆。

11 月 17 日，切萨雷进入摩德纳后即接见了等候在此的两名博洛尼亚使节，他们带来博洛尼亚准予切萨雷军队行军过境的许可。有了这份博洛尼亚领土内通行自由的许可，切萨雷本可继续行军，但他当日却将军队丢在摩德纳，只带了几个随从就急匆匆地向罗马出发，快马加鞭地在翌日一早就到达了梵蒂冈。当时所有人都不理解切萨雷为何如此行事，不过根据后续发生的事情推测，他那时应是收到了教皇的急报。急报是关于卡特丽娜·斯福尔扎预谋毒杀教皇而计划暴露的事情，她的家臣带着需教皇亲启的书信来到罗马，但在尚未递交书信前就被逮捕，并一五一十全部坦白了阴谋。据交代，毒杀计划是想让教皇感染鼠疫发病而死，这封“教皇亲启”的书信为了附着细菌曾置于因鼠疫而死去的人胸膛上，而由红色毛织布严密卷着的封套则能保护送信人不致被细菌感染。布鲁卡鲁多的记录写道，“这样的阴谋已构成了重罪”，《弗利年代记》和浦瑞里的《威尼斯年代记》也都记录了这个事件，而曼托瓦的情报官卡塔内更是于当月的 21 日、24 日、26 日三次对这个事件进行了汇报，马基雅维利也提及了此事。但是也有一些年代记作者认为这件事是波吉亚为了将针对卡特丽娜的意图正当化而故意捏造的。

无论真相如何，四日后的 21 日，切萨雷再次回到了摩德纳。23 日，军队再次拔营启程，朝着艾米利亚大道前行，遥望远方便是高塔林立的城镇——伊莫拉，第一个要攻打的卡特丽娜治下的要塞。

“拥有最强精神和胆识的她，毫无疑问是意大利的第一女性。”曾被《威尼斯年代记》作者如此称赞的卡特丽娜，正用毕生决战的气魄等待着切萨雷。卡特丽娜的祖父弗朗切斯科·斯福尔扎，与同

卡特丽娜·斯福尔扎

时代那位蒙托内的布拉乔[1]的威名不相上下，从一介佣兵队长一步步当上米兰公爵。她对自己身体里流着的血有着强烈的骄傲，绝不能允许自己输给所谓教士的儿子。而正是这份骄傲支撑着她度过波澜壮阔的前半生，父亲米兰公爵加莱亚佐·马里亚在她13岁的时候

1　蒙托内的布拉乔是一个人的代称，即安德烈亚·弗泰布拉乔（Andrea Fortebracci，1368—1424），他出生于意大利中部佩鲁贾省的蒙托内地区，是一名没落贵族出身的雇佣兵队长，与弗朗切斯科·斯福尔扎有过同袍之谊，彼此声名不相上下，拥有自己独到的军事战术见解。因家族发源壮大于蒙托内，且安德烈亚为家族最为人知的一员，故被人称为蒙托内的布拉乔，家族在之后还对该地区有长达两百余年的统治。——译者注

被暗杀，而后虽然同教皇西克斯图斯四世的外甥吉罗拉莫·里阿里奥结婚，但丈夫却在她24岁时被家臣暗杀，第二任丈夫贾科莫·菲欧也死于暗杀，当时她对此事的复仇甚至震惊了整个意大利，身边人只有美第奇家族出身的第三任丈夫是正常的病逝而终。让儿子靠边站，卡特丽娜作为实质上的当家统治着领土，她有着不输男人的御马之术和身披甲胄也无法掩盖的修长健美的身躯，心境也犹如古代的亚马逊族[1]一般，爱与憎两种情绪以同样的热度燃烧于胸。而交战时那异于常人的胆识，在第一任丈夫被暗杀时便已展露无遗。当反叛的贼人们在城堡外面挟持着她的孩子，威胁她在黎明之前交出城堡，否则就杀掉孩子的时候，站在城堡上面的卡特丽娜不慌不忙地掀开裙子，接着高声地喊着回话：

“蠢货们，你们就没想过孩子之类的，以后我还不是想生多少就生多少吗？”

哑口无言的贼人们空张着嘴，完全中了她拖延时间的计谋，早

---

1 亚马逊族：亚马逊一族是一个谜一样的女战士族，她们与无数希腊英雄的战斗流传在不同的传说之中。根据习俗，男人是不能进入亚马逊人的国境的，但亚马逊人每年都会到访高加索的戈尔加利安斯（Gargereans），为的是传宗接代，在这个联婚盛会上生下来的女婴都会交由亚马逊一族养大成人。每一个亚马逊女战士长大成人时都会烧掉或切去右边乳房，以便投掷标枪或拉弓射箭。——译者注

已记不得要杀死孩子了。

然而这位“女强人”却不懂得政治。十三年的统治只是在镇压和恐怖中维持，民心早已尽失，面对前来的切萨雷，伊莫拉的民众们毫无反抗地就打开了城门。

11 月 25 日，切萨雷率领军队，被民众“解放者”的欢呼声簇拥着，进入了伊莫拉城。这个消息对卡特丽娜来说很是打击，她立刻将伊莫拉的市民人质处以绞刑。但这对切萨雷来说，也并不意味着就此得到了伊莫拉，这里的要塞尚未被攻破。以守卫坚固而闻名的这座要塞，现在是由留守的将军纳尔多指挥防守。切萨雷先是在要塞周围布满火炮队列，随后对其进行劝降，所给出的条件是不追究一切罪责，如有意愿可将其收为自己的部下。但纳尔多拒绝了降服，战斗随即开始。要塞的守卫虽然很坚固，但在大炮的轰炸之下，守备军的伤亡人数不断上升。12 月 8 日，认为已时机成熟的切萨雷以不想再增加死者数量为由，再次向其劝降。纳尔多请求宽限三日以做考虑，三日内若没有从弗利来的援军就交出要塞。切萨雷随即命令停止攻击，静候约定之期。然而，卡特丽娜正忙着为弗利的防守战做准备，根本不可能回应纳尔多的援军请求。至此，伊莫拉已完全臣服于切萨雷。12 月 13 日，教皇特使蒙雷阿莱枢机主教带来了教皇对战争胜利的祝贺，并宣布伊莫拉今后将正式归于教皇治下。切萨雷格外优待了投降的将军纳尔多，并邀请他加入自己的部队。但纳尔多唯独做不到在阵前与旧主卡特丽娜伯爵夫人交战，故回复说自己的生死去留任凭切萨雷处置，只希望能暂时不上战场。切萨雷没有强求。后来，答应在切萨雷手下效力的纳尔多与唐·米凯罗特一起成为追随切萨雷的部下中最忠诚的一员。

切萨雷带领军队顺着艾米利亚大道南下，奔向下一个攻击目标弗利——卡特丽娜领土的都城。另一方面，卡特丽娜打算将紧邻弗利城的拉瓦尔迪诺城堡作为迎击敌人的地点，两千士兵在她的总指挥下固守城池，但这终究也不过是由佣兵集结而成的军队。面对显而易见的战斗结果，她还是拒绝了切萨雷提出的讲和条件——交出城堡便保证她后半生安享年金的平稳生活，反而是将孩子们和宝石等贵重物品全部交付给第三任丈夫的本家佛罗伦萨的美第奇家族后，独自一人誓死要将这场绝望的防御战进行到底。但是，受到伊莫拉前例的打击，先发制人的卡特丽娜叫来了弗利的长老们。她向这些对着伯爵夫人毕恭毕敬的长老发问道，是想对瓦伦蒂诺公爵切萨雷进行抵抗，还是要效仿伊莫拉的例子，长老们的回答是后者。他们为卡特丽娜的暴政所苦，并且听闻了切萨雷对伊莫拉民众的宽大处理。事实上，弗利也是同样在切萨雷面前打开了城门，而卡特丽娜则越发依仗城堡的防卫。萨努多在他的《日志》中将弗利民众投诚的行为评价为“就如同卖淫一般”。而马基雅维利则写道，要是卡特丽娜认真思考过防御战争的话，比起投入精力坚固城堡，不如尽力地确保民心。

12 月 19 日，傍晚时分，切萨雷被步兵队簇拥着进入了弗利。他骑着白马，盔甲外披着绢布披风，那天下着大雨，雨滴顺着一贯插着白色羽毛的贝雷帽檐滴滴答答地落下。在迎接切萨雷的城市长老中，还包括卡特丽娜最为信任的亲信努迈，而他现在将自己的家作为落脚点提供给切萨雷以示欢迎。

翌日天气晴好，火炮的队列向着卡特丽娜固守的拉瓦尔迪诺城堡的方向一字排开，而后在切萨雷的一声令下，逐一点火开炮。大炮的余音尚未消散，弓箭就朝着城墙上的守备军们一齐放出。数日之间，这样的情景循环往复，直至基督诞辰祭。虽然士兵被允许在诞辰祭期间休息，但主将却无休息之理。这一日的切萨雷骑马来到了环绕城堡的护城河边，随从吹响小号，向伯爵夫人传达了想与之谈话的意向。卡特丽娜在城堡上现身了，切萨雷随即翻身下马，手上低拿着插有羽毛的贝雷帽，像邀舞一般优雅地低下了头，卡特丽娜也像是不想输了气势一般，微微弯腰还他以典雅的行礼。切萨雷搬出各种理由对她劝降，从可以给她名誉地位保证她的安全，到不要再重复无谓的牺牲。但是卡特丽娜却昂然地拒绝了他的提议，并说自己已决定跟随着命运的脚步前进，就算等待在前方的是死亡。第一次的会谈就这样决裂了，尽管如此，切萨雷依然没有放弃通过劝降她从而不费一兵一卒占领的想法。

数日以后，他再次来到护城河边。然而卡特丽娜的身影这次却并没有出现在城墙上，相反有一副吊桥降到了护城河上，她边走近吊桥边温柔地邀请他来桥上谈话。切萨雷也正有此意，但当他刚要迈步踏上吊桥的时候，铁索相碰撞的可怕声音响了起来，吊桥在他的眼前被向上收了起来。差一点他就掉到圈套里了。因事关重大而失去冷静的卡特丽娜的家臣们，在得到她的命令之前就过早地收起了吊桥，切萨雷才侥幸逃过一劫。“女人总是能教会你一些事”——深刻领教了这句古老谚语的切萨雷跳上马，满面愤怒脸色铁青地骑马回了大本营。

从这天起，对话便不再是语言，而是以武器代之。大炮连日里不停地开炮，连续 15 日炮击持续不停，尽管如此城堡还是固若金汤。切萨雷向全军发出布告，活捉伯爵夫人者赏金 10000 达克特，杀死她的给赏金5000达克特。但是，面对在意大利首次遇到的如此认真的抵抗，对战斗感到厌倦了的法兰西士兵们已经不想再离开城镇去重返战线了。然而切萨雷对士兵们放任不管，这期间他在忙着从拉文纳调配两艘船只，从城镇各处收集成捆的劈柴，再将劈柴捆埋入护城河，并在其上面固定好船只，打算搭建吊桥，大炮的炮口也都全部调整为朝向一处以集中炮火。将这些都准备妥当的切萨雷回到城镇中吃午餐，在席间他说道："几天后伯爵夫人就会落到我们的手中，我可以拿300达克特做赌注。"一个法兰西队长大笑着应下了这300达克特的赌注，其他队长也都一个接一个地加入了赌局，而这正中了切萨雷的谋划。总司令官如此自信的态度透过赌局瞬间扩展至全军，连留在城镇中的法兰西士兵们也都争相奔去阵地，全军都弥漫着速战速决的气势。

向着城墙一处瞄准集中火力，这在战术上取得了双重成功。第一是通过这种攻击可以在制作吊桥时阻碍守备军的干扰；第二是可以打破城墙，确保攻入城堡的道路。1月12日，这天成了拉瓦尔迪诺城堡和它的女主人卡特丽娜坚持了将近一个月固守城池抵抗的最后一日。午后，根据切萨雷的信号，开始了对城堡的突入。

最终的战况激烈骇人，卡特丽娜甚至亲自挥着沾血的刀奋战，直到最后一刻都未曾放弃战斗。在算不上宽敞的城堡中，有至少四百，或根据法兰西的记录有七百名士兵战死，城墙中到处都回荡着受伤士兵临终前的呻吟。最终的投降也并非卡特丽娜所愿，而是手下队长的叛变。入夜时分，卡特丽娜最终被切萨雷的部下抓获，并于午夜将至之时，由切萨雷和他的副将伊夫·达勒格莱一左一右地押出城。

当晚和次日全天，切萨雷带着卡特丽娜在私室闭门不出。舆论沸腾了，说这是对失去自由的高贵女性的侮辱行为，然而切萨雷只是做了自己想做的事情。将这位最具女性魅力的美丽亚马逊女战士作为自己首战大捷的战利品，对彼此而言都是再合适不过的待遇。

这是切萨雷作为武将闯过的第一关——成功攻下弗利，而且还是在率领着分为四个国籍分别从各地召集来的佣兵队的基础上。然而，仅仅征服则毫无意义，作为征服地的统治者，不得不做的事情堆积如山。

首先，切萨雷严禁自己的军队对占领地进行习以为常的战后掠夺，违反者就算是将领也要判死罪。此举意在拉拢民心，进而将征服的土地一个一个地变成将来自己王国的一部分，为了那个时刻，民众的东西是不能碰的。但对于战败君主的东西，可以没有顾虑地抢夺，即使如此，无论是在伊莫拉还是弗利，无关身份，任意一个市民都有向他提出反对和不满的权利。就这样，他小心约束着部下，仔细监控着占领地的各个角落。

第二点，切萨雷只将占领土地的总督和要塞守将替换上自己的部下，并不插手这之外的城市代表委员会和长老的位子，跟从前一样，还是将行政交于他们自行管理，弗利和伊拉莫的总督则任命自己的心腹拉米罗·德·洛尔卡担任。

23日早晨，切萨雷离开弗利，向着下一个目的地佩萨罗出发。同一万五千人的军队随行的还有被切萨雷和伊夫·达勒格莱夹在队伍中间、披着土耳其风格的黑色面纱骑马同行的卡特丽娜。被誉为“意大利第一女性”的这位女性的前方，只有被幽禁在圣安杰洛城堡的不幸等待着她。结束幽禁之后，被释放的她去了佛罗伦萨，在那里待了九年后去世，再也没能看到弗利这片土地。

率领军队离开弗利的切萨雷，在到达蒙特费欧雷城镇的时候被信使快马追上。信件是由守卫米兰的特里武尔齐奥将军发出的急件，致跟随切萨雷的全体法兰西士兵的命令，命他们紧急赶回米兰。有情报显示，曾一度抛下米兰逃走的摩尔人接受了马克西米利安皇帝的援助现已占领了科莫，并顺利地逼近了米兰的城外，企图夺回米兰。特里武尔齐奥打算暂时先撤出城外，在提挈诺地区为援军到来争取时间。

切萨雷对此毫无办法，在他静止的视线中，四千三百人的法兰西士兵带着他们自己的武器乃至大炮离去了。虽然法兰西士兵在人数上占比少，但却个个都是久经沙场的精英，切萨雷想要只靠剩下的这些士兵继续战斗是行不通的，他的第二目标攻占佩萨罗在此被迫无奈地终止了。在这之后，切萨雷虽也时常展示出他天才的大胆行动，但从未鲁莽行事。只要时机到了，佩萨罗早晚要成为自己的囊中之物，当下暂且先回罗马，现在的他除此外也确实别无他法。

第三章

当切萨雷忙于与卡特丽娜在弗利交战的同时，在罗马的亚历山大六世举办了重大的宗教仪式——恰逢第1500回的基督诞辰祭。

转过年就迎来了公元1500年，这对基督教徒们来说是可喜可贺的一年，从欧洲各地前来罗马朝拜的巡礼者们日渐增多，随着复活节的临近，整个罗马甚至都要被人群所淹没了。巡礼者们大多身着粗制的白色巡礼服，拄着未经加工的粗树枝充当拐杖，四处参拜罗马市内的大教堂与教会。包括被誉为罗马四大教堂的圣彼得、圣母马利亚、圣乔万尼、圣保罗教堂在内，个个教堂中终日回荡着他们咏唱赞美歌的声音，而在圣彼得广场，为了听取教皇的教诲聚集的巡礼者据说有两万人之多。对他们这些虔诚的基督教徒们来说，在圣地耶路撒冷被异教徒侵占之时，罗马是仅存唯一的圣地。

切萨雷对这些从北方前来、一贫如洗却仍说着庄严死板的话语的巡礼者们，态度冷漠又反感。而他的表态并非是视若不见的忽视，反而是通过自己无言的行动释放着暗藏敌意的挑衅。

2 月 26 日，为庆祝首战告捷而返回罗马的切萨雷和他的军队惊扰民众无数。亲卫队统一穿着整齐的黑天鹅绒制服，在其队列正中的切萨雷也同样身着黑天鹅绒服饰，但颈上配有亮闪闪的银项链，胯下白色骏马着实打眼。这位原枢机主教的一行人好似要冲散巡礼者一般前进着，巡礼者们也只好一边向神叹息着祈祷，一边让出了道路。而切萨雷一行则跟随着出来迎接的枢机主教们，沿着科尔索大道行进，通过密涅瓦神殿、鲜花广场，绕过罗马的市中心之后，走过特韦雷河上的桥，在圣安杰洛城堡前整备队列，最终走向了教皇宫。

3 月 9 日，教皇亚历山大六世废弃了统治弗利与伊莫拉的卡特丽娜及其儿子的执政权，并发布诏书将其继承权赋予了切萨雷。

3 月 29 日，切萨雷在圣彼得大教堂接过教皇亲手赋予的“黄金玫瑰”，同时被任命为教会军总司令官，授予“教会的棋手”称号、旗帜与元帅杖。

翌日，巡礼者们不得不再次向神叹息着祈祷，因为他们被迫目睹了一场最为厌恶的古罗马式的凯旋仪式，而且还是为教皇的儿子——舍弃了光荣的枢机主教身份的切萨雷所举行。这一日，效仿古代罗马将军的凯旋，队列由十一辆装饰华美的战车打头阵，绕纳沃纳广场一周后，在罗马的中心列队游行直到梵蒂冈前面。在装饰有描绘着尤利乌斯·恺撒胜利的盾牌的十辆战车后面出现的，是手握四匹白色骏马缰绳的切萨雷在战车上昂然的身姿。他的眼睛并没有看向道路尽头成群的民众，而是目不斜视地看着前方。

数日后，来到圣彼得大教堂参拜的巡礼者们又看到了让人惊奇愕然的一幕，教堂正前方的广场上围起了低矮的木栅栏，罗马当地的市民们也三三两两聚集而来，好奇询问后得知这竟是狂欢节期间的娱乐节目之一。

就在这个时候，栅栏里面六头公牛被逐一放出。当凶猛狂暴的公牛为了从栅栏里出来，猛然发飙地撞上栅栏的时候，周边的

描绘有公元 1500 年当罗马的主要教会和巡礼者们的图画

民众们就欢呼着从栅栏边上散开，但又会很快回到栅栏边上，发出声音或是扔东西来激怒公牛。扬起的沙尘覆盖了整片地区，切萨雷的身影在沙尘深处出现，骑茶色骏马，上身穿白色宽袖衬衫、领口大开，下着灰色紧身裤，武器仅有手上的一柄枪和腰间别着的一把短剑。

公牛们霎时齐向切萨雷袭去，蹄声震天、尘土飞扬。公牛猛然的攻击掀起了一片浓重沙尘，紧贴着栅栏的民众们只能看到在尘土中若隐若现的举枪瞄准的切萨雷和马匹的上半身。间或有公牛狰狞的黑脸从尘埃中间显露出来，伴随着钢枪入肉的钝声，随后人们能看到一头牛静止不动了，下个瞬间，便随着巨响应声倒地。最后清晰留下的，只有四溅的鲜血把周围的土地染得犹如血海一般。

几乎一息之间，第二头公牛也被打倒了。接着是第三头。切萨雷的双颊逐渐变得潮红，头发因沾染尘土略有发白，额发下的双眼炽热如火，而瀑布般流下的汗水令薄灰色的紧身裤颜色更加深重。第四头公牛头撞在栅栏上死了，从眉间溅出的鲜血飞散到了围观的人群中。随后是第五头。被血染黑的地面，不复开始时那样的尘土飞扬，切萨雷胯下骏马的马蹄现在也清楚可见。

沙尘散尽，在紧张得吞咽着口水的人们的守望中，切萨雷定睛看着最后一头公牛。这头公牛从一开始就很醒目，通体漆黑油光发亮，比之前任何一头牛都高大凶猛。现在迎来了最后的决战时刻，公牛将尖角直指切萨雷所骑骏马的侧腹，深深低下头，边用前蹄刨着地面边喘着粗气。切萨雷将枪丢到一旁，转而拔出了剑。公牛冲了过来，扬起了新的尘土，人们透过沙尘听到了受到尖锐一击后骨头碎裂的声音，随后映入民众眼帘的，是脖子受到刀背重击后倒在圣彼得大教堂石阶下的公牛那巨大的身躯。一瞬之后响起了热烈的欢呼声，知晓如何享受这种娱乐的罗马民众们的反应狂热十足。但切萨雷却对他们视若无睹，仅仅手握着拔出的剑，俯视着死掉的那头公牛。

对远道而来的巡礼者来说，罗马就像是恶魔的巢穴一般，他们在教堂祈祷的声音也渐渐带有了疯狂的势头。在他们看来，6 月 29 日在梵蒂冈的落雷以及教皇因此而头部两处受伤，全部都是神所降下的惩罚。而圣彼得广场被牛血染红的三个月后所发生的事件，更让虔诚的信众心生恐惧，犹恐最后审判之时就快要降临——这一次流淌的不再是公牛的血，而是人类的鲜血。

这段时间，卢克雷齐娅的丈夫比谢利公爵为自己在罗马的立场日渐不安。生活在教皇身边的他明显察觉到，以切萨雷法兰西之行为转折点，曾经友好的罗马与那波利之间的关系急转直下。早在一年以前，他就曾像卢克雷齐娅的第一任丈夫佩萨罗伯爵一样骑马逃离过罗马。但那时，受托于那波利王的请求“现在绝不能损坏教皇的心情”，而不情愿地回到了妻子的身边。已经怀孕六个月的卢克雷齐娅对此非常欢喜，她对这位南国贵公子做派的美男子很是痴迷。然而，已经育有儿子罗德里格的这对夫妻，在这之后婚姻也只持续了不到一年。

7 月 15 日的夜半时分，比谢利公爵离开了教皇宫。他是去看望妻子卢克雷齐娅和妹妹桑夏——她们为照看教皇病情而暂时搬到了教皇宫——并与她们及教皇一起愉快地共进了晚餐。之后，公爵在一名侍从相伴下，横穿圣彼得广场，突然从黑暗之中现身数名贼人对公爵发起袭击。公爵虽立即迎战，但势单力薄，很快就身受重伤倒下。直到这时，因恐惧而动弹不得的侍从才总算回过神，跑回教皇宫拍门求救。贼人们正要将公爵掳上马背带走，但看见闻声而出的卫兵身影，便就地丢下公爵逃跑了。待到卫兵们赶到倒地不起的公爵身边时，只能听见贼人们骑马远逃的马蹄声。

公爵被抬进了梵蒂冈里教皇居所的其中一间屋内，右臂和左侧大腿受了重伤。看到丈夫这般凄惨的模样，卢克雷齐娅一声呻吟就昏了过去。宫殿上下因这突如其来的凶事变得惶恐不安，教皇也胆战心惊，当即将自己的亲兵们派去临时病房，守卫动弹不得的公爵。

第二天一早，这件事在罗马已是众人皆知。当日，威尼斯大使卡佩罗就此事如此写道：

“竟无一人提及这个问题——究竟是谁指使的？梵蒂冈的相关

人士们自不必说，就连各国大使也都闭口不谈，然而，所有人都知道答案。在此时的罗马，关于事件的传闻一直不断衍生，只是所有人都决口不提这个人的名字。”

大约是得益于尚且年轻，或更多得益于同居一室的卢克雷齐娅和桑夏她们的贴身照顾，为了以防万一有人毒杀，一日三餐的饮食均是由她们亲手料理，比谢利公爵恢复得很快，已经可以离开病榻自己走到窗边了。但在一个多月后的 8 月 18 日傍晚，公爵突如其来的死讯震动了整个罗马。

这一日的下午，卢克雷齐娅和桑夏蒙教皇召见，要经过两扇门去到教皇个人的房间，不得不暂时离开公爵的病房。眨眼的工夫，守卫病房的教皇士兵和医生便被抓了起来，唐·米凯罗特进入了病房，关上了房门。稍后回来的卢克雷齐娅和桑夏看到的只有门外那些从未见过的武装士兵，面对她们二人，唐·米凯罗特说明道“公爵不幸摔落地面身亡了”，而她们想要亲见一眼遗体的请求也没有被允许。数日前，教皇叹息着说的“要发生的事儿，早晚都会发生”好似预言般被印证了。

已经没有人再避讳造成这起惨剧的主谋者的名字，只是，关于他的动机，又催生了无数个版本的传言。传言中，是因为切萨雷对妹妹抱有不正当的恋慕之情而导致对公爵的嫉妒，或是因无法同那波利公主卡洛塔结婚的切萨雷对那波利王家的怨恨所致。对于这些传闻，切萨雷制作出了以下的公开解释：

“因为比谢利公爵在筹备谋杀我的计划，所以这次的事件属于正当防卫。”

然而，驻罗马的各国大使们并不相信那些儿女情长、爱恨情仇般的传言，他们的职业要求冷静的观察。他们逐渐开始理解切萨雷这个马上要到25岁的男人了，他是挣脱了自古以来桎梏世人的宗教性良知与道德、伦理之枷锁的，完全自由的男人，他是为达目的只因合理性和现实的有效性做判断决定、不择手段的男人，这才是切萨雷这个男人的本质。在他们向本国的君主和政府发去的汇报中，就谋划此次暗杀事件的切萨雷的动机，进行了四项可能的推测：

（一）消除不利于巩固自身在罗马立场的威胁目标。特别是比谢利公爵，其同坚持反抗教皇的科隆纳一族有着密切的关系。

（二）对舍弃了那波利的切萨雷来说，与那波利王族保持关系不只是没有好处更是失去了意义。关于卢克雷齐娅，还有更多其他可利用的方式。

（三）为了迫使教皇彻底且无反转余地地转向提携对自己有利

用价值的法兰西。教皇曾因最爱的女儿卢克雷齐娅同那波利王家成员成婚，而无法轻易下决心反对那波利。

（四）为了向有意征服那波利的法兰西国王路易十二展示自己的忠诚。

无论如何，比谢利公爵的死对切萨雷来说有百益而无一害。教皇父亲对切萨雷的这种做法虽不可能不清楚，但作为父亲，面对已日渐成熟，甚至自己也无可奈何的儿子，在畏惧的同时仍伴有深切的爱。

第四章

在南方的罗马因切萨雷的古罗马凯旋仪式、西班牙式斗牛以及暗杀妹夫比谢利公爵等事件而人心惶惶的同时，在北方的米兰，法兰西在逐渐夺回优势。曾一度策划准备夺回米兰的米兰公爵摩尔人吃了彻底的败仗，自己也成了法兰西军的俘虏，至此，归属于意大利五列强之一的斯福尔扎家的米兰，完全屈服在了法兰西之下。而曾被誉为权谋术数大家的摩尔人则将作为囚徒，在法兰西的罗谢渡过其人生的最后十年。

摩尔人的没落对切萨雷来说则意味着行动的重启。切萨雷可以再次期待法兰西军的援助，开始着手准备第二次的战略计划。但是，由于没有任凭自己调遣的士兵，军事行动并不能立即开展。因此，必须最大限度地利用兵不血刃的策略。在人们仍对血腥的比谢利公爵暗杀事件没完没了地议论的时候，切萨雷已在毫不松懈地为第二次的征战稳步地做着事前准备。

第二次征战的目标包括切塞纳、里米尼、佩萨罗、法恩扎。第一次的行军攻下了弗利、伊莫拉，第二次切萨雷将完整地拿下罗马涅，继而是部分马尔凯地区，首先瞄准的是切塞纳。

位于弗利和里米尼中间的这片领地，世世代代由里米尼的马拉泰斯塔家所支配，直到 1465 年马拉泰斯塔家的正统血脉断绝后，这里才成为教会的直辖领地。不过，这片土地也毫不例外于罗马涅地区的混乱，迪贝蒂家族和马蒂内利家族两家分立纷争不断。切萨雷正是盯上了这一点，同时秘密地向两家泄露情报，称教皇似乎颇为关注对头的家族。迪贝蒂家和马蒂内利家完全中了计，对彼此的憎恶与焦急开始摆上了台面。某个周日的早晨，圣弗朗西斯科教堂举行弥撒之时，憎恶令两个家族的人们忘却了身处何地，因一点小事就演变成了流血事件。事件很快传到了罗马教皇厅，两家的当家被召唤来到罗马，教皇表示神不允许这种状态再持续下去了，并建议双方接纳切萨雷为新任领主。虽然他们都不想让切萨雷成为领主，但更加不能忍受的是对方家族得到势力。8 月 2 日，根据教皇诏书宣布，切萨雷成为切塞纳的领主。就这样，足不出户，切萨雷就掌握了一个国家。

随后的切萨雷仿佛不知疲倦，在第二次的军事行动开始之前，不得不做的事情至少还有三件：第一，在攻打里米尼、法恩扎的同时封锁威尼斯的动作；第二，编制属于自己的独立军队；第三，筹备为了实现军事构想所必备的军费。

首先是第一点，必须慎重制定针对威尼斯的对策。只靠暗杀一两个领导者，不可能在政治上使这个坚固的共和制国家有任何变化。威尼斯彻底贯彻现实主义的政治，并拥有地中海贸易带来的强大的经济实力，以当时意大利境内最为强大安定的领地自居，傲视群雄。对于波吉亚家族来说，一举一动都不得不考虑到威尼斯，小心避免与之为敌。更何况，作为切萨雷第二次征战目标的里米尼和法恩扎，也是想要扩张势力的威尼斯所瞄上的地盘，毫无疑问，这个强国会反对切萨雷的举动。而对刚刚起步的切萨雷来说，现实不允许他在无视威尼斯共和国反对的前提下一意孤行。只要得到威尼斯的默认，对切萨雷来说就是成功。

面对这个以拥有老练外交而闻名的强国，波吉亚采取了软硬兼施的方案。强硬的一面是乘人之危——利用威尼斯的现状。当时威尼斯所面对的是在以 1453 年君士坦丁堡陷落为开端、大肆扩张势力的土耳其帝国，迫不得已担起了守护累范特（东地中海）海域的责任。对于威尼斯人来说，靠贸易生存的他们，视累范特海域为本国内海，对于这个国势式微的前兆，也只能满怀悲伤地接受。被希腊沿岸殖民地不断驱赶的他们，在这一年的 6 月连海军基地迈索尼也失守了。作为在累范特的两大海军基地，与克里特岛同等重要的莫东（今称迈索尼）的陷落，给威尼斯人心里投下了灰暗的阴影。“在威尼斯人的心中，莫东相当于威尼斯的门户，战败的消息令所有人都陷入了无声的失落中”，年代记作者萨努多在这一日以悲痛的文笔如此写道。当时的威尼斯人将自己比作基督教世界的城墙，誓死抵抗土耳其帝国，同时指责其他的基督教国家对抵御异教徒毫无作为。然而，若累范特被土耳其攻下，利益受损的只有威尼斯，因而欧洲诸国对威尼斯所提倡的十字军远征也只是顾左右而言他，毫无付诸行动的意思。在基督教世界中，威尼斯最后能倚仗的对象只有罗马教皇了，而切萨雷注意到了威尼斯的困境。利用教皇的身份令其十字军远征的构想不至破灭，从而牵制威尼斯，并趁其不得不专注于防卫土耳其之时，将攻占里米尼、法恩扎变成既定事实——这便是切萨雷构想中强硬的一面，而同时，他也在谋划着怀柔的计策。

6 月 29 日，在梵蒂冈的教皇曾因落雷受了轻伤，在探望的众人中，驻罗马的威尼斯大使卡佩罗也在。当前来探望教皇的大使准备告辞之时，切萨雷对他说要送他回家，于是两人便一同退出了教皇的房间。在梵蒂冈宽敞悠长的长廊下，切萨雷亲近地挽着大使的手臂，向大使一侧偏头边走边低声说道：

“大使，这次的事情让我非常震惊。一想到那样的不测若当真发生了，就止不住地心慌。上天虽未真的降下不测，但事发当时，我心里有一瞬是把您当作父亲一般依仗的啊。”

老练的外交官卡佩罗稍稍俯视着这样的切萨雷，回答道：

“公爵，您真是聪慧过人哪。十分清楚您自己失去教皇陛下后，立场上会是如何的艰难。”

大使卡佩罗将与切萨雷的如上对话汇报给本国政府，还写道切萨雷想获得威尼斯共和国的贵族地位，以及下任教皇可能会是威尼斯出身者的推测等，而这些被视为波吉亚对威尼斯的好感度的表现。

8 月 8 日，教皇将里米尼的马拉泰斯塔家、法恩扎的曼弗雷迪以及佩萨罗的斯福尔扎家进行了除名处置，威尼斯没有提出任何抗议。数日后，威尼斯共和国授予切萨雷贵族称号，同时将威尼斯市内的一处宫殿赠予他以作贺仪。至此，切萨雷准备的第一阶段——对威尼斯策略暂且完成了。

第二点是军队。8 月 23 日，切萨雷同法兰西缔结秘密协议，作为切萨雷在法兰西征服那波利时随军战斗的回报，在此次切萨雷的军事行动中，法兰西国王承诺重新派遣伊夫·达勒格莱并麾下三百枪骑兵和两千步兵予以援助。虽然达成了协议，但切萨雷早就没有了依仗法兰西的想法，他渴望拥有的是一支听命于自己、可以任意调遣的军队。切萨雷召集到了当时全意大利最为优秀的武将们，埃尔科莱·本蒂沃利奥、亚历山德罗·法尔内塞，以及卡斯泰洛城的领主——从切萨雷首次出战便追随左右的——维特罗佐·维特里，还有佩鲁贾的领主詹保罗·巴利奥尼，再加上阿基里·蒂佩尔提。全体兵士总数达一万两千人。

切萨雷最后的难题便是筹款。谋大事者断不会蔑视金钱，因为他深知其重要性。切萨雷能支配教会的财产，但此次甚至动用了打着十字军远征的名义，从阿尔卑斯以北的虔诚基督教信徒们手中筹来的军费，尚且捉襟见肘。不得已又额外任命了十二位新的枢机主教，新枢机主教们或多或少地向教皇捐赠了12000至两万达克特不等的款项。几经周折，军费才算凑齐了。

9月30日，切萨雷检阅了自己的军队。他看着队列中旗手高举着饰有切萨雷专属纹章的旗子，尚不十分满意，因这军队不是完全归他个人所有。他的军队与以往相同还是由佣兵队集结而成，这也实属无奈，无法顾及个人感受是否满足。

第二天一早，切萨雷在队长们的簇拥中，率领军队离开了罗马。但此次行军目的地的准确位置只有身为总司令官的切萨雷自己知晓，连队长们也未被告知。向北，军队只是一味地向北前进。

在深秋的翁布里亚山谷行进时，淅淅沥沥的雨静静地从天空飘下，士兵们冒雨继续朝亚得里亚海方向前进，相继越过了福利尼奥、斯波莱托、阿西西这些建在丘陵上的城镇。但在越过阿西西后，全军一度有四天没有接到切萨雷的行军命令，一直滞留原地。秋雨将停，行军却不再继续了，在大家心生疑惑之时，不知是谁传出了里米尼到手了的消息——军队行程尚未过半，里米尼却已被切萨雷攻陷。

紧邻亚得里亚海的城市里米尼原本是在潘多尔福·马拉泰斯塔

的支配下的，这个有着半世纪前名震意大利的西吉斯蒙多·马拉泰斯塔血脉的男人，从先祖处继承到的却只有残酷的性格，在里米尼早已人心尽失。潘多尔福能一直保有支配者的地位，仰仗的是后盾威尼斯共和国，而共和国更远的谋划是立他为傀儡领主进而控制里米尼。但现在，民众对于丧失后盾的他的憎恶到了濒临爆发的边缘，他已孤立无援。切萨雷非常了解里米尼的现状，在让军队待命的四天里，切萨雷向他提出了议和，作为让渡里米尼的回报，保证潘多尔福及家族的自由并向其支付年金。潘多尔福迎来了奥利弗瑞卿——从切萨雷取得切塞纳时使归为切萨雷家臣一员，签署完犹如买卖契约一般简单的议和条约后，于同日乘上了开往威尼斯领地切尔维亚方向的船，几乎无人察觉到这位领主的逃亡。在船上，潘多尔福想起自己的爱犬被遗忘在城中，此时他才像发疯了一般给留下的家臣写信，请求他们找到爱犬后送还给他——这成了他给家臣发出的最后一道公文。

二十天后，切萨雷率军进入了里米尼城，一路毫无抵抗，仿若他只是骑着马从特韦雷河走到了亚得里亚海。

佩萨罗的领主乔瓦尼·斯福尔扎此时也对切萨雷逼迫而来的军队的铁蹄声心生畏惧。只是，对于作为妹妹卢克雷齐娅第一任丈夫的佩萨罗领主，切萨雷却没有向对待里米尼的马拉泰斯塔那样提出讲和。不仅如此，佩萨罗伯爵的应对也是十足的惊慌失措，他向邻近的圣马里诺共和国送去了如下的信件，却并不是索要大军支援。

“向您恳求派遣的，仅仅是五十名武装步兵，只要这样就一定可以获胜，日后我定当加倍重谢。古语有云患难见真情，请一定不要拒绝我的请求。”

可惜的是，圣马里诺共和国非但没有对他表现出友情，反而给切萨雷送去了贡品。佩萨罗伯爵也向乌尔比诺的蒙特费罗公爵请求了援军，被蒙特费罗公爵以自己也正身处危险为由拒绝了，向曼托瓦侯爵贡扎加的请求也是徒劳无果。最终，他向威尼斯共和国送去了一份提案——向威尼斯让渡佩萨罗，以此为代价，希望共和国能为他提供平稳度过余生之处。然而，威尼斯十分冷淡地回复，要是在以前还好说，如今，即将被切萨雷的铁蹄踏过的佩萨罗对威尼斯来说毫无价值。无计可施的佩萨罗伯爵最终只得向意大利诸国发去了悲壮的声明：

“我和我的全体家臣已经有了准备，无论结果怎样也不会离开半步。我以及我的家族将作为佩萨罗的领主誓死捍卫到底。”

但与此同时，里米尼的马拉泰斯塔逃亡的消息扩散开来，佩萨罗的民众唯有冷漠地守护着自家这位胆怯的领主。11 日的夜半时分，佩萨罗伯爵像猫一般悄无声息地逃出了城。似乎仓促间连行李都没打包，到达梅尔卡泰洛的伯爵给乌尔比诺公爵夫人写信，请求其帮忙准备换洗的衣物。四天后，埃尔科莱·本蒂沃利奥指挥下的先头部队以切萨雷的名义占领了佩萨罗。10 月 23 日，切萨雷自己只带着四百人的亲卫队便兵不血刃地进入了佩萨罗。

沿亚得里亚海岸继续推进的切萨雷，下一个目的地是法诺。中途途经一座要塞，切萨雷军中一名队长詹保罗·巴利奥尼的仇敌在此收押多年。知道巴利奥尼复仇心切的切萨雷找到了守城的负责人，命令他引渡囚犯。负责人拒绝了，但为此付出了很高的代价。被负责人的回答激怒的切萨雷下令攻城，要塞转瞬间便被炮火洗礼，周围的人家也被烧杀抢掠、家毁人亡。见此情景的法诺赶忙放弃抵抗，打开了城门。

迄今为止怀揣不安、默默围观切萨雷行动的人们，经此残酷一役，总算是清醒了过来。人们的关注又都重新集中到了这个年轻男人的身上，曼托瓦侯爵向自己的岳父费拉拉公爵送出了如下的信件：

“费拉拉公爵殿下，对于这次我们共同的危机，望能明示您的考量。公爵殿下，您是我们之中经验最为丰富的一位，我们不能再对陆续被套上绞刑架的人熟视无睹下去了，再这样下去，终有一日会轮到我们自己。”

费拉拉公爵埃尔科莱对这封信的回复，依然只是建议静观现状。但是，开始畏惧切萨雷实力的并不单单只有曼托瓦、费拉拉两个国家，佛罗伦萨共和国一方面将马基雅维利派往法兰西，希望通过路易十二世的力量尽量牵制波吉亚，另一方面通过切萨雷的奥尔西尼队长和维特罗佐队长做中间人，以期获取切萨雷对其领国不侵犯的保证，同时博洛尼亚通过马尔维奇队长，乌尔比诺通过巴利奥尼队长也对切萨雷谋求了同样的保证。对这些人，切萨雷如其所愿给予了保证。但其实，哪个国家都无法真的安心相信切萨雷的保证。

在几乎次次都无须交战、城门不攻自破的切萨雷面前，终于出现了力图誓死抵抗的人们，那便是将历经四个月之久的法恩扎攻防战。

地处弗利与伊莫拉之间的小国法恩扎，其现任领主是年仅 15 岁的少年阿斯多·曼弗雷迪。与其他罗马涅小国不同，法恩扎在制度上施以善政，年少的领主也广受民众的爱戴。此次危机来临之时，民众不仅同情阿斯多，还自发联合齐心抵抗切萨雷。阿斯多获得的支持并不仅因他的年少，他悲剧性的遭遇更令民众感到同情。

他的父亲加雷奥托作为武将亦作为诗人曾盛名远播，娶了罗马涅本蒂沃利奥的女儿弗朗西斯卡为妻，但却深爱着在费拉拉相识的绝世美人，这位情人是一位修女。当妻子察觉到了他极力隐藏的这位情人的存在时，悲剧便开始了。某一日，因嫉妒而发狂的妻子将丈夫邀来自己房间，令待命的杀手将其杀害。事件自然无法作为单纯的家庭悲剧来处理，罗马涅很快便伸出了它具有野心的黑手。另一方面，反对残忍的领主夫人的家臣们同反罗马涅势力团结起来，渡过了领土分裂的难关。但真正令法恩扎杜绝了分裂风险的，却是佛罗伦萨的洛伦佐·德·美第奇，经由他的周转调停，使当时年仅3岁的阿斯多从此与母亲分别，继承了法恩扎领主的地位。民众对年幼且充满黑暗悲剧色彩的他十分同情，长老们也怀着仿若对待亲生儿子的爱护之情教导辅佐着阿斯多。像是要回报他们的关爱一般，阿斯多成长为一名英俊坚毅的少年。对于这位少年，教皇的除名状以及剥夺教皇代理称号都毫无用处，法恩扎的民心一致地团结在少年的身上，对切萨雷来说，他是比上千的士兵更难对付的敌人。

11月中旬，切萨雷离开佩萨罗，于当月19日到达法恩扎城外，当即开始炮击，进攻部队的指挥官被任命为维特罗佐和因在伊莫拉一役中表现优异被收至切萨雷麾下的纳尔多。战斗以攻城军的优势作为开局，切萨雷也亲自坚守头阵，命令如飞箭般快速地飞向各队队长。但是，守备军的防守十分坚固，就这样耗了十多天。紧接着，大雪携着寒冷袭来，毫无遮蔽的攻城军霎时陷入了苦战。11月末，切萨雷下定了打持久战的决心，他的作战方案是封锁所有通往法恩扎的大小道路，包围城镇将其孤立。随后只留下封锁作战所必需的军队，其余的人则准予在基督诞辰祭获得休假，休假结束后的他们则将与封锁法恩扎的士兵们轮值。安排妥当的切萨雷在巡视完伊莫拉、弗利、里米尼之后，在切塞纳同众人会合，一同庆祝基督诞辰祭。托他的福，这个小镇迎来了从未有过的热闹的圣诞节。

切萨雷与麾下的队长们齐聚一堂，开怀畅饮，也没有错过各种消遣的机会，一晚上他不是跳舞，就是在飘雪的广场同士兵和百姓们一起欢闹，当地的年代记作者们将当夜发生的事情逐一记录了下来。在切塞纳的人们看来，切萨雷和维特罗佐他们这些年轻人与街上的平民女子们嬉闹的笑声，仿如生命之源富含活力。1500年，对切萨雷来说十分充实的一年，就这样落下了帷幕。

第二年，即1501年，直到3月，法恩扎的坚守仍是未退一步，曼托瓦处还通过隐秘途经送来援助。切萨雷通过法恩扎的保护者威尼斯共和国提出了议和，条件中作为法恩扎开城的回报，将任命阿斯多·曼弗雷迪为枢机主教，并保证给予5000达克特的终身年金。阿斯多或者说是他的亲信拒绝了这个条件，并在回复威尼斯元首阿戈斯汀·巴巴利哥的信中以阿斯多的名义写道，只要威尼斯不对法恩扎见死不救，自己便打算尽最大努力坚持下去。然而，法恩扎的人们似乎对严峻的现实知之甚少，政治中并无同情可插足之处。

4月，切萨雷最终向全军发出了决战的指令。他有必胜的自信，从费拉拉前来的埃斯特家的阿方索和伊波利托的兄弟听命滞留在己方阵营，激烈的炮击已把连接城镇和要塞的大桥轰断，通过前期的战斗，城市也完全落入攻城军掌握，剩余的只有阿斯多固守的要塞。20日，下达了第二次的攻击命令，但要塞并未在当日被攻陷，而切萨雷麾下损失的士兵已超过了四百。面对这难缠的抵抗，切萨雷咬牙切齿地对前来做客的阿方索·德·埃斯特说道：

“要是能统领一支像法恩扎人一般的军队，征服全意大利简直是易如反掌。”

之后又进行了两次类似的强攻。4月25日，要塞终于挂出了白旗，弹尽粮绝的守城军投降的唯一条件，就是保证阿斯多·曼弗雷迪的自由。

切萨雷实现了他们的希望，并且对城池陷落后法恩扎民众的安全也给予了保障，承诺只在此地驻屯最低数量的军队，甚至军事之外的要职仍按现状留给法恩扎人自己担任。

当日午后，唐·米凯罗特率领五百士兵打开了要塞的城门。同时，按切萨雷的约定，攻城军全部撤离城镇。同日夜里，家臣们流着泪，目送着阿斯多和他的弟弟乔凡尼·埃万杰利斯塔两人走出要塞，站在胜利者切萨雷的面前。根据议和协定，他们兄弟二人已获自由，可以去任何自己想去的地方。然而，他们却置家臣的忠告于不顾，留在了切萨雷的身边。阿斯多并不把这位年长自己 10 岁的切萨雷当作是恐怖的敌人，反而对其产生了近似崇拜的感情，着魔般地渴望留在切萨雷的身边，亲身感受他那耀眼无畏的生存方式。在其后的一年里，无论切萨雷前往何处，这对曼弗雷迪兄弟坚持追随左右。但切萨雷却始终不能忘记法恩扎民众对阿斯多的赤胆忠心，若想将法恩扎完全变成自己的所有物，阿斯多的存在只会是障碍。1502 年 6 月 9 日，在法恩扎陷落大约一年多后，在罗马的特韦雷河上，漂浮着兄弟二人脖颈缠有绳子的尸体。

4 月 26 日的夜里，法恩扎攻防战大获全胜，已结束全部战斗的报告送到了罗马。教皇丝毫不曾掩饰自己的喜悦，在接受各国大使们视贺的访问时甚至一度喜极而泣。至此，罗马涅各地区已全部臣服于切萨雷，教皇正式任命切萨雷为罗马涅公爵。

第五章

领兵两年，切萨雷陆续征服了伊莫拉、弗利、里米尼、佩萨罗、切塞纳、法诺以及法恩扎等地，现在终于等来了扯掉镇压违制小领主这层遮羞布的时机，他获封的罗马涅公爵爵位，象征其已将连接意大利半岛南北的重要道路艾米利亚大道一带收入囊中。在他领国的北方，盘卧着政治手腕高超、难以对付的曼托瓦和费拉拉公国，两国在君主国中虽只是中等规模，但也拥有不可轻视的实力，切萨雷深知对待他们必须慎重行事。再向北还有强大的威尼斯共和国，以及更远方已被法兰西支配的米兰公国，切萨雷已无法再向艾米利亚大道以北的边界拓展出半寸疆土。既然北路不通，唯有南行——他渴望着能在教皇父亲在世期间亲手统一意大利，并将为此不惜一切代价。

切萨雷意欲将自己狭长的罗马涅、马尔凯领土南扩至罗马，而佛罗伦萨与博洛尼亚两国正好横拦在其中。感到切萨雷的威胁日渐逼近，胆战心惊的两国忙向法兰西的路易十二世寻求帮助，而对于切萨雷急速膨胀的势力，路易十二也倍感忌惮，哪怕助他上位的正是路易十二本人。相对的，切萨雷真正的敌人既不是博洛尼亚也不是佛罗伦萨，而是法兰西。只是眼下，他的实力还远未成熟到能与法兰西为敌，不得不万事忍耐退让。

切萨雷与路易间的关系耐人寻味，纵观古今也并不多见，彼此间以礼相待，一派兄友弟恭的友爱模样，却不放过任何能利用或压制对方的机会。路易称呼切萨雷为“我最挚爱的兄弟”，切萨雷则继续以“切萨雷·波吉亚·德·法兰西”（即“法兰西的切萨雷·波吉亚”）来署名。相互欺骗，却同时深知对方不会相信自己的伪装。虽然按常理来说，切萨雷应该对西班牙有着与生俱来的亲近，但西班牙国王费迪南多却不适合作为实现他野心的协助者。费迪南多对宗教狂热到直接以天主教君主[1]自称，而将摩尔人逐出格拉纳达的功绩令其自信心膨胀，不但对十字军远征多有关注，甚至对波吉亚教皇的做法指手画脚。同理，切萨雷亲近路易自然并非因为

1 天主教君主：费迪南多国王与其妻子伊莎贝拉被教皇亚历山大六世授予“基督教君主”称号，并用以自称。他们于1469年在巴利亚多利德结婚，实行王国共治并最终建立了西班牙王国。他们见证了收复失地运动的最后一个阶段——从摩尔人手里夺回格拉纳达。——译者注

对法兰西抱有好感。自然，切萨雷之于路易也仅仅是可利用之人，利用他教皇儿子的身份和新近展露出的武将才能。故而路易可对区区罗马涅地区睁一只眼闭一只眼，但却忌惮切萨雷进一步扩大自己的势力范围。

博洛尼亚，无论从地理位置抑或历史传承角度来看，都是罗马涅公国当之无愧的首都，以拥有世界最古老的大学而闻名，学术氛围与教会文化并存，有着悠久的历史。支配着这座城市的是被任命为教皇代理的本蒂沃利奥家，势力范围算不上强大，过去在费拉拉、曼托瓦、佛罗伦萨、乌尔比诺等近邻诸国之间，通过灵活的外交保住了一方之主的地位。但现任领主老乔凡尼，在对待新上台的君主切萨雷上已犯了两点失误。第一点是对有亲戚关系的法恩扎的阿斯多·曼弗雷迪提供了秘密援助。另一点是在法恩扎攻防战期间，拒绝了切萨雷让渡博洛涅塞堡的要求。傻子都看得出，若是切萨雷能够占据这座由众多要塞构成的小城，法恩扎的防卫战根本耗不了那么久。而以上这两点，切萨雷都没有忘记。

法恩扎陷落的第二天即 4 月 26 日，切萨雷向博洛尼亚派去了使节，重新要求让渡博洛涅塞堡。27 日，回复尚未到来，他便命维特罗佐队长率领一队人马在博洛涅塞堡周围烧杀抢掠。威胁十分奏效，吓傻了的本蒂沃利奥立刻向当时身在丰塔纳别墅的切萨雷派出了使臣同意让渡，博洛涅塞堡就这样成了切萨雷的囊中之物。

但是，切萨雷其实是想打博洛尼亚本身的主意，事到如今，能够制止他进军的只有法兰西国王路易十二世。果然，路易看重博洛尼亚在征服那波利时可作为士兵驻屯地的价值，承诺以此为交换条件保护博洛尼亚。根据路易的仲裁，本蒂沃利奥和切萨雷之间达成讲和，切萨雷放弃吞并博洛尼亚，作为交换，本蒂沃利奥在未来三年间要为切萨雷提供百人的武装士兵和三百匹战马，还须派出本族的一名男丁率三千士兵追随切萨雷的军队。博洛尼亚并不是切萨雷唯一遇到的挫折，在他与下一个目标佛罗伦萨之间，也横着一堵难以翻越的高墙。

因惧怕切萨雷逐渐南下的铁蹄，佛罗伦萨到处弥漫着恐怖的气息。但切萨雷自知尚不能将野心公之于众，并未挥军直指佛罗伦萨，而是将当前的目标定为皮奥恩比诺。此时正值1501年的春天，佛罗伦萨共和国正在混乱动荡与束手无策中挣扎。比萨战役导致的经济、军事两方面的疲乏，使佛罗伦萨失去了昔日的威势，再加上他们注定要与美第奇家族为敌，后者正在千方百计恢复往日的权势地位，即使失去了伟大的洛伦佐这位家族的顶梁柱，美第奇依然执拗地等待着回归佛罗伦萨的时机，他们仍具备经济实力，更有威尼斯的支持作为后盾。美第奇也没有忘记打点波吉亚和法兰西，分别向双方奉上了礼金，两边也都默认地收下礼金。二人之所以不顾佛罗伦萨市民的感受接纳美第奇家族，是想借其对付佛罗伦萨共和国，每逢遇事，切萨雷和路易就把美第奇家族亮出来，刺得佛罗伦萨共和国阵脚大乱任其摆布。

切萨雷的军队持续南下。佛罗伦萨共和国一面加固着菲伦佐拉的要塞，一面向切萨雷派去使节，辩称并非有意对抗。在此时的切萨雷眼中，佛罗伦萨共和国已滑入了衰退的边缘，如同将熟的果实任其采撷。但前有一堵名为路易的高墙阻拦去路，后有洞察法兰西意图的教皇父亲来信告诫时机未到不可轻举妄动。然而，忍耐对于老人来说容易，对年轻人却是煎熬，切萨雷明知现在必须等待时机，但却无法忍受就这么轻易地放过佛罗伦萨。更何况，他还必须顶着压力安抚部下的怨恨，奥尔西尼与美第奇有亲缘关系，故对佛罗伦萨抱有敌意，而维特罗佐更是与之有杀兄之仇，他的兄长曾任佛罗伦萨共和国佣兵队长一职，却被冠以叛贼污名处死。

切萨雷向佛罗伦萨共和国要求在其领国内部通行的自由，但同时，他的军队早已深入到佛罗伦萨领土内的穆杰罗。三名使节给切萨雷带来了如下的许可回复：

“通行许可要求，切萨雷的军队须分成各小队按不同路线行军，严禁靠近设有要塞的地区，并且，禁止维特罗佐和奥尔西尼两名队长及被驱逐在外的佛罗伦萨人（暗指美第奇）从领土内部通行。”

读了回复的切萨雷面不改色，只令三名使节稍候。片刻之后，使节们收到了切萨雷新提出的要求。

新要求的四点内容令佛罗伦萨人十分震惊：（一）与切萨雷签订契约，雇他为佛罗伦萨佣兵队长；（二）不得回应皮奥恩比诺的支配者发来的任何援助请求；（三）交出维特罗佐选中的六个人作为人质；（四）恢复美第奇家族的执政地位，或重组一个切萨雷认可的新政府班底，佛罗伦萨必须二者选其一。切萨雷提出上述要求后，明知不可能就此拿下佛罗伦萨，还是命令军队向着佛罗伦萨市区的方向前进。身在罗马的教皇又再度发来书信，劝说现在攻打佛罗伦萨为时尚早。但切萨雷对此又岂会不知，此时击溃佛罗伦萨的后果就是激怒远在法兰西的路易，但面对如此傲慢的佛罗伦萨，不教训教训实在是出不来这口恶气。

切萨雷全军已抵达坎比·比森齐奥营，阿诺河近在咫尺，军马嘶鸣可闻于佛罗伦萨市内。5 月 15 日，佛罗伦萨共和国终于向切萨雷抛出了订立同盟的契约，佛罗伦萨共和国愿雇佣切萨雷为佣兵队长，下辖三百士兵，年薪36000达克特。花大价钱把自己的敌人变成自家的佣兵队长，为保存大国佛罗伦萨的政府体面，这份外交文书可算是费尽了心思。然而在其背后，是佛罗伦萨以为法王路易提供兵力、助其征服那波利为条件，费了大工夫才换来的路易弹压切萨雷的约定。

契约签订的两天后，佛罗伦萨政府收到了切萨雷撤出坎比驻地的通知，但糟心事儿还没结束，因为切萨雷又追加了两点要求：要求提前支付9000达克特的年薪以及额外提供大炮，对此，佛罗伦萨也只能忍气吞声地答应。不过此时，佛罗伦萨的人们还不知道，切萨雷已准许了抛弃一切投奔自己的维特罗佐为其兄长复仇的恳求，也不知道切萨雷将自己离开后的事情全权交由维特罗佐决断，坎比、西尼亚、恩波利、波吉邦西等城邦就这样直面了维特罗佐的复仇之火，遭受了愤怒的劫掠破坏。一纸不谨慎的外交文书，令佛罗伦萨政府深刻领悟到，这暂时的安全到底是花了多大的价钱。

离开佛罗伦萨的切萨雷，挥军南下第勒尼安海，目标皮奥恩比诺。这个小国并厄尔巴岛在内，曾一度受比萨支配，现归于阿皮亚诺一族的手中。对切萨雷来说，得到这片土地，意味着亚得里亚海到第勒尼安海这片意大利半岛中部的狭长地带将任自己支配，同时确保获得一座海港。更妙的是，厄尔巴岛本就是一座天然要塞。

切萨雷的军队日渐接近，领主雅各布却还在期待热那亚和佛罗伦萨能派出援军，但显而易见的是，没有人会踏上一艘注定要沉的船。雅各布托昂布瓦兹枢机主教向法兰西国王转达申请援助，对此，主教的回复是："我会为你向上帝祈祷的，除此之外我无能为力。"

终于绝望的雅各布将一切托付给弟弟，拖家带口逃去了热那亚。切萨雷的军队稳步占领了城镇和周边地区，厄尔巴岛也简单地到手了。但是此时，身在前线的切萨雷收到了罗马的来信，是教皇父亲的信，命切萨雷速回罗马，法兰西国王路易十二世已决定开始征服那波利，并要求切萨雷随军参战。阿皮亚诺战况大局已定，切萨雷决定遵从父亲的话，他将后续战斗交由维特罗佐负责，只率一队人马返回了罗马。而此时正艰难固守城池的阿皮亚诺，将在三个月后最终陷落。

路易十二世由于太过忌惮切萨雷，而在意大利上投入了过多精力，以致在政治上犯了重大失误，被另一位竞争者爬上了法兰西的领地。

去年 11 月，西班牙与法兰西双方在西班牙格拉纳达曾达成一份协定。这份被称为格拉纳达协定的内容是关于西班牙国王费迪南多与法兰西国王路易将如何瓜分那波利王国。那波利的阿拉贡王室被击溃后，首都那波利和其周边作为王国交于法兰西，卡拉布里亚和普利亚以及西西里岛作为公国交于西班牙。同时约定，西班牙、法兰西两国将分别独自同那波利王战斗，不相互援助也不共享战线。至于向那波利开战的理由，依然还是冠冕堂皇的以确保十字军远征基地为名义。

1501 年 6 月 17 日，法兰西军以杜比尼为总司令，在罗马近郊排兵布阵。几乎在同一时间，西班牙军队在科尔多瓦的率领下进入了罗马。离开前线阿皮亚诺飞奔回罗马的切萨雷也在当夜带着一队人马入了城，其中包括伊夫·达勒格莱并旗下的法兰西士兵。

23 日，法兰西军总司令官杜比尼带领着队长们前来梵蒂冈拜访教皇，受到了壮观华丽的迎接。

两天后召开的枢机主教会议上，格拉纳达协定被正式承认。与此同时，梵蒂冈发布诏书，以阿拉贡家向土耳其帝国请求援军之故予以制裁，剥夺阿拉贡家在那波利的王权，转而授予西班牙、法兰西两国国王。虽说在面临家族倾覆之际，慌不择路的那波利国王费德里科向土耳其的苏丹寻求援军确是事实，但说到底，这也不过是借口罢了。

明明始终对1494年查理的入侵持强硬的意大利主义，但由于教皇亚历山大六世的政治立场，现在却已消逝不知去了何方。只是，政治中容不下感伤，这份感伤已化作筹码支付给了法兰西，亚历山大六世和切萨雷为实现心中宏图，必须与法兰西联手方能成功。但是，波吉亚并不只是支付代价，而是也看透了利益，并对自己的判断确信无疑。两虎相斗，大者伤，小者死，而这次的情况，最终无论是哪一方留下，对于那波利来说都是外族人。只要留下的一方无法像曾经的腓特烈二世或阿拉贡家的国王们那样完全意大利化，意大利人迟早会将其驱逐出去。费迪南多抑或路易，空有扩张领土的野心，并不能将所征服之地作为大本营开创出新世界，与马基雅维利所描述的征服者的理想型相差甚远。而有朝一日，当切萨雷几乎掌控了亚平宁半岛之时，那波利王国便会像成熟的果实一般，自然地落入他的手中，之所以认同西班牙和法兰西分割那波利王国的深意，就在于此。

而此时的切萨雷在自己的宫殿中足不出户，罗马竟没有人见到过他的身影。不过，不在人前现身，不代表他停止行动全无作为，真相是他正夜以继日地忙于对占领地的治理。在罗马涅，条条政令逐一被快马送到担任总督的近臣拉米罗·德·洛尔卡手中，在博洛涅塞堡，征服后的对应政策逐步落地实施，而其他地区也日渐步入正轨、政令通达，就连还没有攻下的皮奥恩比诺，也提前制定了治理政策。

但即使正在亲力亲为地稳固自己在征服地的地位，此时切萨雷的内心却波涛汹涌难以平静。明明要做的事已堆积如山，却必须为了随法兰西军队作战而回到罗马，必须浪费掉这之后的时间，必须为了路易发挥自己那被他所称赞的军事才能。切萨雷感到愤怒，却依旧只能忍耐，现在的他依然不能拒绝路易的要求，只得再次作为佣兵队长为他卖力。

第一个离开罗马向着那波利王国前进的是西班牙军队。数日后，法兰西军队也在圣安杰洛城堡前列阵，接受了教皇的祝福后走出了罗马的城门。不过，切萨雷尚未下令军队开拔。

法兰西军出发的当天，一则情报传到了罗马。那波利将防守大本营定在了卡普阿，配置了三千五百名士兵，由勇将法布里奇奥·科隆纳指挥。随后的情报，是另一名武将普罗斯佩罗·科隆纳负责防守街市，而国王正躲在阿韦尔萨城堡中。切萨雷此时才终于动身，率领着含四百亲卫在内、总计一千五百名的士兵，离开罗马奔赴前线。

切萨雷率军到达卡普阿的时候，法兰西军队的主力已攻破了城市外墙。总司令官杜比尼在切萨雷到来后，将后续战事交托给他，带领全法兰西军南下攻向那波利的普罗斯佩罗·科隆纳。

一千五对三千五，注定是一场激战。切萨雷向卡普阿降下了雷霆之怒，不放过任何一个敌人，哪怕是女人和孩子。铁蹄踏过之处，战火纷飞、家毁人亡，黎民的号啕尽数被熊熊大火吞没殆尽。

7 月 24 日，卡普阿陷落了。这是 16 世纪最为悲惨的城池陷落，街道的石缝中淌着的鲜血未干，征服者就开始迫不及待地四处抢掠，死里逃生的妇孺在恐惧中目睹了一切，根据当时的记录，至少有四百人的尸体被弃置城中无人理会，慈悲心被铁蹄一同踏碎。

主将法布里奇奥·科隆纳受伤被俘，以 15000 达克特为交换，从切萨雷军中与科隆纳家族敌对的队长保罗·奥尔西尼手中逃过一死。但其他俘虏在第二天全部被处以了绞刑，除了被抓到的女人们。女人们被带到了切萨雷的面前，他自己从其中挑选了最为美貌的四十人，剩下的交给了部下们随意处理。

以历史学家圭恰迪尼为首，达·康提等年代记作者们纷纷对切萨雷口诛笔伐，称其是残忍的化身。确实，这是切萨雷最初也是最后的一次，在战场上毫无顾忌地展现出自己最为残忍的一面。对于这个男人来说，若是不得不手染鲜血，倒不如干脆将全身浸于鲜血之中。

卡普阿的陷落决定了那波利战役的形势。费德里科国王于 8 月 2 日逃至伊斯基亚，虽抱着在此等待土耳其援军的打算，但那终究只是奢望。翌年的 3 月，他将王权让给路易，拿着换来的微薄年金、伯爵头衔与边境的领地去了法兰西，后于 1504 年在图尔去世。并称意大利两大家族的米兰斯福尔扎家与那波利阿拉贡家的两大当家人，最终不得不在敌人法兰西的土地上，一人被囚、一人隐居，在屈辱中了结残生。

8 月末，在早已被法兰西军队完全侵占的那波利，切萨雷收到了法兰西国王路易祝贺大捷的来信，随信附有 20000 达克特金币，用以支付他作为佣兵队长的酬劳。9 月中旬，切萨雷带着自己的军队，比任何人都更早地离开了那波利，重回罗马。义务总算是完成了。

第六章

从那波利回到罗马的切萨雷，马不停蹄地投入到了下一步的行动中——讨伐势力已渗透到罗马近郊的豪族们。已效忠在他麾下的奥尔西尼家逃过一劫，这次的靶子是一直与教皇唱反调的科隆纳、萨韦利两家族。过去曾与这些豪族们交好的阿拉贡王家已没落，且此时法兰西军队驻扎在罗马附近，正是讨伐的绝好时机。肃清罗马豪族，可确保波吉亚大本营的平安，那么在将来，切萨雷便可安心地离开罗马了。

科隆纳家自不必说，在那波利战败时，已因家族牵涉过深而元气大伤，萨韦利一众的抵抗也不成气候。罗马以南的冈多菲堡、罗卡迪帕帕、塞尔莫内塔等豪族们的据点，接连不断地被切萨雷攻陷。这些新征服的土地被分成了两个公国，一个分给了卢克雷齐娅与被害的比谢利公爵所生的孩子罗德里格，另一个赐予了风闻是卢克雷齐娅私生子的“罗马王子”。就这样，无视世人的谴责，罗马市内外的教会领地成为波吉亚家众人的私有财产。

此时在梵蒂冈最为人热议的话题，就是教皇女儿卢克雷齐娅的第三次婚姻。自从第二任丈夫比谢利公爵被暗杀后便窝在奈比的卢克雷齐娅根据兄长切萨雷的希望，决定与费拉拉公国的嫡子阿方索·德·埃斯特结婚。妹妹的婚姻是切萨雷对费拉拉公国的计策。与罗马涅公国接壤的费拉拉公国，拥有不可小觑的势力，切萨雷暂时还不想与之为敌，便打算通过两家联姻与其结成同盟。但是，费拉拉一边最初却想要逃避这次联姻，卢克雷齐娅两任前夫的悲惨末路让埃斯特家众人却步。不过，老练的政治家、费拉拉的当家人埃尔科莱判断，迎娶教皇的女儿对埃斯特家族来说有百利而无一害。费拉拉也和罗马涅地区的所有公国一样，领土受封于教皇，与教皇保持友好关系绝对不会是一件坏事。另一方面，对切萨雷来说，只要北境巩固了，就可以安心地瞄准南面地区。再加上教皇亚历山大六世因女儿的婚姻不幸而感伤，对其倍加关怀的心境，加速促成了此次联姻。

谋划这次政治婚姻的虽然是切萨雷，但联姻敲定后，就将后续推给了教皇父亲，他可不耐烦筹备嫁妆那一套琐事。然而，埃尔科莱派来罗马的两名婚使，可不敢撇下切萨雷自作主张，一到罗马两人就申请了面见切萨雷，但却一直未蒙召见。时日一久，特使们愈发焦躁，开始对切萨雷的态度感到异常不安。

就在这日复一日的等待中，终于，在某日等来了切萨雷的侍从，口称公爵召见。时值正午，特使两人迅速穿戴整齐，跟随引路的侍者，在罗马清爽的秋日中步行前往切萨雷的寝殿。进入司铎殿的特使们原以为要在玄关附近的会见室等候，没想到却被仆从们引着穿过中庭一路深入，竟无人阻拦询问。而登上阶梯，踱过长廊，朝右可以眺望到圣安杰洛城堡的时候，两人才恍然惧由心生，方忆起关于切萨雷的种种残酷传闻。

仆从行至一屋前停步，打开门，引两人进屋。屋外的正午阳光和清爽空气与屋内的昏暗光线和靡靡甜香之间的反差太过分明，特使们一时间呆住了。微微敞开的厚重窗帘间透进薄光，为房间带来了些许光亮，卧床位于正中高高架起，薄纱的床帏左右垂下，阴影中一个男人的身影若隐若现，他们意识到那就是切萨雷了。

切萨雷知道特使们进来了，但还是懒洋洋地靠在床背上，并未起身。浅灰色紧身裤包裹着美好的腿形，右腿弓起，右臂懒散地搭于其上，宽松的白衬衣袖口散乱地敞着，左腿随意地伸在一侧。

片刻过后，两名特使适应了屋内的微弱光线，方才发现，卧床另一侧还跪着一个女人。乌黑的长发垂至腰际，恰有微光透过薄纱打在她的脸庞，略显苍白的面容美得令人窒息。她忘我地仰望着切萨雷，仿佛生怕错过男人任何微小的意图。

服侍于侧的绝美女人，与对女人不屑一顾、漫不经心地径直看向特使们的切萨雷，如此情景让两位老练的外交官失去了一贯的冷静，被这一甜美与残忍交织的画面俘获，陷入了原始欲望的旋涡。

失神的两人已全然忘记了拜访的初衷是要探寻切萨雷的真意，

含糊地转达了主君埃尔科莱公爵的问候即退下了，事后才意识到没能从他嘴里敲出只言片语。两人复又提出会面申请，得到的却只有冷冰冰的拒绝。对于切萨雷来说，召见强国费拉拉特使仅仅是义务，见过就算交差了。

数日后，特使二人方听闻，会见当日侍奉在侧的女人是个哑巴，在给费拉拉的埃尔科莱公爵送去的报告文书中如此写道：

“切萨雷公爵拥有最为理想的女人——不能说话的女人。”

得不到切萨雷召见，无可奈何滞留罗马的人并不只有费拉拉的特使们。从里米尼而来的两位市民代表，未获切萨雷召见已两月有余。从司铎殿外的路上能看到切萨雷办公室窗户投出的灯光，偶尔窗上会映出他高挑的身影，虽然无从得知他在房间里究竟在做什么，但灯光时常亮到深夜，有时甚至通宵达旦。由于白天通常要与教皇共商事宜，故而可供他独自思考制订计划的时间，只能是晚上。他需着眼广阔的罗马涅公国全局，需让上至队长下至士兵的所有家臣高效工作，还需对意大利乃至整个欧洲的情报了然于心，同时小心经营与路易十二世的关系。对于新任君主的切萨雷来说，要做的事情堆积如山，他手下的秘书们也是夙兴夜寐，信马就如箭在弦上随时待发。

被赞为“纳言敏行”的切萨雷每次迈出自己的办公室时，其所作所为必会引起全罗马上下的瞩目，各国情报官和年代记作者们永远不会缺少能满足他们好奇心的材料。为筹备卢克雷齐娅的婚礼，当时的罗马频频举办各式宴会舞会，切萨雷既是主办人，也是场上无限风光汇聚的中心。每逢盛会，在又惊又喜的教皇父亲眼里，年仅 26 岁的他仿佛不知疲倦般地纵情享乐。其中，10 月 30 日夜间在他宫殿召开的宴会尤为特别，让以布鲁卡鲁多为首的年代记作者们兴奋讶异。当晚到场的枢机主教和各国大使们络绎不绝，更有教皇莅临，借布鲁卡鲁多的话来说，还预备了五十名“世界最古老职业的女人们”，以庄重奢华开局的宴席，在夜半之时卸下了假正经的伪装，彻底化为了荒淫无序的盛筵。

切萨雷令人在大宴会厅中央摆上了一排高立的烛台，命女人们脱去衣服，要她们在不碰倒烛台的前提下，逐一依次绕过后跑到自己身边，最快到达的人将可与自己共度春宵，女人们为这句话爆发了娇媚的欢呼。片刻后，随着开始信号的发出，女人们跑了出去，向上盘起的秀发、佩戴在颈间耳上乃至手臂上的宝石，与白皙的肉体一同摇晃。一时之间欢声四溢，不只是在旁观赏的男人们，为了不让烛台倒下，边跑边躲避四溅烛火的女人们更是娇呼连连。竞赛结束，安坐于椅上的切萨雷面前，蜂拥着簇成一团的肉体们，已无法分辨哪具身体才是第一名。直到特韦雷河上泛起白色的晨雾之时，当夜的盛筵都没有结束。

进入 12 月，埃斯特家的两名公子抵达罗马，他们肩负着护送新娘卢克雷齐娅前往费拉拉的职责。梵蒂冈突然繁忙了起来。这次的婚姻是卢克雷齐娅第一次离开身在罗马的父亲身边，为了远嫁到费拉拉的女儿，新娘的所有嫁妆几乎都由教皇亲自过目。

某一日的傍晚，晚霞依然弥漫着柔和的气息，罗马冬季特有的清新空气开始一点点染上茜红色，跨过特韦雷河通往司铎殿的路上，受邀前来参加舞会的宾客们鲜衣怒马、欢声笑语。这是切萨雷为了要远嫁的妹妹，在罗马主办的最后一次舞会，主宾是卢克雷齐娅和埃斯特家的公子，宾客们不只枢机主教，各国大使、高官们以及罗马的贵族们，几乎全员都受到了邀请。以暗影中的教皇宫为背景，当晚从司铎殿所有窗户流泻出的光辉，映射在特韦雷河的水面上，灿烂有如灯火海洋。

大宴会厅里挤满了陆续到来的客人，教皇姗姗来迟，带领着枢机主教们进入大厅，对下跪迎接的人们逐一给予了亲切的回应。他的脸上情绪外露，仿佛喜极而泣，但人们的视线，几乎全集中在了切萨雷身上，即使他仅仅跟随在父亲身旁一言未发。

音乐响起了，是叙事曲。坐于高位的教皇遣立于自己身侧的切萨雷去跳舞，于是切萨雷转身退下，朝大厅中心被众人簇拥着的妹妹走去。卢克雷齐娅接受了兄长的邀请，两人被舒缓甜美的音乐环绕，翩然起舞。当晚，切萨雷全身素白，纯白紧身衣顺畅地包裹着修长的双腿，缎子上衣罩着他宽厚的胸膛，在灯火下，白缎斗篷随着舞动映出柔和光芒，唯一的装饰是头上的天蓝色贝雷帽，以及帽檐上由紫色宝石做成的宝剑饰物。一袭白衣配上他勤于锻炼晒出的古铜色面容，使已近 26 岁的切萨雷比平时看上去更加年轻。

身材高挑的兄长轻松地带领着将将及其肩头的妹妹共舞，妹妹则完全将自己交由哥哥，随他翩翩起舞。切萨雷俯视着这样驯顺的她，眼中闪出温柔的光芒，嘴边刻下迷人的微笑。比兄长年幼 5 岁的卢克雷齐娅身穿红色丝绸制的盛装，与黑发古铜色皮肤的兄长成鲜明对比，有着金色长发和雪白肌肤的她与这红色相映生辉。常理来说，宴会的主人已经开舞，其他人便可相继进入舞池，但此刻，却没有人打算一同起舞，他们环绕大厅而立，仅仅目视着切萨雷和卢克雷齐娅这对舞伴舞向大厅中央。而兄妹二人仿佛陷入了幻境，世界中只余彼此，一舞至死方歇。

十天后，卢克雷齐娅离开了罗马向着费拉拉出发。

到了 1502 年，这是切萨雷得以将野心变为现实的第四个年头，此时占据他脑海的是博洛尼亚、曼托瓦、托斯卡纳及马尔凯。其中，博洛尼亚因路易的反对，还没办法顺利拿下。而实力不容小觑的曼托瓦，切萨雷打算为自己在法兰西的两岁女儿和曼托瓦公爵一岁的长子费德里科订下婚约，以联姻结盟。剩下的就只有托斯卡纳和马尔凯了，除去佛罗伦萨的托斯卡纳全境和乌尔比诺等小国集结而成的马尔凯地区，共同成为切萨雷第三次出征的目标。

但由于神圣罗马帝国皇帝马克西米利安表现出了想要南下意大利的征兆，切萨雷的征程无法立即成行。虽然皇帝的真意是要牵制仇敌法兰西国王在意大利势力的扩张，但其实南下意大利的名义对他来说几乎信手拈来。毕竟，自中世纪以来，神圣罗马帝国皇帝的存在就是为了守护罗马教皇，地位称号与职责所在相辅相成。所以，探访罗马教皇、视察意大利各国等，均可成为正大光明南下的理由。然而，皇帝要是来了，最麻烦的还是切萨雷。为了让皇帝留在遥远的德国，他甚至将以往过节一笔勾销，和法兰西国王互通有无。幸运的是，神圣罗马帝国皇帝对意大利诸国而言，影响力已不如从前。皇帝的南下，不仅是波吉亚，连那波利分割协定已近破灭的法兰西和西班牙，也同样不赞成。皇帝本人则表示，就算你们反对，只要意大利诸国有人接纳他，他就必将南下。最终，威尼斯共和国的反对成为摧毁皇帝决意的最后一根稻草。与一向关系不好的皇帝相比，威尼斯与法兰西和西班牙走得更近，站在了现任教皇波吉亚这一边。于是，皇帝军队的南下被彻底否决了。

但是，仍有一个理由让切萨雷滞留在了罗马，征服了那波利的西班牙与法兰西两国围绕二分统治案产生了争执，波吉亚的预测在不到一年的时间里就成了现实。对切萨雷来说，这虽然是他期盼的结果，却来得太快了，那波利并不是他现阶段能吞下的目标。话虽这么说，但对事态发展的关注也不能松懈。他不能离开罗马，只同教皇父亲一起去了一趟皮奥恩比诺，在那里也没有停留太长时间。

但是，长期引而不发的热情，一旦释放出来，再想要抑制就绝非易事了。

第三次征程被严重延期了的切萨雷，丝毫未曾想过要终止行动。只不过，取代以往的野外行军扎营，这次的征程是在他的办公桌上展开的。

目标是比萨和阿雷佐，切萨雷用两个计策打开了局面。第一个是利用麾下的秘密情报员，煽起佛罗伦萨和比萨两个共和国间长久以来的敌对情绪，让比萨误以为佛罗伦萨想吞并自己，并将比萨市民的舆论转向“与其被联合军攻击，最终屈服于仇敌佛罗伦萨，还不如选择波吉亚”的方向。第二个策略就是武力威胁，切萨雷将在心中对佛罗伦萨共和国燃着复仇之火的维特罗佐用于此处，让军队像上次一样奏响死亡的乐章。但驾驭这名猛将需时不时地收紧缰绳，若任其肆意妄为，托斯卡纳将会燃成一片废墟。

5月末，比萨的市民代表造访了罗马，请愿由切萨雷保护比萨。对比萨觊觎已久的佛罗伦萨和威尼斯对此大吃一惊，但事情进展到这一步可以说已经是无能为力了。说是无能为力，事实是意大利的这两大共和国一直互为掣肘，从未尝试联手统一行动，切萨雷深知并利用了这一点。

6月7日，阿雷佐在维特罗佐的面前打开了城门。数日后，瓦尔蒂扎纳全域已由切萨雷的部下所掌控。至此，佛罗伦萨共和国完全在切萨雷势力的海洋中被孤立了。

了解一个地区的现状并加以利用和煽动，未动用庞大的军事力量就对佛罗伦萨形成了包围的切萨雷，正一步步地摆脱法兰西国王路易的控制。

成功走到这一步的切萨雷，终于能在四下军马的嘶吼中生存下来了。

第七章

1502 年 6 月 12 日，切萨雷仅带四百名亲卫队士兵便离开了罗马，他的精锐之师集结在斯波莱托，两军会师后沿路前行收编士兵，部队如滚雪球般一路不断壮大。同时，切萨雷在自己的领地罗马涅公国广发布告，命所有家族必须每家出一人参军，这即是后来被马基雅维利所提倡并沿用至今的近代国家军队的核心——征兵制度的原型。与使用金钱雇佣士兵所组成的佣兵制相比，征兵制是彻底的改革，这使从军不再是“职业”而是“义务”。

但切萨雷的征兵制尚是雏形，他的军队主力，目前也只能是维特罗佐和雇佣兵队长们带领的佣兵部队，从路易十二世手里借来的士兵也同样是拿了报酬才干活的佣兵。不过，切萨雷正在一点点地改变这个现状，并希望将来自己军队的士兵，能够全部出自征兵制。这件事无法急于求成，究其原因，自古以来发生在意大利的战争，都是职业的雇佣兵与雇佣兵间的厮杀，而一般市民对战争知之甚少，甚至缺乏最基础的训练。唯一的例外是威尼斯共和国的海军。将所有筹码都押在海上的威尼斯，只从本国市民挑选海军成员，与采用佣兵制的他国陆军完全相反。威尼斯人对军队的思考方式与其他意大利诸国全然不同，威尼斯共和国历任元首，几乎所有人都是海军提督出身，拥有常年海上服役经历。但是，对当时一般的国家和支配者来说，切萨雷的这个构想完全不合常理。只有一人，而且是在此之后十年才出现的将其付诸现实的人，切萨雷的妹夫——费拉拉的阿方索·德·埃斯特，在加入康布雷同盟与威尼斯陆军战斗的时候，临时采用了征兵制。

在当时，察觉到改革征兵制度即能改变意大利的，只有年仅 26 岁的切萨雷、25 岁的阿方索，以及 33 岁的马基雅维利三位年轻人。

切萨雷的军队翻过翁布里亚丘陵不停向前，然而此次真正的战略目标，依然无人知晓。各国的情报网以及士兵们大多以为目标八成是卡梅里诺，而切萨雷心中却另有打算，并早在暗中完成了谋划。

乌尔比诺公国，1502 年。

后世有卡斯蒂廖内的著作《宫廷人》，赞颂费德里科·达·蒙特费罗为“意大利的光芒”，佛罗伦萨的乌菲兹美术馆现今还藏有皮耶罗·德拉·弗朗切斯卡为这位“文武双全之伟人”亲笔绘制的肖像画。距离1502年已去世二十多年的他，身背庶出名分，于学术上造诣高深，作为武将，才能表现仅次于杰出的名将弗朗切斯科·斯福尔扎。

在他的统治期间，小小的乌尔比诺公国因学者和艺术家们繁花似锦的成就，闻名于整个意大利，尤其是由费德里科创设的图书馆，甚至据传其藏书种类和珍贵程度超越了美第奇家族。与其他危机四伏的意大利宫廷相比，乌尔比诺最大的不同之处，在于其温和平静令人忘却危险的宫廷氛围，包括文学家、音乐家在内，近五百余人寄身于这个远离纷争的宫廷。意大利的贵族和君主们很看重这种氛围，纷纷将其子弟托付于此，费德里科也毫无保留，向留学生们悉心传授完美的教养与武艺。

公国的家臣与民众们对领主信赖有加，在他的统治下乐享安稳的生活，当他作为佣兵队长远征在外，会为了减轻他的担忧而自发自治。而当他身在公国，每天最常见的风景，就是民众们对独自一人上街散步的公爵致以亲切的问候。而在他的时代中，意大利的君主和统治者们无人有胆量如他一般，可以毫无防备地上街散步。

但伟人如他，在弥留之际，将年幼的儿子和公国的未来托付给了自己的挚友——著名的佣兵队长罗伯特·马拉泰斯塔，未曾想到

乌尔比诺公爵圭多巴尔多

几乎与此同时，受托的这位也死在了博洛尼亚的床上，并且巧合地也将自己的国家里米尼托付给了费德里科。

费德里科的儿子圭多巴尔多在父亲去世时年仅10岁，精神和躯体同样纤细的少年在宫廷之中被小心地呵护成长。在乌尔比诺宫殿宽阔的台阶上，在留有浓重中世纪风貌的古比奥街道的石板路上，总能看到他那陷入沉思四处漫步的身影。如今，圭多巴尔多年过三十方与曼托瓦侯爵的妹妹伊丽莎白·贡扎加完婚，暂未有子嗣，虽子承父业也成为一名佣兵队长，但更偏好在自己的宫殿里欣赏艺术品和书籍。他热爱文雅讲究的生活，为人温和厚道，以慈悲为怀，在当时动荡的大势中，之所以能够维持住国家，主要是仰仗先父遗泽。此外也因他本人性格实在温和，从不说他人是非，也从未结过任何私仇，公国的民众们对于费德里科的这个儿子总是爱护有加、关怀备至。

他和波吉亚的关系从一开始就不甚融洽。1496 年冬，他作为甘迪亚公爵的副将随军参战，一度因战败被俘而被切萨雷置之不顾。而随后发生的甘迪亚公爵暗杀事件，他曾被列入嫌疑人之列。自切萨雷起兵伊始，乌尔比诺公爵就时常作为切萨雷麾下的佣兵队长随军出征，但从未立过显著战功。

6 月中旬，乌尔比诺公爵圭多巴尔多从教皇处收到一封来信，内容是要求为瓦伦蒂诺公爵切萨雷·波吉亚的军队提供武器和兵粮，及准许军队途经乌尔比诺领地，便于其攻打卡梅里诺。此外，来信称会将切萨雷的顾问德·罗利斯主教送至佩鲁贾，公爵针对此事的回复送至佩鲁贾即可。圭多巴尔多自认已免于一难，对上述要求当然是全盘接受，当即将以心腹多提为首的两名家臣送到了佩鲁贾。多提一行人受到了主教热情的接待，向其展示出了乌尔比诺公国对切萨雷的恭顺后，获准前去斯波莱托觐见切萨雷，临行之前还得到了乌尔比诺公国将安全无虞的保证。

20日晚，圭多巴尔多正在乌尔比诺郊外的村庄安然地享用着晚餐，此时，满身泥泞的哨兵来到他的近前，报告说切萨雷及军队正一路朝着这边前进。但从斯波莱托到乌尔比诺要跋涉80公里的山路，圭多巴尔多无法相信这是事实，只是一笑了之。但紧接着，第二名哨兵也到了，这次的报告让圭多巴尔多慌了神，报告称切萨雷早已到达了卡利，恐怕明早即可进入乌尔比诺的城镇。随后第三名哨兵到达，报告称乌尔比诺已被切萨雷的军队包围了。这样的行军速度简直令人闻风丧胆，更何况切萨雷不仅以神速翻过了亚平宁山脉，还是在夜间行军。

当切萨雷到达诺塞拉的时候，发令全军改变行军路线，不再向东进攻卡梅里诺而是改道北上。翻越亚平宁黑色山峦的行军途中，切萨雷始终走在全军的最前方，跋涉35公里，于入夜之时进入了卡利，先头部队的两千士兵刚刚占领此地。虽然全军在此稍作休整，但切萨雷和他的队长们可没有休息，他给部下们详细部署了进攻乌尔比诺的战略。军队再次出发，先头部队于夜半时分已进入了费尔米尼亚诺，距乌尔比诺城仅10公里之遥，随后陆续到达的军队，对乌尔比诺渐渐形成完全包围之势。奇袭，常常是制胜的不二法门。

犹如被晚餐的饭桌追赶一般，圭多巴尔多快马加鞭回到乌尔比诺城，此时城里早已得知了敌人来袭的消息，惊恐的民众骚动不安。圭多巴尔多一进入城堡即被仓皇失措的家臣们团团围住，他们异口同声地控诉毫无防御准备的领主。时间一分一秒地过去，人们的恐惧不断升高。有人主张积极防守，但圭多巴尔多表示必须要避免过多的流血牺牲。幸运的是，他的妻子伊丽莎白因为去嫂子曼托瓦侯爵夫人伊莎贝拉·德·埃斯特处做客而不在城中。最终他决定带着作为养子的侄子弗朗切斯科·德拉·罗韦雷逃跑，他劝说大家“只要我出逃，乌尔比诺公国全体都可获得保全”，家臣们对此只能以泪洗面默默听从。舍弃了自己美丽的宫殿连同收藏在内的美术品，他带着养子和少数几名随从，暂且逃向了圣莱奥的要塞。

但那里也早已落入了切萨雷之手。于是他们乔装成百姓逃去曼托瓦，对于身患痛风的圭多巴尔多来说，潜逃之行异常艰辛，历经七天才最终踏上了曼托瓦的土地。

在圭多巴尔多逃跑数小时后，切萨雷在黎明曙光普照大地之时进入了乌尔比诺城，弓箭握于单手，胯下战马因行军而满身泥泞，恭迎他入城的家臣们与市民代表面色沉重，但全无抵抗。他径直占据了公爵所居住的城堡，稍事休息后，立即开始了自己的工作，接受重臣和市民代表呈上的象征投降和服从的决议书，针对市民发布公告，称将保证全体市民的安全，承诺军队不会出现暴行，各自的工作和生活可照常进行。不过，虽然切萨雷原样保留了全部的市民代表，但圭多巴尔多的心腹政府要员却一个没留进行了全员置换，军队倒是没进入乌尔比诺，而是驻扎在费尔米尼亚诺。

乌尔比诺民众一度对切萨雷宽大的处理方式深感意外，以为只是虚惊一场，但很快残酷的现实就被摆到了他们的面前，因为过于了解切萨雷的谋略行事，多提等三名家臣被处以死刑。

切萨雷对乌尔比诺发起的这次闪电战，彻底震惊了周边诸国。佛罗伦萨、博洛尼亚、曼托瓦，乃至因迎娶了卢克雷齐娅而本应安心的费拉拉，一时之间都开始热衷于同切萨雷搞好关系。而拿不出利益交换资本的小国，只能提着心吊着胆，在国内为所欲为惯了的小领主们，现在个个如惊弓之鸟，随时准备卷铺盖逃跑。

在切萨雷进入乌尔比诺城的三天后，圣马里诺共和国与切萨雷的代理人拉米罗·德·洛尔卡缔结了归降协议。随后，卡梅里诺也落入了切萨雷之手。为攻下卡梅里诺，他派出了手下的格拉维纳公爵弗朗切斯科·奥尔西尼，卡梅里诺的领主瓦拉诺更情愿议和，但深知切萨雷心思的他也清楚这是白日做梦。乌尔比诺陷落一个月后的7月20日，卡梅里诺也被攻破了，但不同的是，切萨雷对丝毫不得民心的卡梅里诺领主一族处置得非常彻底，借用当时年代记作者的话来说，领主和他的三个儿子被用“瓦伦蒂诺式”的方法杀死了，即快速准确地彻底绝断被征服地君主血脉的方式，其中三人能确认是经由唐·米凯罗特之手丧命。

此次战略胜利意味着对佛罗伦萨共和国的包围已近完成，面对此番形势，佛罗伦萨共和国也被迫必须要认真地思考对策了。

切萨雷向佛罗伦萨共和国派遣了使节，在要求履行先前协议的同时，禁止其对逃亡的乌尔比诺公爵进行援助。佛罗伦萨共和国政府震惊于切萨雷前所未有的强硬态度，为与他交涉，匆忙派出两名特使，首席特使是弗朗切斯科·苏德里尼主教，次席是佛罗伦萨共和国政府书记官尼可罗·马基雅维利。此次交涉的过程，可从二人与佛罗伦萨政府间互通的二十五封书信中尽数得知。

6月24日深夜，刚刚到达不久，连正式官服都没来得及穿的两名佛罗伦萨特使就接到了来自切萨雷的首次会谈通知，二人在乌尔比诺城堡内的一间房屋稍作休息等候会面，城堡已被切萨雷征用为宿舍，供其数名心腹和近卫队队员居住。片刻后，身着长至脚面的黑色天鹅绒长袍的主角切萨雷现身了。阻止了特使二人尚未出口的照本宣科般的外交辞令，切萨雷的口气一上来就十分严厉明确，他谴责佛罗伦萨不想履行去年 5 月签署之协议的态度，表示自己有生以来从未被如此慢待，接着说道：

“如果佛罗伦萨希望成为我的朋友，当然是最好的。若是相反，恐怕从此刻开始，我将不得不开始认真地处理与佛罗伦萨国境相接壤的领土问题，我个人自然是希望尽可能地减少针对领土范围和领土安全方面将面临的冲突。”

对此，两位特使尽力解释试图化解他的控诉，表示共和国政府一直在为了与公爵维持友好关系而持续地努力着。房间里唯一的光源是切萨雷斜后方的烛台，火光跳跃中，切萨雷眸中一道光亮闪过。

“我希望你们对我有足够的信任，只有在被充分信任的前提下，我才有可能协助你们解决问题，一切都有的商量。但相反，若是得不到信任，恐怕我为了保护自己，为了免受贵国威胁，将被迫继续推行我的作战计划。我太清楚贵国是如何评价我的了，半句好话也没有，别说好话了，甚至骂我是杀人犯。”

趁着特使两人哑口无言，切萨雷又讽刺地说道：

马基雅维利

“我深知两位经验丰富、行事谨慎，但还是有句话不得不说，我非常讨厌你们的政府，无法让人信任，十分有必要来点改变。”

两人十分震惊地看着切萨雷的脸，这样的话连法兰西国王都不曾说过。紧接着，切萨雷继续用严苛有力的声音说道：

“政府就应该善于改变。不管怎么说，我还是希望你们的政府能够遵守约定，或者，二位就尽快将我对这种做法已经忍无可忍的事情转告贵政府。一言以蔽之，想要作为朋友的我，还是想要作为敌人的我。”

两位佛罗伦萨人只是反复地向他抗议说自己的政府是优秀的，

并极力澄清佛罗伦萨人行事认真，绝不偷奸耍滑，切萨雷笑了笑：

“你们以为自己是什么人？凭什么认为你们的话足以影响我自己的判断？”

两位佛罗伦萨人仍未放弃，他们进入了正题，解释道，要想获得佛罗伦萨的信赖与友情，只要将身在佛罗伦萨的维特罗佐阁下召回即可。但是，切萨雷的态度没有丝毫动摇，他的声音越发低沉严苛，脸颊反而渐渐浮起了微笑。

“你们是等不来我赐予这个恩惠的。要说为什么，不仅仅是佛罗伦萨不配，更是你们现在的这些佛罗伦萨人不值得我下这个命令。”

反正，切萨雷声称自己与托斯卡纳的事情毫无关联。

“确实，维特罗佐是我的部下，但我可以发誓，发生在阿雷佐的事情同我毫无关系。”

继续说着话的切萨雷的眼神，尖锐得像是要刺穿他们二人一般，但脸上的微笑却愈加深沉了。

“不过，对于佛罗伦萨人所失去的，我并不感到可惜也是事实。不止如此，甚至我几乎可以说是十分满意的。”

两位老练的外交官被切萨雷的气势压倒了。即使是年轻的马基雅维利也有着与法兰西国王交涉的经验，然而对他们来说，切萨雷却比国王还要难以应付。当晚持续了两小时的第一次会谈，以切萨雷如下的一句话而宣告结束：

“我不是为了施加暴政而生，正相反，我是为了消灭暴政者而生。”

第二次会谈本应该安排在次日，但直到晚八点两人都未得到切萨雷的任何联系。即使这样，伺机而动的两位特使还是想方设法与切萨雷麾下的朱利奥和保罗——两位奥尔西尼家族出身的佣兵队长，取得了联系，向与佛罗伦萨有着深厚关系的奥尔西尼家的这两名队长拜托，希望无论如何能帮忙安排与切萨雷的会面。最终，他们等来了会谈的通知。

同第一次相比，第二次会谈依然毫无进展，切萨雷的强硬态度一如既往毫无改变。两位特使表示，自己并不能全权代表政府做决定，必须向本国政府充分说明情况后方能得到进一步指示，为此希望得到四天的宽限。快马去向佛罗伦萨政府报告，得到指示后再返回乌尔比诺，这个过程最快也要四天。切萨雷同意了。这个指示将决定接下来的事态演变，是和平，抑或战争。

时间紧张，骑马回佛罗伦萨的任务不得不由次席特使马基雅维利来担任。从乌尔比诺出发前往佛罗伦萨的路上，他骑马走过夏季的山道，亲笔将萦绕在头脑中的想法写在了给佛罗伦萨政府的通信上，内容大致如下：

“这位君主是个气概不凡的伟男子。手持武器，英勇善战，兼具宽广胸怀，为了荣誉与征服不辞辛劳、不畏苦痛、不惧危险。无论面对任何挑战或突发事件，都能立即掌握状况并制定对策。有最为优秀的意大利人做臣下，并被他们所仰慕。更为难得的是，他那一路稳步撷取的令人敬畏的胜利，都在被无上的幸运庇护着。”

而孤身一人留在切萨雷身边的苏德里尼，使出浑身解数多方打探，试图挖出这个男人的真实意图，却是白费了力气，切萨雷绝不会将自己的真意轻易示于人前。军队总是整装待发，但下一步进军的方向却无人能提前知晓，目标只存于切萨雷一人心中。

数日后，佛罗伦萨送来了回复。此时已被推到了悬崖边上的佛罗伦萨，得知唯一能制约切萨雷的法兰西国王路易十二世正亲自奔赴意大利，选择的应对是姑且先争取些时间。在切萨雷要求的事项当中，支付 36000 达克特的年金以及宣誓归顺这两项，佛罗伦萨共和国是无论如何都不会答应的。并且，佛罗伦萨还固执地想要将对他们来说十分棘手的维特罗佐从阿雷佐驱逐出去。

7 月 7 日，法兰西国王随开往那波利的军队一同，翻过阿尔卑斯，进入了阿斯蒂。随即，利用国王的身份介入了切萨雷对佛罗伦萨的交涉，声称自己也要从后者那里获得高额的年金，并对切萨雷要求的宣誓归顺表达了不满，得到支持的佛罗伦萨最终得以降低了年金的金额。现在的切萨雷在遭遇法国国王的时候，局面依然离势均力敌相差甚远，尤其是像现在这种法兰西大军压境之时。而就在他们为协议内容争论不休的同时，法兰西军队的先头部队也在不断地南下。

直到 7 月 20 日，新的协议方案最终达成。佛罗伦萨一方只需履行支付 18000 达克特年金的义务，切萨雷一方则必须召回身在阿雷佐的维特罗佐及其军队。时至今日，横在切萨雷面前的高墙，看上去似乎还是那么的厚重。

第八章

为了取得政府指示，马基雅维利将苏德里尼留在身后，离城一路骑马朝佛罗伦萨奔去，而另一名佛罗伦萨人恰好与他擦肩而过，踏入了乌尔比诺城门。这名身穿本色麻布长袍的老者，登上入城的石板坡道，径直朝宫殿的方向走去。老者斑白的长发和胡须遮去了大半的面容，虽然脸庞布满深深的皱纹，但是长眉斜飞入鬓，双目炯炯有神，在包裹全身的长袍之下，还隐约可见这个年纪少有的强健肌肉，走起路来也是十足的稳当，唯有从长袍袖口露出的双手稍微显露出他的年龄——手背上有已些许突出的静脉血管。

老者来到公爵所居住的城堡门外，向守卫表示想要拜见瓦伦蒂诺公爵切萨雷·波吉亚阁下，没有推荐信和介绍信，甚至连自荐信也没出示，老者只是报上了自己的姓名。

在仆从入内禀报期间，老者就站在门边等待。一个排的全副武装的士兵从他的面前走了过去，随后，好似队长的强壮男子们身着体面的盔甲，高声交谈着出了宫门，没人回头去看站在门旁的老者。只有一个骑马进门的年轻男子，在下马把缰绳甩给马夫的瞬间，直直地看着老者，撞上了同时看向自己的老者的视线。

通报的人回到门口，告知老者主人说要见他。老者被引入美丽的宫殿之内，路上与许多年轻人擦肩而过，他们无一不散发着朝气的活力。

走过长长的走廊和台阶，最终到达了深处的一个房间，侍从向看似没人的屋子禀报了老者的到来后，关门退下了。房间并不十分宽敞，在曾于各式奢华宫殿行走的老者看来，这里近乎俭朴。没有任何装饰的白色屋顶，由古怪的黑色粗柱子支撑，至于家具，房间里除了有个炉火已经熄灭的石砌暖炉外，就只有一张厚实的栗木做成的修道院风格的大长桌，和两把同样木质的椅子。其中，老者的目光被桌子上的东西吸引了过去，桌上有一张大大的亚平宁半岛中部地图，好似有人在此工作一般，地图上放着一杆羽毛笔。

老者不再研究地图，抬起目光，发现房间还连有一个阳台，通向阳台的门外冒出了几片常春藤的叶子，极目远眺则能够望到翁布里亚的山峦。此时，老者方注意到，有一位青年正隔着门旁唯一一扇打开的窗子，在对面直直地打量自己。老者走到门边，由白色石膏修饰的细长的阳台出现在眼前，那里站着两名青年。

其中一人，即一直看着老者的青年，靠在阳台扶手上，身穿毫无缀饰的浅灰色上衣与同色紧身裤，生长茂盛的常春藤枝叶爬满了屋顶，阳光照下来，将点点绿荫洒在了年轻人古铜色的脸庞和浅灰色的衣服上。另一个青年之前好似在说着什么，身体面向灰衣青年，现在也转向了老者，老人回想了起来，这就是自己在宫门处遇到的年轻人。两名青年年龄相仿，看上去都十分俊美，但灰衣青年一方，全身散发着坚决与威严的气息。

站在阳台门口的老人，静静地，朝灰衣青年弯腰行礼。青年在阳台上仅有的一把木制椅子上落座，向老人显示了身份，并顺带介

列奥纳多·达·芬奇

绍了身边的另一名青年。

“米凯雷·达·克雷利亚，我的家臣。”

老人立即意识到这位就是以唐·米凯罗特之名而出名的男人，切萨雷那恶名昭著的左膀右臂。乍听到这个传闻中常和死亡相连的名字，老人的表情毫无变化，与其说毫无变化，倒不如说像是被激起了好奇心一般，看着这年少俊美的杀人犯，平静地向他也行了一礼。从这天起，老人便留在了切萨雷的身边。

两个月后的 8 月 18 日，切萨雷领土内，上至地方长官、城防守将、队长、佣兵队长、将校，下至一般士兵，均从身在帕维亚的公爵切萨雷处收到了一封布告：

“现通告要求各地区，须为我最亲爱的友人建筑技术总监列奥纳多·达·芬奇，保证各地区的通行自由，并提供尽善尽美的接待。他即将按照我的指派，出发巡视公国内的所有要塞，对此，各方务必竭尽全力协助其完成任务。此外，公国内所有的城堡、要塞、设施及相关的各种土木项目，技术人员在开工前或建设中都需咨询并听从列奥纳多·达·芬奇的意见。若是有人胆敢违反我的命令，哪怕是我的得力爱将，也请做好承受我的怒火的准备。”

在历史上，天赋领域各不相同的天才们，彼此相遇并相互协助发挥才能的例子并不多见。列奥纳多是思考的巨人，而切萨雷则是行动的天才。列奥纳多在现实的彼岸上独自悠悠踱步，与之相反，切萨雷在现实的河流中骑马昂然前行，但两人在精神深处却有着共同之处——对自己才能抱有的自负，拒绝不被自己承认的，抛弃不被自己需要的，完全地遵从自己的内心，这使他们得以通向完全的自由，哪怕是神圣宗教与伦理道德也无法束缚的自由。只是，竭尽全力维持自己通往极端怀疑主义的精神，并将这种精神活用到现实世界，是一件需要超乎常人的坚强意志的难事，而这二人恰好拥有钢铁般的意志。

列奥纳多·达·芬奇绝不仅仅是《蒙娜丽莎》的作者，从他留下的数量众多的手稿中能看出，他的研究成果涵盖领域广泛，但其中他本人最看重的却是国土规划，当时来看，能在这方面助他实现理想的人物，只有势力强大的“君主”。拥有现实视野的列奥纳多，敏锐地察觉到了共和国制度的缺陷。

拥有自由的地方便无法产生秩序。

——出自列奥纳多手记

他于早年就背井离乡，离开了自己的故乡佛罗伦萨共和国，被誉为伟人的洛伦佐·德·美第奇不仅没有足以实现他理想的势力，甚至连理解他的能力都没有。离开故土的列奥纳多，转而依附于当时公认实力最强的米兰的摩尔人，但是，长达十几年的旅居米兰随着摩尔人的没落而被迫中断了，“公爵失去了国家、财产以及自由，他全部的事业都戛然而止了”。

因有感公爵摩尔人的没落所写下的语句，同样也是在叹息自己理想的被迫中断。离开米兰后的列奥纳多选择了威尼斯。威尼斯共和国因土耳其帝国的威胁而常年被迫坚守城池，同时拥有着与佛罗伦萨共和国完全不同的坚固的共和体制，列奥纳多寄望于其雄厚财力和宏大气魄，提出了使用河流阻止土耳其军队入侵的宏伟方案，但不成想方案却胎死腹中，他只得无可奈何地返回了佛罗伦萨。

列奥纳多从心底认定切萨雷是理想的君主，切萨雷对列奥纳多来说不是作为赞助者，而是作为可以共同实现自己理想的朋友。列奥纳多从切萨雷身上找到的，是可以为达彼此心愿尽施各人所长的同时，携手实现共同目标，这是他在洛伦佐、摩尔人以及威尼斯身上都未曾寻到的。

而切萨雷是刚上台不久的君主，必须要从零开始建设自己的国家。首先要修筑城堡和要塞，然后是对历经战火的城镇整顿、运河修筑以及道路建设，领土处处如白纸亟待描绘。列奥纳多的才能对切萨雷来说，无比珍贵。

列奥纳多和切萨雷，这两个人在彼此身上看到了对方的才能和自己的所需。这里完全不存在艺术家寻求保护人，或赞助者吹捧艺术家的关系，这里只存在着如何利用对方达成自己的理想这一冷酷的个人意志。与保护和援助相比，与居高临下的施舍相比，这二人间的关系是如此的诚实与美妙。

这样的关系，只有在完全明确自己目的的人之间方能存在，进而诞生出真挚的互相尊重。26 岁的切萨雷与即将迎来 50 岁的列奥纳多，对彼此就抱有这种难得一见的真挚之情。

自乌尔比诺与切萨雷的第一次会面之后，列奥纳多就留了下来，主要参与城堡设计和武器研制等工作。同时，列奥纳多对珍藏于有名的乌尔比诺公爵图书馆内的两部阿基米德古抄本兴趣浓厚，但其中只有极少的几个感兴趣的段落，可供他誊抄到自己的手记中。

再次从阿雷佐返回的维特罗佐与切萨雷均应允了列奥纳多，助其寻找阿基米德的其他古抄本，切萨雷通过帕多瓦主教的门路，维特罗佐负责核实出现在博尔格·迪·圣塞波尔克罗的线索。

列奥纳多于 8 月 1 日抵达了佩萨罗，停留期间探访了当地图书馆。后从佩萨罗沿亚得里亚海岸一路北上，一周后到达里米尼，他当时在手记中写道“一路走来的景象，正如在里米尼看到的泉水一般，各种各样的瀑布最终汇于一泉，合奏出统一的和谐乐章”。再度出发，沿艾米利亚大道北上，进入了切塞纳，他在这个切萨雷的公国都城额外停留了一段时间。切萨雷想按照一国都城的规格，将城市好好修整一番，为此要修建一条通往亚得里亚海的长达 20 公里的运河，要在市区建造对应的大型港口，意在与威尼斯之间建立海上交通，列奥纳多对这个规划十分上心，停留在此便是为了视察工程进度。9月6日，抵达切塞纳蒂科，以切塞纳为起点的运河，将在此处流入亚得里亚海。前文提到切萨雷广发的通知，就是为了他此次视察旅行而发布的，在这里，列奥纳多不只负责建造运河，还研究了城市整体的防御策略。

在列奥纳多外出视察期间，切萨雷结束了在伦巴第的停留踏上了返程。为了攻打博洛尼亚的本蒂沃利奥，他将下一次大本营定在了伊莫拉。伊莫拉不仅离博洛尼亚很近，还有1499年被他攻破收入囊中的坚固要塞，作为进攻的据点再合适不过。10月，切萨雷将列奥纳多召至身边。在这里，列奥纳多一边绘制着伊莫拉周边的精密地图，一边监督修整城堡要塞，同时还在为预防万一发生的包围战做准备、研究对策。切萨雷将自己居住城堡内的一室赐予列奥纳多用以起居，两人几乎每日都在一处并肩工作。故而在即将爆发的可怕危机中，列奥纳多得以平静地在最近距离，旁观切萨雷被危机侵袭并渡过难关的全部过程。而至于另一个同时在切萨雷身边的佛罗伦萨人马基雅维利，列奥纳多却未与其有何深交。

到了1503年，与切萨雷频繁的行动相反，列奥纳多只是一个人默默地留在伊莫拉的城堡，根据切萨雷整理好的资料继续埋头工

列奥纳多绘制的伊莫拉地图

作，为了切萨雷，更是为了自己。

不过，列奥纳多在伊莫拉的宁静生活，最终也是一朝尽毁。8 月 18 日，恰巧是切萨雷为列奥纳多发表布告一年后的同一天，身在罗马的教皇亚历山大六世逝世了，紧接着，波吉亚家族急速没落。教皇父亲过世的时候，切萨雷也重病在床无法起身，悲剧在此拉开了帷幕。

突来的变故中，罗马涅公国对切萨雷的忠诚并未变质，尽管如此，伊莫拉全城还是在一夜之间兵荒马乱，面目狰狞的士兵在城中四处游走，这里已无列奥纳多的容身之地。当切萨雷在罗马被捕的消息传到伊莫拉后，列奥纳多最终决定离开。和一年前来到这里一样，他一个人静静地离开了。

这之后的列奥纳多辗转于佛罗伦萨、罗马、米兰等地，始终没能找到足以代替切萨雷的君主，在离开切萨雷身边的第十六年，在遥远的法兰西土地上结束了他的一生。

在切萨雷短暂的一生中，曾与两位伟大的文艺复兴人物有过交集，马基雅维利与列奥纳多。马基雅维利被切萨雷的理念点亮了思想的火花，以他为原型，写下了《君主论》。但列奥纳多对切萨雷却没留下只言片语，同摩尔人没落时一样，连一句叹息的话语都没有留下，流传至今的只有与切萨雷共事时一起署名的几张地图和一些土木工程设计草图。

约五百年后的 1967 年，在马德里国立图书馆的书库深处有了新发现，即后来被称为《马德里手稿》的列奥纳多的设计草图与随身手记。同手记一同被发现的，还有他与弟子的一些衣服，其中包括一顶斗篷，后来被推测是切萨雷·波吉亚的斗篷。

第九章

经过马尔凯地区的乌尔比诺一役，意大利诸国个个胆战心惊，生怕切萨雷的马蹄下次就会踏向自己。而对波吉亚的军队束手无策，将路易十二作为唯一能够阻止他的力量，当成救世主一般迎入意大利的，并不只有佛罗伦萨共和国一家。与切萨雷已势如水火的佛罗伦萨和博洛尼亚自不必说，其他那些被他逐出领国的小领主们，也因独木难支而纷纷聚集到米兰，寻求法兰西国王的帮助。路易十二刚一进入米兰城，就被手持礼物大献殷勤的请愿者们团团围住了。

当时的米兰，有被从佩萨罗驱逐出来的乔瓦尼·斯福尔扎伯爵，有唯一从切萨雷剑下逃脱的卡梅里诺的瓦拉诺族人吉昂马利亚，还有从寄身之所曼托瓦前来的、面色苍白的原乌尔比诺领主圭多巴尔多·达·蒙特费罗公爵。当然更少不了带着昂贵的礼物从博洛尼亚前来的乔凡尼·本蒂沃利奥领主的两个儿子，人人皆知博洛尼亚会成为切萨雷的下一个目标，还有意欲进一步加强亲法的外交政策、直接带着上供年金前来觐见国王的佛罗伦萨特使。只有威尼斯共和国看似保持中立，选择了向米兰同时派出外交官与间谍的政策方针，这个政治老练的国家，决意在场外观察法兰西国王将如何对待切萨雷。

集中到米兰的小领主们，为了反抗切萨雷这一共同目标而空前地团结，并期望法兰西国王能加入他们的阵营，与其说是期望加入，不如说没有国王加入的他们将一筹莫展。这些人组成了反切萨雷同盟军，一致推举深受波吉亚威胁的曼托瓦的弗朗切斯科·贡扎加侯爵担当最高指挥。曼托瓦侯爵以威尼斯陆军总司令官的身份担任同盟军佣兵队长一职，即是出自默不作声的威尼斯的计谋，目的是不必亲自动手便可消灭波吉亚，就能轻而易举地夺回觊觎已久的罗马涅与马尔凯地区。威尼斯隐藏着真实意图，继续对法兰西和波吉亚两方隔岸观火。

而此时的乌尔比诺，苏德里尼正在与切萨雷进行最后的会谈，在马基雅维利离去后，佛罗伦萨特使苏德里尼孤身一人却仍然在坚持游说。同时，已归于切萨雷手下工作的列奥纳多·达·芬奇，正忙于研究推敲攻打敌方城堡的战术。而在秘密派往路易十二处的特使返回乌尔比诺后，切萨雷与苏德里尼的交涉突然有了进展，他将维特罗佐从阿雷佐召回，同时命其向佛罗伦萨归还已占领的城堡要塞。虽然让一心向佛罗伦萨复仇的维特罗佐接受这个结果并非易事，但切萨雷谎称维特罗佐的领地卡斯泰洛城有被攻打的危险，将他骗了回来。虽然并非对小领主们在米兰的动作全然不知，但他却并未自乱阵脚，愚蠢地急忙跑去路易身边被看热闹可不是他会做的事。

在路易进入意大利的二十天后，切萨雷结束与苏德里尼的交涉，终于踏上了觐见路易的行程。7 月 25 日，身穿耶路撒冷宗教骑士团制服的他骑马向米兰出发，随行只有四名士官。3 天后，切萨雷到达费拉拉城堡，探望卧病在床的妹妹卢克雷齐娅。数小时后，他复又上马，随行人员增加了几名，卢克雷齐娅的丈夫阿方索·德·埃斯特也随同切萨雷，从费拉拉出发一并沿艾米利亚大道北上前往米兰。

在米兰，路易亲切地接见了请愿者，对于所赠礼物也一概欣然接受，使他们更添上了一层期待。此时有消息报切萨雷将要前来，人们等不及要看路易会对他采取怎样的态度。

8 月 5 日，国王带着家臣们出城迎接切萨雷，得知此事的人们，当即表示自己也要去迎接他，纷纷跟在了国王一行人身后。驱马前来的切萨雷与国王在米兰城门外不远处相遇了，两人的再会令看热闹的众人哑口无言，宛如父子久别重逢一般，夸张地相互拥抱亲吻脸颊，喜悦之情溢于言表。切萨雷目不转睛地盯着路易，始终面带微笑，路易则是双臂挽过切萨雷的脖颈，反复地亲吻着他，犹如不敢置信他终于来到了自己身边一样，每次切萨雷作势拉开拥抱，路易都要再次抱上去，在目瞪口呆的围观人群面前，两人就这样反复了数次。不过最终，两人还是并排骑着马入了城门。

而自打进了米兰城堡，见识到了国王给予切萨雷的特殊待遇后，原本对国王有所期待的众人，现在就只剩下了唉声叹气。路易为切萨雷在城中准备了房间，还因他没随身携带替换衣物，特准切萨雷可从自己的服装中随意挑喜欢的穿。整整一天，路易始终不离切萨雷左右，尽管其他人被允许列席，却只能呆呆看着他们二人亲密无间，半句话也插不上。然而还不只是这些，路易的款待一直持续到了当天深夜。切萨雷的晚餐是由国王亲自选定的最高级美味，而晚宴后当切萨雷已先行告退，还想继续交谈的路易，竟穿着睡衣直奔切萨雷的房间谈天去了。尼科洛·达·柯勒乔给伊莎贝拉·德·埃斯特写道："无论如何，都像是对儿子或弟弟一般的热情款待。"伊莎贝拉的丈夫曼托瓦侯爵也在给妻子的信中叹息道："两人相互拥抱亲吻，表现出的举止真个兄友弟恭。"

向法兰西国王抗议切萨雷的专横粗暴，期盼他倾向于反切萨雷一方的罗马涅和马尔凯的小领主们，看到此番景象纷纷陷入绝望，陆续离开了米兰，反切萨雷同盟的构想也再无人提及。他们中最后离开米兰的是曼托瓦侯爵，身为反切萨雷同盟主要发起人的他，在如此境况下，若不改善与切萨雷间的关系，根本无法安心回国。不过，曼托瓦侯爵并不是一般小领主的角色，他与切萨雷之间完全可以达成共识。切萨雷提出的条件是，曼托瓦侯爵不得再给予乌尔比诺公爵任何援助，并让曼托瓦侯爵的长男费德里科与切萨雷身在法兰西的女儿露易丝订婚。第二个条件是就以前提过的事情建立明确约定，哪怕婚约双方还都是两三岁的孩子。曼托瓦侯爵接受了条件。谈妥了这些后，他终于能出发离开米兰了。

对周围来回变幻的臆测与失望置若罔闻，切萨雷与路易之间复又确立了新的秘密协定。切萨雷一方的义务是，在法兰西军下次进攻那波利时，亲自指挥一万人的士兵援助处于劣势的法兰西军，不过义务只有三年的履行期限。路易一方，会借给切萨雷三百名枪骑兵，此外不光认可他对博洛尼亚的任何行动，甚至也认可他在其他地区自由的行动（但暗中把佛罗伦萨排除在了名单外）。

从乌尔比诺出发奔赴米兰的时候，切萨雷身穿耶路撒冷宗教骑士团制服的举动，并不是为了装门面，而是蕴含了他缜密的心思。

如此穿着不是因为切萨雷相信路易的友情，只是因为路易是法兰西的国王。切萨雷可以对意大利小领主们视若无睹，但对路易，却不能让他抓住任何把柄，进而打压自己的野心。比起千万的辩解，不如将自己塑造成一个为了天主教会的发展而奉献一生的宗教骑士团成员，路易察觉出了切萨雷无言的表态，当然不会愚蠢地戳破他的伪装，路易在心里也是有过计算的。

告别路易归来的切萨雷，将大本营设在了伊莫拉。理由有二：第一，伊莫拉距离下一次的目标博洛尼亚很近。第二，这里的要塞非常坚固，这是他在三年前攻击弗利、伊莫拉的时候亲身体验过的，在当时给费拉拉的埃尔科莱·德·埃斯特的信中，被他形容为“完美的防御”。特别是这第二个理由，对还没有专属自己的正式城堡的切萨雷来说，防御层面的因素是最首要的考虑。但是，令人们感到震惊惶恐的是，切萨雷甚至将罗马涅公国的政府和法院都迁移到了伊莫拉，这表明他有意将伊莫拉当作都城。但是，伊莫拉位于他现有领土罗马涅的最边境，没有人会把都城设在国境附近，这即表明，切萨雷只是将现在的国境当作暂时的。人们对于他的这一宣言，各自加以解读并各有所动。

博洛尼亚是除费拉拉以外唯一剩下的教会领国，也是教会领地事实上的都城，在时刻逼近的切萨雷的威胁面前，领主本蒂沃利奥家族尚且举棋不定。究其原因，此前的博洛尼亚一直处于法兰西国王的保护下，切萨雷也曾因此一度打消了攻占的念头。但不成想，这次切萨雷却挑明了要进攻博洛尼亚，并在临近的伊莫拉按部就班地做着战前筹备。即使惊慌失措的本蒂沃利奥向路易追问，法兰西国王也还是表示对博洛尼亚的保护将一如既往，并立下了证明法兰西和博洛尼亚友好关系的字据。虽明知在没有路易认可的情况下，切萨雷并不能进攻博洛尼亚，但本蒂沃利奥却因此变得更加困惑不已。艾米利亚大道似乎一夕之间变得车水马龙，在伊莫拉城门处运送军马武器的队伍络绎不绝。

不过，本蒂沃利奥的困惑并没有持续太长时间，罗马教皇处发来了诏书，称本蒂沃利奥家族已被剥夺教皇代理的官职，族长因苛政和教唆教皇敌人之罪被告发，限十五天内接受传唤，到罗马教皇厅受审。收到这份诏书的本蒂沃利奥面色惨白，但后面还跟着更为致命的一击，法兰西国王令使者送来了一封前所未有的文书，内容是让他们将博洛尼亚返还给教皇厅。

遇到来自教皇与法兰西国王的双面夹击，本蒂沃利奥进退两难，好在拜其不好不坏的统治所赐，未曾招致民众的憎恶，故而博洛尼亚上下达成一致，决定迎击这场基本没有希望的战斗。如果没有之后即将发生在切萨雷身上的夺走了他全部势力的事件的话，可想而知，博洛尼亚必将会被他的铁蹄踏为平地。让当家的老乔凡尼·本蒂沃利奥心中大石得以落下，让这一年意大利的冬季为之震惊的，便是切萨雷麾下佣兵队长们的叛乱。

首先，在讲述叛乱军的构成之前，有必要了解一下这次叛乱的主要原因，虽然各有说法，但大体可总结为以下三点：

"恐惧"——这些佣兵队长基本都是一国之主，即使大多都是小得不能再小的领国，然而切萨雷一路攻占的国家恰恰都是些小国。那么就不难理解，为什么他们会惧怕被切萨雷毁灭的命运总有一天降临到自己头上，特别是当同僚乌尔比诺公爵圭多巴尔多的悲惨例子出现后，这种恐惧更加深了。虽然他们还不知道，法兰西国王路易认可了切萨雷可自由攻占各个小国，但至少知道路易轻易地就认可了其对乌尔比诺的进攻。他们不得不认识到，即便自己是在切萨雷麾下效力，也不一定绝对安全的事实。

"憎恶"——他们或多或少都生于将门之家，家族传统代代传承。整个意大利的佣兵队历来由两方势力相较高低，过去是斯福尔扎和布拉乔，现在是维特里派和奥尔西尼派。这些以将门传承为自豪的男人们，看到宗教世家出身的切萨雷，一个一个地将举世皆知的武将家系从意大利版图上连根拔起，自己一直引以为傲的自豪，在切萨雷面前似乎一文不值。

“蔑视”——当下气势如虹的切萨雷，依靠的是教会的力量。在意大利的历史中，天主教会国家，或是本体正位于意大利中心的罗马教皇厅的圣职者们，他们巧立名目借机扩张教会势力的行为屡见不鲜，国民们对其的反感已根深蒂固。自中世纪以来，世人早已习惯于厌恶教会政治，嘲笑圣职人员，这些感情对于意大利人来说已深入骨髓。不过意大利人没有进行宗教改革，因为他们在罗马教会及其圣职人员身上，看到了与自己有共同之处的人性之镜，发现了自己的现实主义精神。故而切萨雷是教皇的儿子，是庶出的出身，这些对于佣兵队长们来说都不算什么，大家五十步笑百步罢了。但是，教皇的儿子以教会势力为靠山作威作福，这一点就让他们在感情上十分不能接受。

佣兵队长们对切萨雷的恐惧、憎恶、蔑视日益难以压抑，自救的方法只有一个，在被打倒前先将对方打倒。正如叛乱者中的其中一员詹保罗·巴利奥尼所说，在“恶龙择人逐一吞噬”的情况下，别无他法，只有在自己被龙吃掉之前，吃掉那条龙。

接下来，将一一列举参与了叛乱的佣兵队长们。

维特罗佐·维特里——他作为卡斯泰洛城的领主，与在当地任地区主教的弟弟朱利奥共同维护统治地位已长达四十年之久，他曾在法兰西国王麾下任职，是一名能力出众的佣兵队长，对于这一点他曾经的对手反阿拉贡、反波吉亚势力深有感触。查理八世入侵意大利之后，维特罗佐和兄长保罗一同受佛罗伦萨共和国雇佣担当佣兵队长职务，在随后的比萨战役中，他的兄长遭诬陷，被佛罗伦萨以叛徒之名处死，故而为了报仇的维特罗佐自切萨雷起兵伊始就作为臣下追随左右。维特罗佐的军队被称为是切萨雷军中最为优良的一支，不过，这位稀世良将的身上却有着不容忽视的缺点，即对愤怒、憎恶、残忍的情感缺乏自控能力。虽然切萨雷是在利用维特罗佐对佛罗伦萨的复仇心，亲手煽动了其在阿雷佐和瓦尔蒂扎纳所施加的暴行，但切萨雷也不得不承认，最终的后果已超出了自己的可控范围，一个曾垂泪恳求自己准其向佛罗伦萨报杀兄之仇的舍生忘死的臣下，竟然会那般凶残。而更糟的是，根据切萨雷和佛罗伦萨之间所交换的协议，维特罗佐必须要交还阿雷佐。因此，维特罗佐没有得到完全满足的复仇心无从发泄，反而恨上了自己的主上。切萨雷当然懂得，对敌人无须妇人之仁，下手应毫不留情，但在维特罗佐肆无忌惮的杀戮面前，切萨雷的做法已近乎优雅仁慈了。不过，平日里的维特罗佐性格率性而正直，颇得切萨雷的喜爱。

奥尔西尼家——在与美第奇家拥有亲缘关系的罗马名门望族中，有两人参与了这次叛乱，帕隆巴拉的领主保罗·奥尔西尼和格拉维纳公爵弗朗切斯科·奥尔西尼。在科隆纳、萨韦利相继被切萨雷彻底打垮后，奥尔西尼一族全靠担任切萨雷佣兵队长的上述两人才幸免于难。奥尔西尼至今仍对五年前与甘迪亚公爵的一战印象深刻，虽然那时是奥尔西尼大获全胜，但他们不觉得波吉亚会对这件事情一笔勾销。虽然身在切萨雷的阵营，却始终不能安心，生怕自己会是切萨雷的下一个目标。此外，拉提诺枢机主教的庶子保罗和奥尔西尼枢机主教的侄子弗朗切斯科二人，对于同样出身庶出却一步登天的切萨雷，有着抹不去的反感。

詹保罗·巴利奥尼——身为佩鲁贾的领主，自出生以来他已闻遍了血腥的味道。在佩鲁贾，巴利奥尼家虽一次也没能完全掌权，但在几个有实力的家族中，却总是能确保首席的地位，但这也意味着终年不断的家族纷争。砍杀事件和背叛犹如家常便饭，即使是走在路上，因为鸡毛蒜皮的小事也有可能拔刀相向。哪怕是教皇厅出面调停，也无法消却他们家族之间的仇恨，这座被美丽的绿色丘陵所包围的古老伊特鲁里亚城市，置身其中却只觉残忍如地狱。1500年7月，就连詹保罗自己，也被卡梅里诺的领主巴拉诺一族及其他反对派联手算计，整个家族几乎没留下活口。这位身负军事才能、胆识过人的年轻男子，十分清楚波吉亚对自己的国家佩鲁贾所抱有的野心，叛出切萨雷的阵营对其兵戎相见，对他来说不过是或早或晚的选择罢了。

奥利维罗托·达·费尔莫——想要了解这位佣兵队长的性格和境遇，我们只需翻看马基雅维利在《君主论》第八章“关于凭借暴行跻身君主之列的人们”中，写到他时所列举的一小部分即已足够。书中写道，奥利维罗托在幼年时，被自己的舅父费尔莫领主乔瓦尼·福利亚尼收养，将他养育成人，成年后为成为一名优秀的佣兵队长，前往保罗和维特罗佐兄弟身边受训。然而，如期成为一名出色的武将后，他想要的却更多了，他妄图将费尔莫据为己有，这背后自然是有着维特罗佐的支持。下了如此决心的他，给舅父写信称，打算衣锦还乡荣归故里，希望有幸能得到舅父的召见。并且，为了让人民知道自己没有虚度光阴，将率百人骑兵队威风凛凛地造访，这不仅是为了自己，更是为了舅父的声誉着想，希望能获得舅父和人民正式而庄重的欢迎。他的舅父闻讯而喜，就这样将外甥迎了回来。数日后，奥利维罗托举办宴会，邀请了舅父及费尔莫的所有达官贵人。宴会将尽，他将话题转到了波吉亚身上，在大家皆欲对此各抒己见之时，他却从席位上站了起来，表示这种话题应该在别室秘密地讨论，旋即将大家请到了另一间房间。当舅父和客人们纷纷落座重新开始交谈的时候，他的手下们从藏身的角落里窜出袭向众人，第一个被杀死的毫无疑问就是他的舅父。在场的全员都被杀害后，趁着惶恐不安的民众正六神无主毫无反抗之力，奥利维罗托跳上了马，带着手下占领了整个城市，费尔莫就这样落入了奥利维罗托手中。像费尔莫这样临近亚得里亚海，暂时不会遭到切萨雷侵略的边境之国，领主奥利维罗托执意加入这次叛乱的原因，主要是为了同关系亲近的维特罗佐共进退。

这五个人就是罗马历史上有名的叛乱“马焦内之乱”的主谋者，他们与切萨雷在接下来的三个月里，你来我往上演了好一场大戏，情节跌宕起伏精妙绝伦，充分展示出了何谓文艺复兴时期的明主良将。而我们恰好幸运地拥有马基雅维利，此次事件中最值得信赖的证人，来为我们还原事实经过。

尼可罗·马基雅维利于1502年6月作为大使首次接触切萨雷，同年10月，再次作为佛罗伦萨大使被派到了切萨雷处，此次他独自出使并担当首席大使。故而在接下来发生叛乱的三个月里，他一直就在切萨雷近旁，得以详尽见识了切萨雷的种种应对，留下了极为深刻的印象。

马基雅维利寄至佛罗伦萨共和国的五十四封报告书里，内含包括此次叛乱事件在内的众多年代记文稿及手记，是了解此次叛乱的最为珍贵的史料。此外，在叛乱事件告一段落后，马基雅维利又重新写了一篇短文，题为“关于瓦伦蒂诺公爵杀害维特罗佐·维特里、奥利维罗托·达·费尔莫、奥尔西尼家族的保罗以及格拉维纳公爵的方法叙述”。关于事件的再次描写，表露出切萨雷的做法确实令马基雅维利受到了极大冲击，同时也有着他想记录自己关于事件看法的目的。不过，比较两份史料，能够发现在记述上有着微妙的不同。例如，得知手下的佣兵队长反叛，在报告书中的切萨雷完全不动声色，在《叙述》中则是“充满了不安”。恐怕造成如此差别的原因是，报告书是不含主观想象，仅仅客观地将事发当日的每一刻逐一记录下来，《叙述》则相反，不是站在冷静的外交官或记录者的视角所写，而是在事发后隔了一段时日，更接近史学家的角度所写出的文章。即处于事发当时与事后全局的不同观察角度的差别，因此出现前后描写的微小不同并非有误。

更何况，马基雅维利并不是只提交报告书就足够了，他还必须代表佛罗伦萨与切萨雷进行外交，而这是绝对不允许加入自己的想象的，冷静地了解状况才是他最为首要的任务。了解了两份记录出现差异的原因后，就能明白这两份文字，均是此次叛乱事件的重要证言。报告书中切萨雷是被背叛的一方，而在《叙述》中他成为背叛的一方，不过，当时的切萨雷其实是两者兼具的。而闻名于后世的“马基雅维利主义”的哲学思想，正是他从此时的切萨雷身上学到的，对马基雅维利来说，再次回顾此次叛乱是有必然性的。

第十章

1502 年 10 月 6 日，一名身受重伤精疲力竭的男人来到了伊莫拉的要塞，男人几乎是从马上跌落下来的，气力仅能支撑他说出一句“给公爵殿下”。很快，这名男子被侍从们抬到了切萨雷的面前，男人用仅存的一口气说道，他带着教皇的信从罗马出发前来伊莫拉，途中被詹保罗·巴利奥尼的手下袭击，同行的其余三人均被当场杀害，其中一人随身携带的教皇书信也被夺走了。只不过教皇提前就顾虑到万一遭遇意外的情况，准备了信件的副本由自己携带。

自己一心逃跑，虽然也身负重伤不过最终还是成功逃脱追杀，随后从百姓手中买了马，一路支撑着总算到了这里。说着，男人递出了信件，切萨雷几乎是一把抢过来，读了起来，信中写道：

“9 月 28 日，隶属于切萨雷的佣兵队长们在托迪集结，共同决定将不参加切萨雷的下一次军事行动，并进一步，达成了要彻底倾覆切萨雷的共识。切萨雷本人拿到这份情报后，务必尽快制定出对付他们的手段，先发制人，将其全部赶尽杀绝。”

但其实数天前，叛乱方面第二次会议已在马焦内举行，再过不了几天，切萨雷就是不想知道这事都不行了。根据截获了教皇书信的巴利奥尼的提议，他们迅速地集合了起来，地点定于巴蒂斯塔·奥尔西尼枢机主教在马焦内村的城堡。出席者包括主人奥尔西尼枢机主教在内，还有以下五名切萨雷麾下的佣兵队长：

保罗与格拉维纳公爵——奥尔西尼家的两名代表

维特罗佐·维特里——卡斯泰洛城领主

奥利维罗托·达·费尔莫——费尔莫领主

詹保罗·巴利奥尼——佩鲁贾领主

以及，在切萨雷的威胁面前束手无策的锡耶纳领主潘多鲁夫·佩特里奇的代理人安东尼奥·达·维纳弗罗。

博洛尼亚领主乔凡尼·本蒂沃利奥的代理人即他的儿子赫尔墨斯·本蒂沃利奥。

再加上国家已经被切萨雷夺取，逃往威尼斯的乌尔比诺公爵圭多巴尔多的侄子奥塔维亚诺·伏列哥索。

全家族都被切萨雷杀害了的卡梅里诺领主瓦拉诺家族唯一的幸存者贾马里亚·达·瓦拉诺。

以上就是历史上有名的“马焦内集会”的参加者，不过，此次叛乱的主导权被彻底掌握在切萨雷麾下的奥尔西尼、维特罗佐、奥利维罗托、巴利奥尼这些佣兵队长的手中。之所以拉乌尔比诺公爵圭多巴尔多入伙，是想借民众对圭多巴尔多的同情，为他们的叛乱博得世人的同情和理解。在马焦内聚集的所有叛乱者，在要将他们共同的敌人切萨雷彻底击败这一点上达成了一致。

10 月 7 日，由出席者全员签名，马焦内同盟宣告成立，同时意味着对切萨雷的宣战公告正式发表。在伊莫拉的切萨雷发现教皇父亲写给他的信被拦截夺取，是在这之前的一天。同盟成立当天，与反叛军遥相呼应，乌尔比诺公爵的旧臣夺下了领地内最坚固的要塞圣莱昂，切萨雷配置在此的守备军舍弃要塞，退败到了佩萨罗。四日后，杜兰特城堡被维特罗佐的军队攻陷，第二天，巴利奥尼的军队又占领了卡利，布比奥、费尔特罗等地也都掀起了叛乱的浪潮，转瞬间就将切萨雷的士兵一个不留地彻底赶出了乌尔比诺。

而另一边，在伊莫拉的切萨雷正专心地研究对策。首先，他让分散在罗马涅各地的军队集结到最亲近的三名西班牙人队长的所在，即唐·米凯罗特、雨果·德·蒙卡达、拉米罗·德·洛尔卡三人手中，想通过他们保住佩萨罗和里米尼之间的海路交通。三名队长被交付了两千五百人的军队，然而，被叛乱军在15日先发制人，趁着切萨雷军队尚未做好作战准备，于卡尔马茨发起了进攻。战斗以切萨雷军的惨败告终，唐·米凯罗特受伤，雨果·蒙卡达被奥尔西尼部队俘虏，只有拉米罗·德·洛尔卡一个人撤退到了法诺。法诺、佩萨罗、里米尼、切塞纳，以及切萨雷领地罗马涅公国的诸多城镇虽然还在切萨雷的支配下，但失去了乌尔比诺公国领地、福松布罗内以及卡尔马茨，等同于罗马涅公国的一半已落入了叛乱军之手。同时，博洛尼亚的三千军队从北面逼近了伊莫拉。

至此，叛乱军意图将切萨雷孤立在艾米利亚大道正中地区的预谋，在不到十天内就成功了。切萨雷若想向北求助于身在米兰的法兰西军，则有博洛尼亚拦在中间，若想逃去罗马，则陆路、海路均已被截断。此外，和拥有约八千正规军及三千杂牌军，军队总数可达万人的叛乱军相比，被孤立在伊莫拉的切萨雷手里，只剩下四百人的亲卫队和两百人的枪骑兵，至于切萨雷新近组建的罗马涅国民军，八字还没一撇，在眼下这种危急存亡的时刻，根本起不了任何作用。只要叛乱军从艾米利亚大道南北两面双向夹击，无论伊莫拉的要塞有多坚固，相信过不了多久，切萨雷就会彻底落败。然而，叛乱军一方也不是没有缺陷。

首先，在他们之中，没有任何一个人能够统率全军，即叛乱军无法在一人的指挥下采取一致的军事行动。维特罗佐虽然是优秀的军人，但却没有纵观大局的眼界与知人善用的能力，奥利维罗托之流更是无法纳于考虑范围内。在参加“马焦内集会”的小领主之间，相互的不信任已根深蒂固，正是这种不统一造成了最终的失败。第二点，他们采用的协商制乍一看是很合理，但事实是缺乏最高统帅与相互间不信任所造成的权宜的结果，当遇到必须迅速采取行动的时候，这个缺陷就会暴露无遗。与之相比，陷入困境的切萨雷唯一的优势便是他自己说了算。第三个缺点，在于相互之间的利益并不完全一致。虽然喊着要打倒切萨雷的激进派（维特罗佐、奥利维罗托、巴利奥尼），坚决主张要趁着这个机会一口气打到底，但稳健派却是明面上表示赞同，背地里却偷偷摸摸地各自联络切萨雷谋求讲和。锡耶纳领主佩特里奇虽然派了两名代表前往马焦内，但二人却深知主君的意图是比起作为同盟的一员，更愿站在观察者的立场。博洛尼亚的乔凡尼·本蒂沃利奥更是老奸巨猾，虽也派儿子赫尔墨斯去了马焦内，却还在通过关系亲密的费拉拉公爵埃尔科莱·德·埃斯特与罗马教皇保持着联络。甚至奥尔西尼家族也是如此，借助枢机主教的弟弟——教会军佣兵队长朱利奥作为中间人，探索着与波吉亚议和的手段。叛乱方在马焦内的同盟成立不久的短时间内就取得了巨大战果，却没有继续采取决定性行动的原因就在于此。

另一边的切萨雷，在因启用西班牙裔队长造成了最初的军事失败后，已开始着手实行第二个对策，具体应对可被概括为三点。第一，争取时间，也就是通常在这种事态下总被奉为上上策的策略，尽可能地拖延敌人，延缓其发起最终决战的日期。他对于叛乱者中带头的自己那几位老部下的秉性了若指掌，也很清楚他们所谓的团结究竟能到什么程度。切萨雷决定，先从同盟的一隅开始击破。他挑中了独自一人留守奥尔西尼宫廷的罗伯特·奥尔西尼，一通花言巧语过后，这位除了优雅别无他长的年轻人“骑士奥尔西尼”就被彻底笼络住了。切萨雷声称：他们于布里奥尼拦截的教皇书信是伪造的，对于世代均是坚定的教皇派，且作为自己的部下表现也异常优异的奥尔西尼家族，若当真亲手清除，无异于自断臂膀，于自己又有何益呢？此次的事情实在是个令人遗憾的误会，若是能够再度归于旗下，承诺将在自己与教会体系中的应有地位，给予更多的领地，甚至也可以有更高的酬劳。年轻的罗伯特被主君的这些话感动了，当即主动请缨担当说客，负责游说反叛的奥尔西尼家族。13日，罗伯特启程前去伊莫拉。

但与此同时，切萨雷却在加强军备力量。向米兰送去使者，请求派遣五百名加斯科涅士兵和一千八百名枪骑兵，此外还希望从瑞士募集一千五百名佣兵，从米兰募集三千名法兰西士兵，费用全部由切萨雷负担，他的金库直接与教会金库相连，在军费上从不吝惜开销。如此这般，一边为募集士兵向各地派出使者，一边大修城堡巩固城防，以伊莫拉要塞为首，下至领国内各大小城镇，到处都在不知懈怠地加固城池，此时在身旁协助他的就是同在伊莫拉的建筑土木总监督列奥纳多·达·芬奇。

在为平叛软硬兼施的同时，切萨雷还必须分心关注近邻诸国的种种动向。他对外巧妙地营造出一副被背叛的君主的形象，意在将自己的立场和行动正当化，在借此形象成功令法兰西国王路易兑现其援助承诺后，又想要利用他完全镇压住意大利各国的反波吉亚浪潮。其中，费拉拉公国因与其妹卢克雷齐娅的联姻而与波吉亚成为亲缘关系，也不可能违背法兰西国王路易的意思站在敌对的一方。曼托瓦侯国则因娶了费拉拉埃斯特家族的伊莎贝拉为侯爵夫人，此番也一如既往明确地表示将与费拉拉公国共同进退。故而，与罗马涅公国国境接壤的费拉拉和曼托瓦两国，无须切萨雷担心。

问题是出在威尼斯和佛罗伦萨两个共和国身上。切萨雷最为担心的，就是因自己无视威尼斯的觊觎，强行将里米尼和法恩扎纳入自己公国的行为，会招致威尼斯在眼下加入反波吉亚阵营，攻打自己的后果，不过他同时也并不想得到这个可怕大国——唯一不受法兰西国王势力影响的意大利国家——威尼斯的援助。对切萨雷来说，这种情况下，他们没有任何动作是再好不过的。但是，切萨雷却也知道，被逐出国家的乌尔比诺公爵圭多巴尔多，因切萨雷的强烈要求，无法继续待在姐夫贡扎加侯爵所治理的曼托瓦，现在被威尼斯接手保护了起来，甚至攻击圣雷奥要塞的公爵旧臣们还曾高呼“圣马可、圣马可”（威尼斯的守护圣人）。在面对重要的威尼斯对策上，他使用了教皇这张底牌，在叛乱爆发后，罗马教皇直接请求威尼斯对切萨雷予以援助，但是，慎重的威尼斯共和国对此并未做明确表态。只是在 10 月 12 日，向身在伊莫拉的切萨雷派去了使节，宣称威尼斯完全没有参与攻打圣雷奥城，并且也毫无庇护援助乌尔比诺公爵的意思。切萨雷诚挚地迎接了使者，并表达了对共和国如此厚待自己的感谢之情。但其实，此时的切萨雷早已得知威尼斯将一度解雇了的曼托瓦侯爵贡扎加再次聘为陆军总司令官，也知道佛罗伦萨共和国正在暗中活动，意图离间法兰西国王与波吉亚。

在切萨雷实施第二步战略的同时，叛乱军的脚步也顺利地逼近到了切萨雷身侧，就如取得乌尔比诺公国一样，他们又从切萨雷手中夺取了圣马里诺共和国并宣布了独立，现如今，佩萨罗、里米尼也被迫与叛乱军决一死战，濒临陷落。叛乱军提出的“让我们亲如兄弟”的口号，刹那间席卷了罗马涅全境，连战连胜的叛乱军将乌尔比诺还给了圭多巴尔多，将法恩扎、里米尼交给了威尼斯，剩余的土地在叛乱军内部二次分配，叛军们亲近威尼斯到了连叛乱成功后的对策都通报给了对方的地步。

不过，孤立无援被困伊莫拉的切萨雷，仍在耐心等待时机的到来，明确得知威尼斯不打算对自己动手后，他最后需要解决的难题就剩佛罗伦萨共和国了。而佛罗伦萨的日子，自叛乱爆发之日起就没安稳过，北有切萨雷・波吉亚，东、南、西三个方向则被叛乱军包围。正常来说，一直视自己为眼中钉的切萨雷被部下造反，理应是件大快人心的事情，然而事实却并没有这么简单。叛乱军一方可是有着奥尔西尼家族和维特罗佐·维特里，前者与美第奇家族有姻亲关系，并一直在为了复辟这个佛罗伦萨最为惧怕的敌人出谋划策，后者是叛乱主谋却心心念念不忘与佛罗伦萨间的仇恨。此外，还有如佩鲁贾的巴利奥尼、锡耶纳的佩特里奇之类与佛罗伦萨互为敌对的领主们加入叛乱军，对佛罗伦萨来说，无论如何这次叛乱的动向都让人挂心。但不管是叛乱方或切萨雷哪边占上风，佛罗伦萨能采取的态度也只有一个，就是中立。尤其是在佛罗伦萨唯一仰仗的保护者法兰西国王，现在也依然站在波吉亚一边的时候，更不可能自己倒向反切萨雷的阵营。

根据佛罗伦萨和法兰西迄今为止的关系判断，切萨雷方面认为佛罗伦萨是同阵营，但是他不仅不期待这位同盟的援军支援，更是只要对方不采取任何行动就已谢天谢地了。不过切萨雷倒是存着心思，想利用当下佛罗伦萨的恐慌，以那份到现在都没谈妥的佣兵契约做盾牌，实现自己在佛罗伦萨共和国内站稳脚跟，再进一步将其从内部瓦解据为己有的企图。

想挑出一个同切萨雷旗鼓相当，能来执行这项艰巨交涉任务的特使人选，是非常困难的。当前大势要求这位特使，一方面要尽量隐藏佛罗伦萨的意图，不给予会贻人口实的许诺，另一方面却需要尽可能多地探寻切萨雷的真意，非熟练外交官不能为，然而，若是任命太过重要的官员担当特使，就会显得佛罗伦萨对切萨雷以及此次的事态过于重视。最终被挑中的是 33 岁的共和国政府书记官尼可罗·马基雅维利，他因前次出使乌尔比诺而与切萨雷结识，这为他的任命额外增加了一个有利条件。

10 月 7 日，马焦内叛乱宣言正式发布的前一天，接受政府任命的马基雅维利将随从和行李甩在身后，快马加鞭赶到了伊莫拉。他于傍晚 6 时到达后，直接申请会见切萨雷，并被当即准许，随后身着行装的他就径直出现在了切萨雷面前。切萨雷接过马基雅维利呈上来的共和国政府文书，让他在椅子上小坐，自己自行阅读。片刻后，切萨雷向马基雅维利询问他为何而来，马基雅维利答说是为了表达佛罗伦萨共和国对罗马涅公爵的友好态度而来。对此，切萨雷回以愉悦的笑声，说自己没有为美第奇家族的复辟提供过援助，从我们各自和法兰西国王的友好关系来看，我们双方之间关系好也是理所应当的。但是，自己不想以拜托的方式获得共和国的帮助，而是建议共同携手，是因为眼下合作对自己与佛罗伦萨共和国双方来说都有好处。他说，若是放任威尼斯借着帮助乌尔比诺公爵，在罗马涅地区大肆扩张势力，有麻烦的不正是你们嘛。接着还说，叛乱军早晚会被击败，“就是群无能的废物！”这是切萨雷当晚唯一近似泄愤的话。随后的三个月里，马基雅维利与切萨雷保持着交涉，他愈发确信了切萨雷将会获得胜利。在此次与马基雅维利会面后的两周时间里，切萨雷的立场明明越来越差，但在佛罗伦萨特使马基雅维利的面前，却终究没有让他领悟到自己的真实的意图。

但是，仅有一次，在叛乱爆发未满两周的10月20日，切萨雷在马基雅维利面前被窥探到了内心。当时，各地战败的消息陆续传来，切萨雷静候多时的军力扩充成果却久等未至，即使有少数的军队已到达伊莫拉，但关键的法兰西援军和瑞士佣兵却尚未抵达。当天夜里八点，同意了马基雅维利与自己见面请求的切萨雷，皮笑肉不笑地对他说道：

“他们（叛乱军）的士兵，竟然还自称为白衣士兵，这不就和无意义是同义词吗？”接着，对自己那些发起叛乱的旧部下，他的嘴里第一次蹦出了责难的话语。

“我不想虚张声势，但是我必须让你知道他们实际上是一群什么样的家伙。越是了解他们，我就越无法尊重他们，即使维特罗佐在我手下表现良好屡立战功，我也从不认为他是个拥有远大理想并能为之付出行动的男人。我如此认为并不是因为他患有法国病（梅毒），而只是，他只适合攻击那些毫无防备的国家，劫掠那些只知道逃跑的人，以及做出像这次一样无耻的背叛。”

马基雅维利不由得插嘴道：

“公爵，您从没有真正地信任他们。”

但是，转瞬之间他又意识到此刻的自己作为特使，是站在威尼斯立场上的，当即表示这句话不是出于特使之口，只是作为马基雅维利个人所说，他继续说道：

“因为即使当他们还是您的同伴之时，其所作所为也只是会给您带来不好的结果。”

马基雅维利后来自豪地称，当天夜里他与比自己小六岁的切萨雷相谈尽欢宛如至亲。当天这场夜谈将近两小时方告结束，切萨雷从座位上起身向屋外走去，在房门口回头看了看目送自己的马基雅维利，面带微笑地说道：“我会事事留心，静待属于自己的时机到来。”

虽然马基雅维利几乎每隔一两日就能与切萨雷来上这样一场会谈，但他还是渐渐意识到切萨雷从不会触碰最为关键的话题。“打算如何对待陷入困境的佛罗伦萨？”“打算与法兰西国王在今后保持怎样的关系？”这些马基雅维利最想知道的事情，切萨雷连一丝可探寻的线索都不曾泄露。马基雅维利发现想要理解这位年轻的君主，只凭他个人以往的经验完全行不通，他在写给佛罗伦萨友人的信中，拜托对方帮忙弄到一本普鲁塔克的《英雄列传》，友人布欧纳克鲁西对这个委托送回了如下回复：

“我在佛罗伦萨找了找普鲁塔克的《英雄列传》，但没地方卖这本书。你还是忍忍吧，不然就只能再麻烦我跑一趟威尼斯了。不过你可知，像你这种凡事都爱麻烦别人的人，是要被人喊作该死的家伙的。”

不过切萨雷所说的“自己的时机”却迟迟未来。流亡到威尼斯的乌尔比诺公爵已在民众的欢呼声中回归公国，同时瓦拉诺家族的贾马里亚也接受了奥利维罗托的援助，以期夺回原有领地卡梅里诺，而在伊莫拉的切萨雷，身边只有一千八百名枪骑兵，主力援军法兰西士兵和瑞士佣兵都不见踪影，报告称他们刚进入费拉拉的领土。但是，切萨雷依然在等待时机，同时他也没有停止行动。他的工作多到无暇睡眠，白天他到处视察新到士兵整编军队，并且对于四处筹兵的使者、与国王交涉的使节、打探各地动态的情报官等等属下，还要在派出前准确下令，于复命时听取回报。

他也从来不吝惜这些必要行动所带来的开销，这令时常感到佛罗伦萨政府给自己支付的费用不足的马基雅维利，在给政府的报告书中讽刺般地如下写道：

“别的国家花两年时间都花不完的钱，公爵在十几天里就用完了。”

切萨雷所有的决断，都是在自己脑子里独自决定的，他不需要任何人的建议，也没有人能预测他的下一步行动。

夜晚，切萨雷办公室的灯总是一直亮到深夜。马基雅维利与切萨雷的书记官阿加比多关系融洽，从两人经常谈天的房间，能望到高悬在远处的切萨雷办公室的窗子，修长的黑色身影缓缓地在窗边走动。阿加比多对马基雅维利说道：

“您看，我的公爵殿下像那样来回走着呢。那扇窗子映照出的身影在慢慢走动的时候，我们就都在休息。但过不了多久，当身影停止走动，就该轮到我们家臣行走甚至奔跑啦。”

终于，切萨雷所等待的“自己的时机”来到了。10月25日，奥尔西尼家族第一个撑不住了。保罗·奥尔西尼为了寻求议和，递出了前来伊莫拉拜访切萨雷的通报，身份是马焦内同盟全体人员的代表。几乎是在同一时间，其他人与这个保罗相仿，也开始各自向切萨雷提出议和，佩特里奇的代理人安东尼奥·达·维纳弗罗，本蒂沃利奥家的使者纷纷为此前来拜访他，双方的共通之处是，想借议和狮子大开口，将叛乱军迄今为止在军事上的胜利战果卖个好价钱。

对于他们的访问，切萨雷命令家臣们要表现出由衷的欢迎，但与此同时，切萨雷却对马基雅维利说道：

“今天是保罗，明天又是枢机主教，他们在将我的名誉彻底破坏之后的现如今还敢说我们是朋友，奢求我的原谅。他们就打算这样戏弄我。”

对于带头发起叛乱却又反过头来议和的这批老部下，切萨雷表面上对于失而复得的友情毫不拒绝欢喜异常，大大减缓了他们的担忧，背地里却丝毫未改之前的方针，随着军队从各地陆续到来，他的战前准备愈发完善。

像切萨雷这般的男人，对于曾一度羞辱过他的人与事异常记仇，很难忘怀。作为其父的教皇亚历山大六世还是知道谅解这种美德，也知道有时这是很有效的处事方法，但是这位瓦伦蒂诺公爵，虽然深知凡事均应采取最优办法解决，但唯有受到耻辱之时有必要另当别论。教皇可以任谣言四起还平心静气，而其子切萨雷却不仅要灭掉谣言，更是要进一步毁掉生产谣言的那颗头颅才肯罢休。

第十一章

10 月 25 日，一个深秋的傍晚，保罗·奥尔西尼一行二十来人进入了伊莫拉的城门，他受马焦内同盟全权委托，作为大使前来。而他的兄弟罗伯特·奥尔西尼为促成双方议和，早在十多天前就已来到了切萨雷处打探前路。保罗刚一进城就碰到了他，被吩咐在原地稍候，罗伯特本人则前往要塞传报，回来后罗伯特对保罗说：

“公爵阁下表示想要尽快接见你。”

听了这话，保罗也顾不得更换行装梳洗休整，急匆匆地就直奔要塞去觐见切萨雷。

保罗边走边用手整理散乱的衣服，他以为切萨雷会像往常一样等在房间里，万万没想到刚跨过要塞的吊桥，就看到了切萨雷本人站在那。在这位曾经的主君面前，他习惯性地就跪了下来，事先本准备好要说的对等的交涉言辞，已不知忘在哪了，他的口中只能结结巴巴地说出乞求原谅的话语。切萨雷没让他把话说完，就面带喜色神采奕奕地走近他，拥抱着保罗将他从地上扶起。保罗不敢直视他，嘴里不停嘟囔着祈求原谅、为自己辩解的话语，切萨雷边对他点头回应，边拥着他的肩膀，带着他走向要塞内自己办公室所在的塔楼。罗伯特在一旁瞠目结舌，目睹全程却插不进一句话，不过好在旋即返回的切萨雷家臣称主君有令邀他同去。这天夜里，保罗被切萨雷赠予了很多礼物，从华丽昂贵的东洋布匹，到高大俊美的骏马一双，不胜枚举，而且依切萨雷之令，保罗及其一行被安排住进了伊莫拉最好的旅店。

切萨雷当然知道，保罗·奥尔西尼虽然打着马焦内同盟全权大使的名号前来，但实际上能代表的只是奥尔西尼和锡耶纳的佩特里奇这两个家族。他也知道，叛乱军的主力维特罗佐、奥利维罗托、巴利奥尼等等势力，虽暂且同意了与切萨雷进行议和，但事实上都是等着看切萨雷的议和条约后再做决定。

三天后，10 月 28 日，议和条约商定完成，教皇和法兰西国王两人担当保证人，条约内容逐一如下所示：

（一）反抗教皇的两位奥尔西尼家的枢机主教，其所有的罪责将得到教皇的宽恕，他们的财产、地位将与名誉一起得到永远的保护。

（二）乌尔比诺公爵圭多巴尔多将免受责罚，效忠于他发起叛乱的旧臣们也一并免责，他们将均会得到教皇的宽恕与祝福，同时保证乌尔比诺公爵可自由选择喜爱的住处。

（三）维特罗佐、奥利维罗托、巴利奥尼、奥尔西尼家的保罗和格拉维纳公爵等身为切萨雷旧部的佣兵队长们，将被赦免背叛教皇与教会军总司令官之罪，可保留与教皇代理同等的地位及其治下领土的永久所有权。根据个人意愿，也欢迎再次归入切萨雷麾下，作为佣兵队长为其效力，酬劳与往日一致甚至还有上调可能。不过，是否归队全凭自愿，绝不会强加一定要为教皇和切萨雷效力的义务。

（四）叛乱军必须返还从切萨雷手中夺取的罗马涅、乌尔比诺、卡梅里诺等地领土。

（五）在切萨雷认为必要之时，叛乱军一方的家族须派出一位嫡子至切萨雷身侧随侍，以示诚意与服从。

条约内容大致如上文所示，只是与博洛尼亚的本蒂沃利奥在上述基础上额外添加了一条，是切萨雷与博洛尼亚间缔结佣兵契约，使双方关系更近似于他与佛罗伦萨。最后，约定在这份条约签署后，任何不履行的一方都将被其他全员当作敌人来对待。条约被保罗带回与全员商议，因为切萨雷早在上面签上了名字，所以当全员同意并签署完毕后，条约将当即生效。

两天后，保罗·奥尔西尼带着条约从伊莫拉出发，首先去向乌尔比诺，虽然切萨雷依旧一副好心情的样子送走了保罗，但他的书记官阿加比多却对马基雅维利这样说道：

“眼下他们对这个条约接受与否，已无关紧要。如果接受了，算是为我的主君多个选择，就是拒绝了，我的主君也早就自己谋划好了出路。”

第二天，法兰西人和瑞士人的援军到达了伊莫拉，切萨雷将他们安置到了法恩扎。几乎与此同时，想受雇于切萨雷的小领主们也陆续从意大利各地来访伊莫拉。根据马基雅维利记载，切萨雷在扩充军队上豪掷 6 万达克特并没白花，也没有乱花，对于违反契约的武装军队，在没有完全准备妥当前，切萨雷是一分钱也不打算掏。这时候的切萨雷，在嘴上说着和平，手上的动作却描绘着战争。

切萨雷巡视挤满了伊莫拉的各部军队，检查即将派去法恩扎的法兰西佣兵的装备，他现在拥有的大炮质量与数量可与整个意大利相匹敌。马基雅维利据此说道：“所谓守土，就是拥有自己的军队，爱护臣下，睦邻友好。”显然，对于现如今想放弃却又不得不借助佣兵制的切萨雷来说，只有这位年轻的外交官能理解他的理想。

11 月 8 日，天气已略有寒意，当晚马基雅维利像往常一样与切萨雷会面。为配合繁忙的切萨雷，会谈定于夜里一点，切萨雷与瑞士佣兵一同度过了整个白天，现下看上去有一些疲倦。马基雅维利进入房间的时候，切萨雷的两条腿还伸着，直直地搭在桌子上，即使看到进来的是马基雅维利，切萨雷也没有改变姿势，只是照常请他入座。

这天夜里，就像马基雅维利每每写在报告书中的一般，发挥着“伟大的避实就虚”能力的切萨雷，丝毫不提政治与外交，只拿曼托瓦当家弗朗切斯科·贡扎加侯爵做话头，聊他此次复被威尼斯共和国启用担任陆军佣兵队长，夸他是个优秀的男人，也是自己的好友之一，随后不经意地转向马基雅维利说道：

“假如佛罗伦萨共和国雇佣我作为佣兵队长的话，会拿什么作为报酬呢？”

听到这个问题的马基雅维利很开心，也就爽朗地回话道：

“不管给什么报酬，比起受雇于人，我们的共和国肯定还是更想当雇主。”

切萨雷说道：“哎呀，这么说来佛罗伦萨是容不下我的呀。”

随后，两人毫无顾忌地相视一笑。

另一方面，在临近法诺的卡尔托切托，马焦内同盟的全部人员聚集在此，围绕着保罗·奥尔西尼带回来的条约展开了激烈的争论。虽说有教皇和法兰西国王担当保证人，但毕竟是切萨雷制订的条约，大家议论纷纷，有人质疑条约能否顺利执行，还有人猜测会不会根本就是圈套。维特罗佐、巴利奥尼、奥利维罗托等人是反对派的急先锋，因为即使这份条约不是圈套，内容对他们来说也是过于严苛。根据条约，仅就第四条“叛乱军必须返还从切萨雷手中夺取的罗马涅、乌尔比诺、卡梅里诺等地领土”一项，就意味着叛乱军，尤其是前面提到的三位急先锋将失去一个月以来的全部战果，三人听了这条气得直哆嗦，极力反对这份议和条约。不过这也无可厚非，维特罗佐帮助乌尔比诺公爵将乌尔比诺公国内切萨雷的势力清除殆尽，巴利奥尼距拿下佩萨罗仅一步之遥，而奥利维罗托则不仅想借协助卡梅里诺领主贾马里亚复位，趁机把卡梅里诺吃到自己碗里，还在分心看着锅里的里米尼。至于乌尔比诺公爵和贾马里亚二人，毫无战斗力的人没有发言权，故而弱小的两人成为最初的牺牲者，刚刚复位，却又要被放逐了。

11 月 9 日，距他们轰轰烈烈地朝切萨雷举起反旗之日起恰好一个月后，地点也是相同的马焦内的奥尔西尼城堡，已不知道是第几次的会议再一次地召开了，与形单影只的切萨雷正相反，他们所谓的人多势众在此刻终于暴露出了最大的缺陷。因与切萨雷之间已单独制订了佣兵契约，博洛尼亚的本蒂沃利奥首先离开了反叛军阵营。不久后，奥尔西尼家族也单独与切萨雷达成了协议，紧随其后的还有通过代理签订协议的锡耶纳的佩特里奇。绝望的维特罗佐一路快马加鞭直奔乌尔比诺，妄图说服公爵圭多巴尔多加入反对一方。但是，对这位往日里排斥自己、不拿自己当同伴的维特罗佐的提议，公爵仅称以自己的力量抵抗也是无用的挣扎，便伤感地拒绝了。同一时间，切萨雷目前军备日渐增强，甚至其势力已胜于往日的传闻也在反叛军间流传开来，最终巴利奥尼和奥利维罗托也相继在条约上签了字。议和条约提出已快近一个月了，即使维特罗佐从始至终对其坚决反对，但终究孤掌难鸣已无力回天。

11 月 27 日，保罗·奥尔西尼带着全员的署名到达了伊莫拉。

迎接他的切萨雷十分满意，向签署众人的诚意致谢，即便是对一直反对到底的维特罗佐也表示“我们的交情就像是兄弟一般”，不但没有责难他，反而是给予了更胜于他人的赞赏。虽然切萨雷面上不动声色，但他确实在此刻感到了，等待多时的时机已然来临。

维特罗佐送来的信中，写着如下的内容：“自己对公爵的忠心从未更改，即便是此次的事情，也绝无侮辱公爵之意。”而佩特里奇和奥尔西尼，仿佛是怕只有谢罪的信件还不足够，又分别派遣了两名使节到伊莫拉，提议推举切萨雷为“托斯卡纳国王”，切萨雷对此只回应说“自己并未考虑过这种事情”，不过切萨雷也还是对他们每个人都饱含谢意盛情款待。至此，人们终于感到这场自马焦内叛乱结盟伊始，历时已有两个多月的血腥叛乱，在此终于迎来了和平的信号。不过，同主演的“伟大的避实就虚”做派不同，他的臣下可是正直得多，阿加比多对关系亲近的马基雅维利这样说道：

“这些叛徒们，伤害了我们，时至今日竟然还在巧舌如簧，妄想让我们忘却当初的伤害。”

12 月 2 日，博洛尼亚的本蒂沃利奥与切萨雷的议和正式生效。本蒂沃利奥与切萨雷缔结了为期八年，年金 12000 达克特的佣兵契约，他们一族在博洛尼亚的教皇代理地位被再次认可，但同时本蒂沃利奥的儿子被建议应从波吉亚亲族当中挑选妻子。切萨雷暂时将博洛尼亚从敌人的名单中划掉了。

这次的叛乱给切萨雷带来了很好的教训。他现在比任何人都要清楚，迄今为止他所得到的一切，件件都是靠着教皇父亲的在位方能到手。而此次，也正是因为教皇父亲的影响，法兰西国王和威尼斯共和国才没有对绝境中的切萨雷落井下石，事已至此，对切萨雷来说，十分有必要考虑下父亲身故后的局面了。“所谓守土，就是拥有自己的军队，爱护臣下，睦邻友好”，他绝不甘心理想终生遥不可及无法实现，故而，对于他来说当下最为迫切的现实问题，就是在父亲身故之前将理想变为现实。首先，他要实现“睦邻友好”。

这些国家包括费拉拉、曼托瓦、博洛尼亚、佛罗伦萨和威尼斯。费拉拉和曼托瓦两国已利用姻亲关系确保了利益一致，博洛尼亚和佛罗伦萨则是利用业已签订的雇佣契约得以打入了内部，至少在博洛尼亚这边是成功了，唯一剩下的就是他最为在意其动向的威尼斯共和国，只要能在威尼斯老练又实际的政治方针中找到彼此利害关系的一致之处，就有互相妥协的可能。之所以改变了对博洛尼亚的策略，也是出于利害关系的转变。但佛罗伦萨的情况还略有出入，切萨雷要求的佣兵报酬过于高昂，而且不同于教会领地博洛尼亚，拥有光辉传统的佛罗伦萨共和国不可能将自己国家的军事力量交给这种危险人物。对于佛罗伦萨屡次顾左右而言他的这种态度，切萨雷对马基雅维利也不免嗤笑为难，“时至今日，真不知你们还有什么好犹豫的”。

不过，切萨雷也并未过多地执念于与佛罗伦萨的一纸契约，从他和法兰西国王的关系，以及法兰西国王与佛罗伦萨的关系来看，佛罗伦萨现在还不需要他担心，更何况他的领土在一步步地将佛罗伦萨包围在其中。恰逢此时，比萨的长老们再度来访切萨雷，重提拜托切萨雷保护比萨市的请求，同时，向西班牙国王申请的援助也到位了。接见这些使节们的间隙中，切萨雷还在关注着签署议和条约的维特罗佐，毕竟发起叛乱后复又来议和的是对方，他就没想过要主动去接洽，只摆出一副理应对方善后的态度。曾耐心等待时机到来的切萨雷，现在也未心急，依然继续等待着时机的进一步成熟。

而在这之前不久，乌尔比诺公爵的代理即他的侄子奥塔维亚诺·伏列哥索也到了伊莫拉，想方设法终于为自己的叔父找到了一条出路。切萨雷给出了如下的折中方案，如果公爵同意，可以放弃现有婚姻关系（主动放弃乌尔比诺统治权的基础上），来换取教皇任命的带有年金的枢机主教职位。但切萨雷回绝了公爵想留在故土乌尔比诺的请求，哪怕是作为切萨雷属下代理官员的身份也不可以。

乌尔比诺公爵最近的日子过得甚是绝望，本来借由维特罗佐他们的帮助得以复国，但没高兴几天，也还是因为他们急着要和切萨雷议和而被抛弃，眼下不得不再次放弃自己的国家。而以枢机主教职位为诱饵的离婚，也在公爵夫人伊丽莎白的哀求下没能成行，反对这件事的不只是伊丽莎白一个，她的兄长曼托瓦侯爵也同样反对。曼托瓦侯爵弗朗切斯科·贡扎加看破了这是切萨雷的计谋，若是乌尔比诺公爵为了一个枢机主教的职位就和他妹妹离婚，绝对会离间乌尔比诺与曼托瓦间的姻亲关系。但是，乌尔比诺公爵向威尼斯的求救也落空了，公爵提出的条件是将乌尔比诺公国让渡给威尼斯，以此为代价，恳请威尼斯保证为他准备年金和别的领土，但共和国异常冷漠，仅回复称对现状完全不感兴趣。现在，乌尔比诺公爵能选择的出路所剩无几，曾经的同伴马焦内同盟已舍弃了他，要么是再次逃亡，要么就是与家臣一同与切萨雷抗争到底，出路唯有这二者选其一。他很犹豫，召集了所有家臣，问询他们的意见。家臣们虽然敬爱公爵的为人，也想要尽可能地保护他，但同时也知道切萨雷的实力，他们无言以对，只能怜悯地望着这位被打入困境谷底的善良君主的脸。

但是，决断的时刻逼近了。昨日的同伴也就是今天的敌人，保罗·奥尔西尼带领着军队到达了乌尔比诺，要求圭多巴尔多尽快离开此地。为与家臣作别，圭多巴尔多再次将他们召集到一起，他为自己而叹息，竟招惹上这么一位无法与之为敌的男人，并且接着说道：

“你们在瓦伦蒂诺公爵手下要尽忠职守，希望至少能坚持到主愿意改变我们命运的那一刻为止，毕竟，这一切都是上帝的旨意。”

说罢，他就出城再次踏上逃亡的旅程，将一众含泪目送的家臣与民众留在了身后，这一天是12月8日。因为顾忌切萨雷，曼托瓦和威尼斯都未曾接纳逃亡中的乌尔比诺公爵，此时伸出援手的是维特罗佐，当初是他强拉圭多巴尔多加入叛乱军阵营，而现在自己也同其他叛乱将领一样舍弃了他，对此深感内疚的他将圭多巴尔多接到了自己的领地卡斯泰洛城。

卡梅里诺的归还倒是十分干净利落，没有任何人对贾马里亚的立场感到同情，更何况全靠奥利维罗托的帮助他才得以复国。现在既然已被奥利维罗托舍弃，他自然是毫无反抗之力，立即接受了切萨雷的条件，以年金3000达克特为交换出让了手中的一切，还自觉地在奥尔西尼的撤离要求送到前便离开了卡梅里诺。

接到报告得知圭多巴尔多公爵已离开乌尔比诺的当晚，拒绝了马基雅维利的会面申请，切萨雷一个人把自己关在寝室内，但并未就寝，从还亮着的窗户外能依稀看到他来回走动的身影。伊莫拉从四天前就下了雪，至今未停，隔着纷飞的大雪，他修长的身影较以往更加模糊。随着会面的机会愈发减少，马基雅维利近日也渐渐心绪不宁了起来，5 日那天虽得以觐见，但距离再上一次的会面已十日有余。这天夜里，马基雅维利借着与好友阿加比多说话的名义，依旧从房间窥视着远在高处的切萨雷办公室的窗子，但心中预感也许有什么大事就快发生了。四日前，随风雪一同造访马基雅维利的还有感冒和高烧，而当晚的切萨雷依旧是一个人在屋里走来走去，并没有召见马基雅维利的征兆，马基雅维利也就只能继续隔着风雪望望切萨雷，看着马基雅维利痛苦的样子，阿加比多说道：

“你还是回去休息为好，看这个架势，到明早为止我的主君应该会一直那个样子了。”

马基雅维利听从他的建议回了住处，不过叮嘱阿加比多，如果发生什么大事，务必要立刻联系自己。

第二天，12 月 10 日，切萨雷最终做了决定，离开伊莫拉。凌晨 4 时向全军发布了行军命令，故而一早，伊莫拉的城门就迎来了一波又一波的军队，首先是先锋部队的骑兵，紧接着的是步兵，随后是被亲卫队骑兵簇拥在其中的切萨雷，他已将伊莫拉的防守交给了从费拉拉借调的六百名士兵。出城军队的最末尾，跟着一顶女官围绕的肩舆，其上坐着一位美丽的贵妇人，她名为多萝西娅，是被切萨雷驱逐出国的原里米尼领主马拉泰斯塔的庶出女儿。两年前，切萨雷对多萝西娅一见钟情，不顾她已与威尼斯佣兵队长卡拉乔洛缔有婚约，命部下在她由乌尔比诺至威尼斯出嫁的途中将其劫下，那之后她就成了切萨雷的所有物。

切萨雷率军在法恩扎与法兰西军汇合后，一路朝着弗利前进，当天夜里便在弗利扎营。夜里，全军的队长们接到了明日向切塞纳出发的指令，不过到了切塞纳之后要往哪里走，依旧无人知晓。

11日午后，全军进入了切塞纳。被感冒和佛罗伦萨政府迟迟没送到的资金拖累，马基雅维利没能同切萨雷一起出发，三天后他才在夜里赶到了切塞纳。

然而，全军到达切塞纳已有一个多星期了，切萨雷依旧没有发布出发的指令，大家猜测可能是在等落后的大炮，但是大炮到达后，总司令官切萨雷还是没有命令下达，人们不免感到意外又好奇，相互猜测着，公爵阁下是不是想要在这里过完基督诞辰祭。欢快的气氛在士兵们之间扩散开来，充溢着整个切塞纳，但这其中有一个人却焦躁得坐立不安，那就是马基雅维利。他知道在20日的晚上，切萨雷召集了法兰西佣兵军的所有队长，只是不清楚这是所为何事，心急地在切萨雷的秘书和各种人之间打听。阿加比多说，自己只是听切萨雷吩咐去给法兰西军支付至今为止的报酬，而且据他所知，其他人也对实情知之甚少。马基雅维利费尽心思，总算是从一名法兰西队长处打探到了佣兵们即将要返回米兰，但是，新的疑惑紧随其后，为何切萨雷要忽然放弃占其军力三分之一的法兰西军呢。22日早上，三千三百名的法兰西、瑞士佣兵离开了切塞纳，顺着艾米利亚大道原路返回了米兰。

接着，又发生了一件令马基雅维利困惑不已的事情，切萨雷下令，将刚刚从佩萨罗回来的拉米罗·德·洛尔卡关进了城堡的地牢。一直以来，德·洛尔卡都是公认的切萨雷亲信中的第一人，甚至被切萨雷任命为罗马涅公国的行政长官。为打探这件事的真相，马基雅维利三番五次地申请与切萨雷会面，但全部都以事务繁忙为由被拒绝了。掌握了切萨雷与自己设立的民事裁判所官员会谈这一情报的马基雅维利，25日再次申请了会见，但这次，切萨雷则表示要庆祝基督诞辰祭，依旧拒绝了他。

基督诞辰祭的第二天早上，从节日气氛中回归日常工作的切塞纳居民们，在广场上发现了自己的行政长官拉米罗·德·洛尔卡的尸体，从头到脚被斩成了两半。整个城镇陷入了恐慌。

马基雅维利在后来对此次事件给予了如下的解释。

“在公爵开始征服罗马涅地区的时候，他早已知道这片土地没有得到正确的治理，诸多无能的前任统治者们只知掠夺，别提团结上下了，简直是将臣民们逼向了分裂的边缘，故而这片土地才如此的纷争不断，暴力横行。公爵深知若想让这片土地重归安宁，恢复君主的威信，必须有良好的统治方可成功，因此才将这个冷酷的男人拉米罗·德·洛尔卡派来了罗马涅，并赐予了他极大的权柄。没有辜负公爵的期望，这个男人在极短的时间内，不仅统一了罗马涅上下，使一切归于和平，还赢得了巨大的个人声望。但公爵却也极其惧怕民众的厌恶，忧虑着如此大的权力声望集于德·洛尔卡一人将对自己非常不利，所以他在领国内设立了民事裁判所，指派了优秀的长官，并在各个城镇安置了偏向自己的律师。

“他知道之前严酷的统治或多或少都会招致民众的厌恶，故而利用裁判所，从点滴小事中平复民怨，渐渐收拢民心，向民众传递出一种此前严格到了残酷地步的统治并非出自切萨雷本意，而是生性冷酷的行政长官独断专行的印象。接着，公爵抓住机会，在某个早晨，将拉米罗·德·洛尔卡的尸体斩成两半，放在一块板子上，与一把沾满血的刀一起丢到了切塞纳广场。看着这凄惨又少见的奇景，民众在感到满足的同时，也留下了战栗的记忆。”

马基雅维利对此评价为“切萨雷式政治的技术精髓”。但是，若只为杀鸡儆猴，大可不必非在此时动手。切萨雷正式对外发表的公文称“对于堕落的施行苛政之人，这是最为健全的裁决典范”，但是同一时间在罗马，教皇亚历山大六世对威尼斯大使杰斯汀安说的，却是“拉米罗·德·洛尔卡与马焦内的叛乱军有所勾结”。

至此，下令让法兰西军返回米兰，和处决拉米罗·德·洛尔卡，这两者之间一定是有共通之处才能说得通。而联结两个事件的就是切萨雷个人最大的野心——建立自己的国家。

诸位切莫忘记，切萨雷这个男人，从不为了单一目的而行动。早在他人还在伊莫拉的时候起，就已经考虑着如何反过来利用这些背叛自己的小领主们了。在他看来，被部下背叛的君主，是个非常有利的立场。在保罗·奥尔西尼作为议和使者前来拜访他的时候，切萨雷已打算将这次所有事情的责任都转嫁给拉米罗·德·洛尔卡，对叛乱者们并没有怎么责难。他就这样一边在嘴上说着原谅，一边在心里根本没想过要履行任何一份议和条约。他打定主意，绝不主动召请叛乱的部下们，而是要等着对方邀请自己，没过多久他就等来了邀请。前叛乱军们攻下了塞尼加利亚，给切萨雷来信说希望将此地献给他，在切塞纳的切萨雷收到了这封信，意识到自己等待的决胜时机已在眼前。对他来说，让法兰西军返回米兰，与自己带着女人同行的用意是相同的，都是为了营造出平和的气氛，以麻痹维特罗佐众人。他还存着私心，想此次不借助法兰西国王一兵一卒，只依靠完全听命于自己的属下决胜负。处决拉米罗·德·洛尔卡同时也是为了让身在塞尼加利亚地区等待的他们能够安心而付出的牺牲，倘若拉米罗·德·洛尔卡真的与他们有所勾结，绝不会那样自投罗网地回到切萨雷的身边。

基督诞辰祭的次日清晨，当罗马涅的民众还在围观被展示出来的拉米罗·德·洛尔卡的尸体，感到震惊恐惧却又暗暗满足的时候，切萨雷已经身在自己军队的最前列，离开了这座城市。若说此时切萨雷队伍中仍有法兰西士兵，也只有他的妹夫达伯特枢机主教旗下的那一百五十名枪骑兵而已。

而另一方面，接到了切萨雷的命令，称将在塞尼加利亚约见他们的维特罗佐众人，也正各自带着军队陆续赶向那里。

曾任职于切萨雷麾下却举旗造反的五个人中，此番来了四位，维特罗佐、奥利维罗托，以及奥尔西尼家的保罗和格拉维纳公爵两人，只有詹保罗·巴利奥尼一人称病未从佩鲁贾出来。

28日，切萨雷到达了佩萨罗，已身在塞尼加利亚的佣兵队长们的使节正等候在此，据使节所说，塞尼加利亚所有地区已全部占领完毕，只有一处要塞除外，要塞统领称想将要塞直接献给切萨雷本人，故而唯有等待公爵亲自驾到。切萨雷会真的相信他们的这番说辞，真的相信他们这番招待毫无隐情？就连伊莎贝拉·德·埃斯特在给丈夫曼托瓦侯爵的信中都是这样写的：

“据我所知，这四名佣兵队长好像只是谎称要将塞尼加利亚献给公爵，实际则是准备将他与全军一起埋葬在那里。”

但是切萨雷却接受了他们的邀请。12月30日，他从法诺的城堡给在塞尼加利亚等待的佣兵队长们送去了一道指令，通知自己明日将到达的同时，命令他们的军队要撤到距离塞尼加利亚城外4公里的地方，并指示除正门外，其他所有城门都要关闭。

接到这封来信，佣兵队长们的态度开始动摇。绝望的维特罗佐几乎发了疯，想要逃跑，在保罗·奥尔西尼的劝说下才打消念头，奥利维罗托则强烈反对将军队撤出城外，四人中唯有奥尔西尼家的两人保持乐观。切萨雷似是早就预料到了这样的情况，追加了一封单单给奥尔西尼的信，表达对与他们相见的期待，并写道会保证全员的安全。通过保罗的劝解，他们才总算恢复了镇定，维特罗佐和奥尔西尼家族的保罗、格拉维纳公爵的军队，按照切萨雷的指示，从城市撤出退到了城外4公里的地方，只有奥利维罗托在城里留下了自己的一千名步兵和一百五十名骑兵。

当天夜里的法诺，切萨雷叫来了八个心腹，对以唐·米凯罗特为首的这八个男人下达了一道密令。命令下达后切萨雷即让部下们离去了，召来仆人，吩咐其去告诉多萝西娅到寝室里等他。

1502年12月31日，一个周六的早晨，切萨雷命令其六千五百人的军队出发。军队从法诺南城门开拔，跨过梅陶罗河，朝塞尼加利亚前进，队伍最前方是五百人的骑兵队，紧接着是一千人的步兵队，切萨雷被紧随其后的亲卫队簇拥在正中，身着盔甲骑马前行，冬日清晨的光照下，他的面容有别于往日，活像是一副白色大理石雕成的假面。

一段时间后，军队到达了米萨河边，从这里已能望见对岸塞尼加利亚的城墙，队伍在此处悄悄分散，各自潜伏待命，只有前锋的五百骑兵队和一千步兵队，加上切萨雷及其亲卫队继续沿河流左转前进。河流中段有一座吊桥，骑兵队行至桥前，自动左右分立，势同据桥而守，步兵队径直从中过桥，进入了对面的城门。一旁的切萨雷端坐于马鞍之上，脊背直挺，纹丝不动地注视着他的士兵们。

没过多久，奥尔西尼家族的保罗和格拉维纳公爵就赶到了近前，他们只带着一百人左右的骑兵队。随后，维特罗佐也赶到了，对于他的描写，我想让给马基雅维利。

“维特罗佐身上没有带任何武器，完全不做防备。他身披镶有绿边儿的斗篷，整个人散发着伤感的氛围，犹如已预知到自己的死期将近一般。他的这幅身姿，甚至就像是个拥有德才却被命运所抛弃的男人，散发着别样的人类之美。据他人所说，此番前来塞尼加利亚觐见公爵之前，与家人告别时，他表现得就像是人生最后的一次出发一样，对侄子们说：‘愿你们将来不要时常回想家族的不幸，而是要时刻谨记家族的品行。’”

看到急急忙忙赶来的维特罗佐，切萨雷那刚刚还如银白假面一般的脸上，浮现出了笑容。而当他调转马头，朝向维特罗佐的时候，面容已恢复到了往日的古铜色。眼见维特罗佐为了迎接自己下马，切萨雷也下了马，两人亲切地相互拥抱。看到此景，奥尔西尼家的两人也下了马，将跟随他们的骑兵队留在后方，两个人走上近前，四人数次相互交换拥抱。然而就在同时，切萨雷的家臣分别两人一组，装作若无其事地靠近到三名佣兵队长的身边，而三人均未有所察觉。看到手下已各个就位的切萨雷，将视线投向了唐·米凯罗特，他接到主人的眼神示意，过桥进城去寻找奥利维罗托。很快，米凯罗特就发现了待在自己军队中的奥利维罗托，走上前称公爵派自己前来同他打招呼。奥利维罗托最初有些犹豫，不知该如何回复公爵才好，但米凯罗特再三强调奥尔西尼和维特罗佐也同公爵都在一处后，他最终还是听从了米凯罗特的提议。当奥利维罗托被米凯罗特带出城门的时候，切萨雷与其他三名佣兵队长正要一起过桥，看到他出现在桥边，切萨雷摆出一副很是怀念的样子迎着他走了过去。

四名佣兵队长与切萨雷一同来到城门前，欲要就此告别，他们表示想先回到自己在城外的军队中，明日一早再来觐见公爵。但是，切萨雷还是面带喜色，态度中含着久违不见的想念，一定要他们领着在塞尼加利亚到处转转，熟悉熟悉自己的住处，还说几个人应该约在一起再喝上两杯。一瞬间，佣兵队长们相互交换了眼神，而就是这一瞬间的踌躇决定了胜负。

四名佣兵队长接受了切萨雷的邀请，在进入城门的他们背后，吊桥静静地升了起来。住处已提前安排妥当，是伯纳迪诺·达·帕尔玛家的宅邸，切萨雷同四人一起来到了此处，随后这五个男人走了进去。

穿过宅邸正中的大厅后，面前的房间呈狭长形，切萨雷快步走到了这条狭长空间的另一头，登上短台阶，当踏上第二、三节台阶时，他向后转过身来，确认四人是否都已全部进入了房间。他的眼神顺势投向了后方的唐·米凯罗特，与这位家臣始终盯在自己身上的目光汇聚到了一起，两人之间流动着只有彼此能明白的言语。随后，不知米凯罗特打了个什么暗号，一瞬间八名男子袭向四位佣兵队长，每一位都被两个男人从身侧扑倒。在被按倒的时候，保罗·奥尔西尼还向着切萨雷大声呼喊，但声音很快就消失了。切萨雷沉默地看了一眼武器被收缴、身体被制住的四人，转过身，背对着他们登上剩下的台阶，身影没入房门消失不见。

几刻钟后，切萨雷从宅邸的后门离开，跳上马率兵去攻打了奥利维罗托的军队，对方还在休息，丝毫不知主人已遭遇不测。奥利维罗托的士兵们被困于塞尼加利亚，无法出城逃跑，只得单方面地被动挨打。切萨雷确认战况后，仅在城里留下一队人马，就带着其他士兵出城攻击留在城外的维特罗佐军队，将其驱散后，再次返回城镇。此时，城里已到处都是敌兵的尸体，在路过这般场景的同时，一条条尖锐的命令也正从他的口中陆续传出。

冬季的白昼很短暂，但在短暂的白天过去，漫漫长夜里切萨雷依然还有必须要处理的工作，那便是对背叛者的裁决。他叫来了唐·米凯罗特。

深夜十点，灯光昏暗，维特罗佐和奥利维罗托被带了过来。切萨雷询问他们，对背叛一事是否认罪，但其实对他们来说，除了认罪也别无他法了。两人被判处死刑。维特罗佐在最后对切萨雷说，希望能向教皇传话，恳请宽恕自己至今为止所犯下的种种罪行，让自己的灵魂得救。切萨雷看着维特罗佐，沉默不语，这个男人最后的姿态让他回想起过去，自己说过的关于对主、对曾经的自己以及与之相关的所有事物极其厌恶的话。而现在，看着这个男人，这份厌恶之情，又重新在他的身体里流窜。切萨雷下令执行死刑。

背靠着低声喃喃祈祷词的维特罗佐，奥利维罗托则早已泣不成声，他像小孩子一样哭个不停。粗套索从横梁上垂了下来，两人被并排押到台上站着，绳索套住了脖颈，祈祷和哭声一下子都停止了。

奥尔西尼家族的保罗和格拉维纳公爵两人的处刑被延期了，在罗马教皇将巴蒂斯塔·奥尔西尼枢机主教及奥尔西尼余党逮捕归案之前，他们都一直被关在牢房里。

深夜两点，马基雅维利见到了切萨雷，切萨雷带着舒畅的表情对他说道：

"能够消灭自己的，同时对你们来说也是敌人的对手，真是可喜可贺。"

随后他接着说：

"被消灭了的，是令意大利不和的根源。"

马基雅维利不禁问道：

"意大利？"

切萨雷目光如炬，直直地盯着马基雅维利说：

"没错，就是意大利。"

意大利，几个世纪以来，这个词只存在于诗人的辞典之中。在马基雅维利所结交的所有人当中，无论地位高低，没有任何一个人曾从口中说出过这个词语。在当时的意大利，只见佛罗伦萨人、威尼斯人、米兰人、那波利人，却从未见有意大利人。

不过，对于切萨雷来说，期望一统意大利却并不是由使命感而生的宏愿，仅仅是出于个人的野心。这个男人，根本不需要将自己寄托于所谓宏愿这种弱者才需要的武器。而马基雅维利的理想与切萨雷的野心刚好一致，人人动不动就挂在嘴边的所谓使命感，从他对于人类本性的尖锐审视来看，就如同满口胡言一般不可信任。马基雅维利认为，比起使命感更加值得信赖的东西，是人类的野心。

第十二章

1503年1月2日，切萨雷率领全军离开塞尼加利亚。在离开时，切萨雷命军队带着还活着的那两名俘虏走过挂着维特罗佐和奥利维罗托尸体的广场，同时也走过众多面含恐惧敬畏的塞尼加利亚民众。而奥尔西尼家的保罗和格拉维纳公爵，这两名俘虏是被绑在军马拉着的炮台上走完的全程。

一旦行动开启，切萨雷就立刻变得仿佛不知疲倦为何物，他接下来的目标是要一鼓作气将参加马焦内叛乱的全部成员斩草除根。切萨雷的利剑直指向了奥尔西尼家族、佩鲁贾的詹保罗·巴利奥尼、朱利奥·维特里、锡耶纳的潘多鲁夫·佩特里奇等，这些自以为逃过一劫的叛乱余党。

而教皇亚历山大六世则在罗马忙着清理奥尔西尼的残党。1月2日，奥尔西尼家族长老即叛乱主谋老巴蒂斯塔·奥尔西尼枢机主教被关押进了圣安杰洛城堡地牢，他的被捕为此次大规模的报复拉开了序幕。

被这对父子吓得大惊失色的，不仅是参与这次叛乱的当事人，塞尼加利亚事件令整个意大利都为之一惊。威尼斯共和国将大军集结至国境线上的拉文纳，甚至与波吉亚关系良好的费拉拉、曼托瓦和博洛尼亚，也都分别给军队下达了随时待命的紧急命令。法兰西国王路易十二世虽然写信祝贺切萨雷成功镇压了叛乱军，但心里其实并不踏实，路易甚至开始认真地反省，自己与波吉亚是否交往过深以致养虎为患。他觉得自己给了切萨雷太多的自由，这位教皇之子虽然极富魅力，但在不久前还只是个红衣主教，连专属自己的军事力量都不曾拥有。在那波利的法兰西军一直受西班牙压制，势力无从扩张之时，切萨雷越是快速扩张，就让他越发的不满。一向认为意大利半岛迟早是自己囊中物的路易，惊讶地发现自己认定的手下切萨雷竟然挡住了自己的前路。塞尼加利亚事件让路易意识到，自己在意大利遇见了真正的对手。

切萨雷自然也觉察到了路易心境上的这般变化，但无奈于彼此巨大的军事力量落差，依然不能与之为敌，反而是要自制地不给对方任何出兵的理由，而这就限制了他疾风一般的行动能力。

2 日深夜，切萨雷率军队进入了科里纳尔多城区。第二天一早出发，向萨索费拉托前进。4 日进入萨索费拉托城，与追赶维特罗佐军残党的己方军队会师，后者虽然给叛乱军造成了沉痛的打击，却并未能将叛乱军全歼，部分败逃的士兵逃往了佩鲁贾。

5日，从卡斯泰洛城传来了维特罗佐的弟弟——朱利奥主教已带着维特里家族全员逃往佩鲁贾的报告，报告称乌尔比诺公爵圭多巴尔多也同在逃亡之列。然而第二天的凌晨四点，再次传来消息，称佩鲁贾的詹保罗·巴利奥尼逃向了锡耶纳，去投靠佩特里奇，于是维特里一家和乌尔比诺公爵又得接着跑，到了原定目的地都来不及休息，继续马不停蹄地逃向锡耶纳。

6日早上，卡斯泰洛城和佩鲁贾的市民代表先后抵达萨索费拉托拜访切萨雷，两方均是为了将领主逃跑后的国家献给切萨雷而来。代表们费尽心思讨好切萨雷，主动投诚乞求保护，期望能逃过切萨雷的复仇之刃。

切萨雷对他们解释说，背叛身为教会军总司令官的自己，就等同于背叛位于教会之首的教皇，故而才会以教皇的名义制裁叛乱者。随后，切萨雷打着将卡斯泰洛城和佩鲁贾返还于教会的名义，向实则是献给自己的两座城池各指派了一名队长。切萨雷还顺势与佩鲁贾缔结了军事同盟，强迫对方义务为他提供五百名步兵与领国内要塞的自由使用权。

仅惩处反叛教皇的首恶，而对其治下的领国不伤分毫，切萨雷是这么宣布的，实际执行上也是这么做的。提出这种看上去极其正当的处置原则，是为了从根本上杜绝以法兰西国王为首直至意大利诸国的各方势力对他提出苛责的手段。

随着部队的不断收归整编，又新加入了五百名重装骑兵、八百名轻骑兵、六千名步兵，切萨雷的军队总数几乎扩充到了一万五千人，他带着这支大军终于奔向了最后一位叛乱者，盘踞在锡耶纳的潘多鲁夫·佩特里奇。7 日傍晚，军队已进入了阿西西城镇。

此刻的锡耶纳，佩特里奇正费尽心思研究对策。在加入马焦内同盟的人当中，就属他的政治手腕最为老练，可不会像维特里和巴利奥尼一样犯傻，什么也不做就逃跑。首先，他处置了二十名看上去倾向于切萨雷的家臣，全部关入牢中，还处死了其中三名，竭尽全力营造出一种将与切萨雷抵抗到底的架势。但与此同时，他却在背地里向罗马和阿西西派出使节，向教皇宣誓忠诚，对切萨雷言必恭顺，在外交层面上施展着浑身的解数。

但是，8 日的晚上，切萨雷在阿西西召见锡耶纳政府派来的特使时说道：

“我的本意绝非要推翻历史悠久、世代传承的锡耶纳，我想对付的仅仅是与我有私仇的潘多鲁夫·佩特里奇，只要锡耶纳将他驱逐出去则可保和平安宁，但若是打定主意要与他共担守土之责，还请莫怪我将不得不付诸武力侵犯贵国领土。”

在接到切萨雷的宣告后，锡耶纳集体陷入了恐慌，共和国政府中也分生出两种意见，坚决同切萨雷对抗到底，或是驱逐领主潘多鲁夫。在田园广场上，聚集着支持佩特里奇的市民们，他们高喊着“狼、自由、潘多鲁夫！”，气势十足。狼是锡耶纳的纹章，也是锡耶纳的代名词，就如同圣马可代表威尼斯，百合代表法兰西一样。然而，现在喊得欢的这群人，很快得把话咽回嗓子里了，据报告称切萨雷已率军攻入了锡耶纳领内的卡斯泰洛城。随后的 18 日，锡耶纳的人们得知先前被逮捕的两位奥尔西尼家族的保罗和格拉维纳公爵，在唐·米凯罗特的指挥下，被送去了那个世界。四天后，在圣安杰洛城堡，奥尔西尼枢机主教追随两人脚步，被“自然死亡”了。

两则讣告传播的期间，切萨雷也丝毫没有停止向锡耶纳进军。锡耶纳的人们感到军队已近在眼前，政府委员会建议佩特里奇选择逃亡，与此同时，向切萨雷送去使节，传达已决定放逐佩特里奇之事。

1 月 24 日，协定生效。

“在潘多鲁夫·佩特里奇离开锡耶纳的同时，罗马涅公爵将命军队退出锡耶纳领土。锡耶纳共和国政府将维持以往的统治，无须变更，但不得向逃亡者（指佩特里奇）打开城门。佩特里奇的财产受到保护，将由他的家族继承。”

在此，切萨雷十分慎重地只谋求驱逐佩特里奇个人这唯一的成果。毕竟，对于并非教会领地的锡耶纳来说，切萨雷假借的宗教大义行不通。而且他也看出，法兰西国王路易对自己的动作异常紧张，是不会允许他对锡耶纳下手的。但若是路易为了压制切萨雷而选择帮助佩特里奇的话，切萨雷也绝不能将佩特里奇单独做例外处理，参加马焦内叛乱的全员都必须被处刑示众。

锡耶纳共和国的代表与切萨雷已达成了协议，但佩特里奇并没有放弃，同时逃亡中的巴利奥尼也主张继续抵抗。切萨雷命军队深入推进到锡耶纳的皮恩扎，此处距离锡耶纳城仅相隔 40 公里，并在同一日，给锡耶纳政府委员会发去了最后通告。

“在此向神明起誓，若到黄昏为止还没有将佩特里奇驱逐出城，我们将视锡耶纳全体市民等同于佩特里奇个人，并将展开相应的军事行动。”

到了这个地步，锡耶纳的人们也不再犹豫了。被切萨雷强行送了一张通行许可证的佩特里奇，与詹保罗·巴利奥尼一同向卢卡逃亡，然而竟逃过了切萨雷已伸展到卢卡的势力，从维亚雷焦顺海路奔去了法兰西，寻求法兰西国王路易的帮助。

但是，切萨雷果然所料非空，1 月 10 日，他忍不住对还在自己身边的马基雅维利说了如下的刻薄话：

“咱们的老板法兰西国王，绝不会舍得让我碰一下锡耶纳呀。”

同年的 3 月 29 日，通过法兰西国王路易的干涉，潘多鲁夫·佩特里奇又作为锡耶纳的领主大摇大摆地荣归故里。

1 月 28 日，切萨雷结束了全部马焦内相关的善后工作，踏上了返回罗马的路程，但他就好像是自发主动地要看遍意大利中部的每一寸领土一般，命军队以一种与之前行事神速成鲜明对比的、难以想象的缓慢速度行军。230 公里的道路用了将近一个月的时间，进入罗马时已是 2 月末。

在罗马的切萨雷，紧闭宫门，过着只偶尔外出打猎，几乎不与任何人见面的日子。但其实就是在这段时期，他迎来了至关重要的决断时刻。

他已拥有了包括圣马里诺、乌尔比诺、费尔莫在内的罗马涅公国，在他精准的治政方针之下，这个新王国凭他调配，按部就班地稳定发展。民心完全被他所掌握，国土建设也完全在他所托付的列奥纳多·达·芬奇的掌控之下，雄伟计划日渐成真。而更进一步，反向利用了马焦内叛乱的他，顺势借助教会的旗帜成功镇压了翁布里亚和托斯卡纳地区。意大利中部几乎全部的领土，都在他的势力辐射范围内，北至罗马涅、南至罗马在内的拉齐奥地区，他逐渐将占意大利半岛三分之一的地域变成了自己的所有物。现在仅剩完全被切萨雷的势力所包围的佛罗伦萨共和国，他将下一个目标正式转向了佛罗伦萨。

但是，这将不可避免地与法兰西国王路易产生冲突，从以往的例子来看，可以预测到路易的强硬反对。若是切萨雷满足于罗马涅公国，满足于只是继续担当教会军总司令官，这个比较别致的佣兵队长一职的话，说不定路易会睁一眼闭一眼地就此放过他。但是，切萨雷看得却更为高远。佛罗伦萨之后，他将目标定在了那波利王国，若是能拿下那波利王国，几乎等同于拿下了整个南意大利，届时，费拉拉、曼托瓦以及博洛尼亚都将不在话下，唯余一个威尼斯共和国。先对威尼斯动手，还是暂且与威尼斯合作将法兰西人从米兰赶走，此时的切萨雷看上去更倾向于后者。证据在于，威尼斯共和国大使与他会面的次数，远远超过其他人。

只是，眼下当务之急的还是与法兰西的关系。切萨雷终于正式开始着手，准备脱离对他事无巨细干涉不断的路易，然而，此刻的他依然弱小，无法单独抗衡法兰西国王。若想真正地甩掉法兰西，只得与其他强国联手，最终，切萨雷选择替代法兰西的国家是西班牙。

这个想法令教皇欣喜若狂，自年轻时来到意大利以来，随着年龄的增长，老教皇愈发沉浸在对故国的乡愁之中，对儿子的这个决定他是完全赞成。不过，切萨雷却并非因为与父亲有同样的乡愁而选择西班牙，他想要与这个新兴国家联手，完全是基于合理的判断。切萨雷与家人聊天时，会使用瓦伦西亚方言，他也曾按照西班牙风俗举行斗牛仪式，但就像他喜爱佩戴法兰西风格的贝雷帽，却不喜欢法兰西人一样，与父亲不同，他对西班牙并没有额外多一份感伤的关注。

抛开军事力量不谈，切萨雷的理想正在稳步地实现着。而他的军队，先不论是由意大利各国混编而成，同样因优秀而发光，就连威尼斯的陆军，在军队素质上，现在也比他的军队逊色不少。由罗马涅公国内征兵而来的士兵，负有固定期限的军务义务，整体军事素质也在稳步提升。根据切萨雷将征兵军作为自己军队主力的想法，他们在装备上也得到了优待。为了让此前一直是平民的他们能拥有身为兵士的骄傲，切萨雷为其配置了统一的漂亮军服，军服胸口上绣有“Cesar”字样，即切萨雷的名字，全部兵器都是根据列奥纳多·达·芬奇的眼光特别配置。

1498 年 7 月 17 日，切萨雷脱去了枢机主教的一袭红衣。自执剑而起的 1499 年秋，他在不到四年的时间里，达到了现在的成就。与法兰西国王的关系日复一日地冷淡，取而代之的是与西班牙的日渐亲近。从无领土也无一兵一卒出发，他那以王国创立为名的野心，已在这位 27 岁的年轻人眼前，笔墨鲜明地展开了磅礴画卷。他的气魄，正如他命人刻在所属军队的旗帜上的座右铭：

“不为恺撒，宁为虚无！”（Aut Caesar aut nihil.）

第三部分

流星（1503—1507）

第一章

1503年，夏。

教皇亚历山大六世迎来了72岁的寿辰。自即位教皇起，他在这个位置上已度过了十一个年头，而最近这段时日里，教皇快速地衰老了，甚至已寻不见往日那位老练政治家的一丝影子。他已不再向任何人掩饰，自己想早日看到儿子切萨雷取得成功的欲望，甚至还向威尼斯大使宣言说要让切萨雷成为国王，就连对法兰西国王的轻视态度也变得异常露骨，与之相反的，是肆无忌惮地公然亲近西班牙国王。

对切萨雷来说，父亲的这种做法并不是他所期望见到的。即便是他已决意与法兰西国王撇清关系，但也需巧妙行事，他的立场不如教皇父亲一般自由，绝不能在确立新同伴前就将旧伙伴变成敌人。因此，他甚至可以与法兰西国王的佣兵队长乔凡尼·乔尔达诺·奥尔西尼以及威尼斯共和国的佣兵队长尼科洛·奥尔西尼间和平共处，即使他十分想趁此机会将奥尔西尼一党彻底击败，但是不能给法兰西国王与威尼斯共和国这两个大国与波吉亚家族为敌以口实。故而对他来说，教皇父亲的这个将他横跨罗马涅、马尔凯地区的领土统合建立成亚得里亚王国的设想，并不是什么值得高兴的事情。首先，他不会满足于这样的小王国；其次，若王国真的成立，会明显地刺激到法兰西国王以及与这个新王国国境相接的威尼斯。这个经教皇之口而出，由威尼斯大使扩散开来的传闻，被切萨雷彻底否决了。同时，他也在背地里筹备着与西班牙的同盟。

7月，切萨雷再次开始了行动，与唐·米凯罗特相伴，照惯例只带了极少数人员随行。他从奇维塔韦基亚沿海路到达皮奥恩比诺，与任当地总督的唐·米凯罗特分别，接着乘船去往比萨。此行是去当地视察因阿诺河泛滥而引发的洪灾，与他同行的列奥纳多·达·芬奇负责统筹洪水后的灾后重建。随后，他出发去向罗马涅地区。作为教会军总司令官，他不能缺席8月11日的教皇即位十一周年纪念庆典，所以必须尽快完成对横跨罗马涅、马尔凯的整个领国的视察。切萨雷最终在7月将尽之时，到达了罗马。

悲剧，突然降临。

这年夏天，罗马一直在酷暑中苦苦熬着。没有一丝凉风，太阳的光芒犹如针扎般难受，不知何时起水质开始腐败，随即疟疾肆虐而来。依当时的记录来看，所有枢机主教的家都变成了病院，但其实能在屋檐下死去的人还算是好的，得不到照顾的病人们，甚至就死在了路边或已干涸的喷泉边，无人认领，尸体散落各地腐烂败坏，街市尸臭冲天。就连在特韦雷河上的岛屿台伯岛医院也不例外，前去求治的病人们，即使是人就倒在了跨河大桥上，医生们也忙得不可开交，无暇前去救助。吓怕了的人们口中，念叨着“黑死病，一定是黑死病”之类的话，但这其实并不是黑死病，从症状来看仅仅是疟疾，只不过是非常恶性的疟疾。

在上层中，最初因病去世的是佛罗伦萨大使亚历山德罗·布拉奇，随后是教皇的侄子乔凡尼·波吉亚枢机主教，侄子的死讯让教皇对自己日渐衰老的躯体更感疲惫。为了抵御外界的暑热，教皇宫的全部窗户都已紧紧关闭，在侄子死去的第二天，教皇在其中一间阴郁的室内，对威尼斯大使杰斯汀安这样说道：

“看着这些在罗马出现的病人，以及每天都会死去的他们，我仿佛感到精力也从自己的身体里被抽出去了一般。”

看着死人堆积如山，感觉自己也快病了的，并不只有年老的教皇一人，能离开罗马的人已全部都舍弃了此地。枢机主教们都逃去了郊外的别墅。就连各国的大使与情报官们，也向各自的君主和政府申请离开罗马的许可。教皇和切萨雷也认为有必要离开罗马，特别是切萨雷，想尽早再出发去罗马涅，但是教皇即位十一周年纪念日的 8 月 11 日迫在眉睫，两个人都无法离开。曾任教皇秘书官，现任枢机主教的阿德里亚诺·达·科尔奈托，于 8 月 4 日在他位于罗马郊外的别墅，为无法离开的二人举办了奢华的午餐会。

八天后的 8 月 12 日，教皇因为高烧和恶心先病倒了，第二天，切萨雷也因为同样的症状卧病在床。

人们普遍认为，波吉亚家族的没落是从此刻开始的。传闻中，教皇本想在葡萄酒中下毒谋杀枢机主教，但却自己错饮了那杯酒，切萨雷则是喝下了掺水的毒酒。根据威尼斯大使的报告，“两位病倒的真正原因，是于八日前阿德里亚诺枢机主教家举行的宴会，当日出席的全部人员事后都病倒了，第一个发病的恰巧就是阿德里亚诺枢机主教”。同时代的历史学家圭恰迪尼、吉奥维奥、萨努多等人，以及后世的布克哈特都相信毒杀的说法。

但当时在罗马的记录者和年代记作者们，却连一个毒杀的字眼都没有留下。“有那么多的人，都被这个不是黑色病却致死率不亚于黑死病的病症夺去了生命，就连教皇和切萨雷公爵也都卧病在床，症状是时不时间隔出现的高烧与恶心，与其他病人的症状完全一样。”卡塔内、科斯塔比利、斯布尔卡特等写下的这些，即是当时被称为“每三日一次高烧（三日疟）”的疟疾的标准症状。在佛罗伦萨、曼托瓦、费拉拉各国大使的报告之中，症状也与疟疾相一致。后世以帕斯托、卢西奥、伍德瓦德为首的历史学家们纷纷站出来反对毒杀说。

世间有名的、被誉为波吉亚秘用毒药的“坎特雷拉”，在历史上其实并没有得到过证实。虽然不能妄下断言这种毒药就是有名无实，但确实也并没有史料能证明其曾真实存在过。而能追溯到的最早出现的关于波吉亚家族使用毒药杀人的记录，却是在1503年他们没落后才第一次出现，随后，在19世纪又经法兰西罗曼派文学者们之手被传说化了。

但即使是查阅在当时的意大利对毒药最为熟悉的威尼斯共和国政府的十人委员会的独门记录，也能看出其对毒药的调和与运用都是极其不成熟的，几乎没有成功的先例。以他们做参考，可以得出所谓世间有名的波吉亚家的毒药，恐怕指的是教皇和切萨雷两个人的头脑。更何况，只是杀害一个72岁的老人竟花费了大约两周的时间，并且在午餐会中同席的枢机主教们，年龄更为高迈的那几位却没有死去。在此基础上，所有关于他们两人症状的记录都显示是最为恶性的疟疾。综合所有资料来看，不难发现，两人死于波吉亚家传毒药的毒杀说，虽然能为他们一族的悲剧更添戏剧效果，但其真实性的根基却是十分薄弱。

8 月 12 日病倒的教皇和第二天卧床不起的切萨雷，病症反复，时好时坏。8 月 14 日，医生对教皇采取了放血疗法。放血在当时被认为是最好的治疗方法，然而，教皇依然高烧不退，精疲力竭地躺在病床上一动不动。而切萨雷被医生包围着，几次衰弱地挣扎于濒死边缘，灼热的高烧反复侵袭他，恶心的症状异常严重，而每当头痛伴随着高烧一同袭来，切萨雷就只能在病床上痛苦辗转。唐·米凯罗特从皮奥恩比诺赶来，趁着他能按住切萨雷的期间，医生们总算是得以给他进行了放血治疗。切萨雷被交递来袭的如野兽一般的发疯与近乎死一般的弥留状态反复折磨，所有人都认为与教皇相比，他这边才更是重症。

但即使是在不定时侵袭的高烧与头痛间隙，切萨雷也还是恢复了一小段时间的正常精神状态。清醒中的他，只是一味地担心着教皇父亲的病情，而自己则是必须要在还来得及之前，赶快痊愈。不知何时到来的奥尔西尼和科隆那的复仇极其危险，而威尼斯、佛罗伦萨以及法兰西也无法信任。

枢机主教们都各个躲在家中观望形势，各国大使和情报官们则在随时记录着二人的病情变化，带着这些情报的信使们马蹄飞扬，将属于8月的白色灰尘散落到了整个意大利。

然而，年老教皇的身体却比病症严重的切萨雷更早地到达了极限。发病起的第六天，8月18日早晨，他希望在病房里进行弥撒，弥撒过后，教皇进行了忏悔，领受了圣体。在晚钟敲响之时，众人为几近濒死的他举行了涂抹香油的圣礼，浓重的沉默吞噬了整间病房。当天夜里，亚历山大六世逝世，他衰老的心脏再也无法承受更多的高烧。

教皇的死被立即通知给了其楼上的切萨雷，但是自身也正徘徊在生死边缘的他，没能从病床上起身。

“他对我说过，”马基雅维利在之后写道，“他说：‘我从以前开始，就思考过父亲死时将会发生的所有事情，也确定了种种对策。然而，万万没有想到的是，当父亲真正去世的时候，我自己也处在生死的边缘。’”

但是，现在，他最后的希望，希望教皇父亲至少能够坚持到自已治好为止的愿望也破灭了。

根据以往各位教皇逝世时的先例来看，每当教皇去世的时候，必须最先要做的便是从暴徒的掠夺中守护教皇宫，此次这个重任就落在了团结在切萨雷周围的、效忠于他的年轻人们身上了。指挥由唐·米凯罗特担任，他将被称为教皇宫之门的大门和圣安杰洛城堡的大门紧紧关闭，接着，押住担任教皇代理的枢机主教的逼问，威胁要是敢说个不字就刺破喉咙从窗口扔到特韦雷河里去，从而拿到了教皇宫藏宝室的钥匙。随后，他们将藏宝室里的金币、宝石以及其他房间的众多贵重品，都搬到了切萨雷病房附近的房间。所有这些东西的价值即便是往少了计算，加起来也不会少于 30 万达克特，就连教皇的病房也几乎被搬到空无一物，床榻上只剩遗体横躺在上面。当这一切行动结束后，切萨雷才下令对外公布教皇的死讯。

在另一方，根据教皇厅礼官布尔卡特的指示，教皇的遗体被移到了称为鹦鹉大厅的屋子里。接着，进行遗体的清洗整洁工作，并为其穿上教皇的正装，最后将遗体安放在铺着紫色锦缎的台案上，两旁分立一盏烛台，蜡烛的火光平静地燃烧，在紧闭的闷热房间里半点不带晃动。遗体旁侧，没有一个陪同的人。

翌日一早，遗体被转移到了圣彼得大教堂。这场最终的弥撒，以枢机主教为首的高位神职人员无一个人参加，就连葬礼祈祷时所必需的《圣经》，都不知道被谁放在哪里，遍寻不着。唱诗班的圣歌唱得仓皇失措，卫兵们则高声咒骂着互相争夺火把，列席的修士们都害怕地逃进了圣器收藏室。在骚乱中，布尔卡特不得不在三位不知名人士的帮助下，将教皇的遗体移到有格挡、比较安全的另一侧。

为了在下午接受民众的最后告别，教皇的遗体一直放置于格挡另一侧，而因为炎热，遗体在此期间也在持续不断地腐败，变得发黑膨胀，形态狰狞，甚至散发出了恶臭。在圣彼得大教堂里排队告别的民众，身体因恐惧而颤抖，但也许是因为群体性的猎奇心理作祟，告别的队列持续到了黄昏都没有走完。但最终，不知道是谁，为已经腐败到不忍直视的教皇遗体轻轻披上了遮盖。

夜半时分，在微弱的火把照耀下，冷清的送葬队伍朝着圣马利亚修道院的墓地走去，除了一位主教和他的助祭之外，只有极少的一些人随行。下葬的时候，教皇膨胀了的遗体却无论如何也装不进早已准备好的棺材，最后是靠着两个力气大的搬运工，用脚踩着才勉强塞了进去。地下墓室的石墙上插有火把，火光摇曳，将每次按压都会弹起的尸体的丑陋全貌映照得更为骇人。最终费尽力气，棺材的盖子被盖上，下葬也结束了。出席的人们将火光吹灭，在沉默之中快步离去，墓地出口的铁门，在他们的背后发出瘆人的声响渐渐闭合。

第二章

仅仅十五天前，切萨雷的野心看上去还近在咫尺，现如今，他却仿佛能听到自己的野心逐渐崩塌的声音。教皇父亲突然过世，自己也被重病侵袭数次濒死，更糟的是疏远法兰西、亲近西班牙的策略只进行到了一半，这些因素交织在一起，决定了他的不幸。法兰西、西班牙这两方势力，无论如何也不会成为他真正的同伴，更何况还有威尼斯存在，这个意大利强国于教皇在世期间，一直恪守着令人生畏的沉默，这三方列强，时刻关注着失去了教皇后盾的切萨雷，而其他意大利诸国则期盼着他能紧追教皇的步伐同样病死。

在如此危机面前，容不得切萨雷露出一丝破绽，他必须对外表现出主导大权依然在握的样子，即使失去了教皇父亲这一后盾，在教皇刚刚过世后的他，状态也还没到需要绝望的地步。

首先，他依然是教会总司令官，依然站在一个无法令枢机主教与他国统治者无视的地位上。

第二点，他拥有罗马涅。整个公国团结在他任命的家臣周围，上下一心忠心耿耿。

第三点，他拥有军事力量。据威尼斯大使杰斯汀安所说，切萨雷拥有九千名步兵、两千名枪骑兵，以及两队武装完善的大炮部队。

第四点，是他在拥有军事力量的基础上，还拥有忠于职守、值得信任的心腹。以唐·米凯罗特为首，切萨雷拥有一批为了主君将生死置之度外的忠诚家臣。

第五点，在教皇死后被转移到圣安杰洛城堡的将近 30 万达克特的教会财产，如今还掌握在他的手中。此外，即使过去于公于私都花钱如流水的公爵，在热那亚、威尼斯和佛罗伦萨的银行里，依然还存有 50 万达克特的资金。而无论他打算开展什么行动，这些钱都随时可以调用。

即使再怎么想瞄准这次机会消灭切萨雷，只要考虑到以上这几点后，各国也没有那么容易出手了。他们边期盼着切萨雷的死期，边窥视着事态的发展。

最先采取行动的是枢机院。8 月 19 日，亚历山大六世逝世的第二天夜里，枢机院在密涅瓦神殿召开了会议，十六名枢机主教齐聚一室，做出决定要求切萨雷于黎明时分交还圣安杰洛城堡。但是，在同一天夜里，城堡守官却回绝了主教们的劝告，身为切萨雷家臣的城堡守官拒绝的理由，是只有新教皇才有权索要圣安杰洛城堡。

第二天，枢机主教会议在同一场所再次召开。此次会议的召开目的，是为了在选举新教皇的秘密会议召开前，将切萨雷驱逐出罗马，但唐·米凯罗特突然带着一队武装骑士闯了进来。面对举剑逼迫他们撤回提案的唐·米凯罗特，切萨雷在比萨大学时代的恩师，现在已成为索伦托枢机主教的雷莫利诺·达·莱里达，眼中含着泪水想劝说他就此回去，他对于与切萨雷是同窗的唐·米凯罗特来说，也同样是恩师。

枢机院无法驱逐切萨雷，但教皇选举一事又迫在眉睫，于是他们将规劝切萨雷离开罗马一事交付给了威尼斯大使。21 日，接受了委托的大使杰斯汀安前往梵蒂冈与切萨雷会面，然而切萨雷横卧在病床上，接见大使时甚至因为太过衰弱而几乎无法说话。始终没有消退的高烧让他的双眼充血，只能断断续续地说出拒绝枢机院劝告的言语，一眨眼工夫，他的额头上就满是汗水。杰斯汀安在最终的报告中写道，完全没有想到公爵会病得如此之重。

随着日子一天天地过去，希望切萨雷死去的围观者们，开始等得不耐烦了，相继采取了行动。首先打头阵的，是奥尔西尼的复仇之战。向着罗马进军的他们，最先尝到了切萨雷军队的强力反击，唐·米凯罗特率领着军队精锐，炮轰了位于蒙特·焦尔达诺的奥尔西尼大本营，他们的城堡毁于切萨雷军的大规模炮击。但是，敌人并不只有奥尔西尼，西班牙国王的佣兵队长普罗斯佩罗·科隆纳也率领他的势力北上罗马。而在米兰的法兰西国王，派出了本为支援那波利的法兰西军，听从曼托瓦侯爵弗朗切斯科·贡扎加指挥挥军南下，不断地接近着罗马。

数日之内，罗马就涌入了这几方不同的军队势力，法兰西军队、奥尔西尼军队、与那波利的西班牙军队串通的科隆纳军队，以及切萨雷的军队，彼此形成了相互敌视、相互角力的局面。罗马市内各处都在不间断地发生着冲突，“科隆纳”、“奥尔西尼”、“波吉亚”等呼声，像相互竞争一般在街道中不停回荡。其中，科隆纳军队因为有着在那波利处于优势的西班牙为后盾，态度尤为强硬。但是，唐·米凯罗特绝不能容忍普罗斯佩罗·科隆纳同奥尔西尼联手，进而取得主导权。他与一年前就开始随军的切萨雷幺弟杰弗里携手，在普罗斯佩罗军队的前线附近配置了军队。

但最终，谁都无法阻止科隆纳和奥尔西尼两方势力在面对共同的仇敌波吉亚时达成共同战线，这让切萨雷感到了威胁，他想要扯断两者之间的关系。比起法兰西国王的佣兵队长奥尔西尼一党，他选择收买西班牙国王麾下的科隆纳势力，作为交换，切萨雷决定归还自己曾经夺下的科隆纳所拥有的罗马郊外的城堡。普罗斯佩罗接受了这个条件，在波吉亚、科隆纳的联合军面前处于劣势的奥尔西尼于24日撤出了罗马。

此时，威尼斯共和国采取了行动。若是切萨雷在罗马的立场继续变强的话，窥视着罗马涅地区的他们将很难再有所行动，他们将目标锁定在了枢机院中的反波吉亚派系。当得知切萨雷那本在罗马涅地区的军队，现已悄然抵达了位于罗马100公里外的奥尔维耶托时，枢机院决定与威尼斯采取一致行动，此番的中间人在上回的威尼斯大使基础上，又增加了法兰西王国、西班牙王国和位于德国的神圣罗马帝国的四名大使。

25日晚，他们与切萨雷在教皇宫内的一个房间进行了会面。切萨雷虽依然无法从病榻上起身，但这次已可身着教会军总司令官正装会见众人。靠着背后叠落的数个靠垫，他才勉强在病榻上支撑起身子，西班牙裔的枢机主教们围在他的周围，随时准备帮衬，在卧榻的旁边站着的唐·米凯罗特则直瞪着大使们。若是单看这个场景，很像是王者在召见被征服一方的代表，但会面的内容却与之完全相反。

大使们首先都表示，自己前来只是为了传达枢机院的意愿，但同时也传达了各自国家君主们的意见与枢机院是相一致的。紧接着，向切萨雷告知了枢机院的决议事项，即“在举行教皇选举的秘密会议期间，为了保护选举会议的自由，罗马将不能有任何武将存在”，枢机院以此条法律或者说是传统为由，规劝切萨雷离开罗马。

时间在漫长的寂静中流逝，所有人都等待着切萨雷的回答。变得面色苍白的切萨雷想要站起身来，但就在这一瞬间后，他无力地倒在了靠垫堆上。甩开跑过来想要搀扶他的秘书官阿加比多的手，他用勉强挤出的声音表示，因为自己重病在身，只能拒绝枢机院的劝告。但即使切萨雷可以无视那些反波吉亚的枢机主教们，无视他们组成的枢机院的决议，却无法无视站在他们背后的各国列强。在此时，切萨雷认为与其用武力压制枢机院，不如通过让步来笼络他们。1500 年后的切萨雷，不曾拥有尤利乌斯·恺撒曾在翻越卢比孔河时的魄力。

8 月 30 日，枢机院与切萨雷之间达成了协定，首先要保证切萨雷教会军总司令官的位置，其次选举新教皇时，要尽可能推选西班牙出身的枢机主教，或者至少选择索伦托枢机主教。但同时，不只是切萨雷的军队，科隆纳、奥尔西尼等军队也要一齐撤出罗马6公里外。9月1日，驻扎在蒙特马瑞奥的切萨雷军队遵从协定离开了罗马。第二天，切萨雷自己也离开罗马，出发去向内皮的城堡。法兰西、德意志、西班牙的大使们将切萨雷送到城外，他横卧在八名侍从抬着的肩舆上，被严重的头疼折磨得痛苦不堪，鲜红帷幔的遮挡下，依然可见他身形消瘦同往日判若两人，只有双脚因浮肿略微显得结实些。切萨雷的爱马身披饰有公爵纹章的黑色天鹅绒马衣，第一次同主人分开行进的它紧紧跟在肩舆之后。

切萨雷刚刚到达内皮城堡，还没来得及舒缓旅途的疲惫，就被接二连三到达的坏消息轮番打击，以乌尔比诺和佩鲁贾发生叛乱为首，各地迎接旧主复位的风潮愈演愈烈。

圭多巴尔多公爵→乌尔比诺。

詹保罗·巴利奥尼→佩鲁贾。

还有以下这些接受了威尼斯援助的其他领主们，也都陆陆续续撒着欢地返回了旧有领土。

雅可波·达比亚诺→皮奥恩比诺。

贾马里亚·达·瓦拉诺→卡梅里诺。

乔瓦尼·斯福尔扎→佩萨罗。

潘多尔福·马拉泰斯塔→里米尼。

维特罗佐·维特里的侄子们→卡斯泰洛城。

圣马里诺共和国也发表了独立宣言，这个消息让缠绵病榻不得起身的切萨雷气得咬牙切齿。

但好在，罗马涅公国内的主要城镇，切塞纳、弗利、法恩扎、伊莫拉等，依然效忠于切萨雷。这些地区为抵御威尼斯的游击队，封锁了街道，而弗利和伊莫拉，更是全员一致通过了市政会决议，拒绝旧主卡特丽娜·斯福尔扎的复位。

但是，切萨雷却在此时选择了最为无用的策略，他打算在选举教皇的秘密会议上将西班牙枢机主教们的票都转投给昂布瓦兹枢机主教，借此再次与法兰西国王路易修好，此举只能被认为他已经因重病失去了天赐的敏锐判断力。路易同意了这份利益交换，他向意大利各国，特别是威尼斯和佛罗伦萨这两个共和国，发出了不得入侵切萨雷领国的警告，并在同时禁止对谋求复位的领主们进行援助。但自从法兰西国王在那波利处于劣势后，他的禁令已无法让意大利诸国唯命是从了，只有在指着法兰西保护才能过活的佛罗伦萨共和国面前还算有点效力，而威尼斯则根本对禁令视而不见。

而另一边，在切萨雷离开罗马后，枢机主教们为了出席秘密会议陆陆续续地都来到了罗马。

9月3日，时隔十年没有回来过的朱利亚诺·德拉·罗韦雷抵达罗马。

6日，逃亡西西里岛长达五年的科隆纳枢机主教也回到了罗马。

9日，拉斐尔·里阿里奥枢机主教进入了罗马城。

10日，在西班牙的阿拉贡枢机主教之后，阿斯卡尼奥·斯福尔扎也带着路易十二世对秘密会议的期待与鲁昂的大主教乔治·昂布瓦兹一同到达了罗马。过去三年间，斯福尔扎持续不断地支持着昂布瓦兹，才终于换得从法兰西的囚禁生活中解脱，重获眼下的自由。

16日，秘密会议，即为了选出教皇的枢机主教会议召开了，三十七名枢机主教齐聚一堂。但现场形势却十分混乱。法兰西派推选昂布瓦兹枢机主教，威尼斯派推选罗韦雷枢机主教，切萨雷则再度改弦更张，转而支持西班牙派推选卡瓦哈尔枢机主教。而这三者之间的竞争，经由威尼斯从中周旋，又变成了意大利、西班牙联合派与法兰西派的对决。在两派相互僵持中，9月22日，锡耶纳的枢机主教弗朗切斯科·皮科洛米尼，作为庇护三世被选为了教皇。身在内皮的切萨雷对这位新教皇表示欢迎，因为他是一位认真的圣职者，不从属于两个派系的任何一方，并且其伯父是曾经的教皇庇护二世，与自己的父亲亚历山大六世曾十分亲近。但是，由于新教皇庇护三世已有八十高龄，同时还身患病症，所以很明显，他只是多方周旋下的临时选择。

即便如此，庇护三世对切萨雷到底是很同情的。当威尼斯准备派阿尔比亚诺指挥官率大军奔袭内皮进攻切萨雷时，他准许了切萨雷为自保希望返回罗马的请求。并且在10月1日，发出教皇诏书抗议威尼斯，命其停止针对罗马涅持续不断的赤裸裸的侵略行为。同时，教皇对费拉拉大使说了以下的话语：

“我从来没想到过，自己会对公爵感到同情。然而现在，那个年轻人还是重病在身呢。”

10月3日，切萨雷回到了罗马。他此行只带了二百五十名骑兵和五百名步兵，并对理应稍后赶来罗马会合的大军基本不抱希望。一个半月以前，在教皇父亲刚刚过世时，他尚且手握一万两千人的军队，然而如今他的大军已几乎不复存在。威尼斯政府用高额酬劳为诱饵，外加对切萨雷的困境大肆宣扬来煽动军心，很快就使法兰西、瑞士及意大利籍的佣兵队率先舍弃了切萨雷，投奔到了威尼斯的军队。即使切萨雷在情急之下，匆忙与奥尔西尼达成了佣兵契约，但威尼斯对奥尔西尼出了更高的价格，切萨雷订下的契约转天就变成了一纸空文。接着在14日，切萨雷的军队彻底解体了，西班牙国王正式对外发布王命，因为切萨雷为与法兰西国王相交好，现禁止西班牙人在切萨雷手下担任任何军事职务，违反者将被处以死刑。雨果·蒙卡达等一众在切萨雷手下效力的西班牙勇将们因此舍弃了切萨雷，大多转而加入了驻扎在那波利的西班牙军队。

接二连三的变故下，切萨雷已陷入窘境，精锐之师不复存在。即使是此般境地，依然有小队士兵愿意追随他前来罗马，但这些人基本是从罗马涅百姓中征召而来，虽然他们对陷入绝境的主人誓死效忠，但这支根据切萨雷的理想创建起来的军队尚不成熟，若是没有娴熟的作战部队和佣兵队长带领，几乎不能发挥战斗力。

同时，奥尔西尼、科隆纳以及阿尔比亚诺率领的威尼斯军都在逐渐逼近罗马。

切萨雷意识到，再这样继续留在罗马很可能会有危险，但想返回有自己军队驻扎的罗马涅也并非易事，他现在相当于已被各方势力围困在了罗马，陆路被威尼斯的势力所阻断，而在奥斯提亚港待命的桨帆船船队，也被威尼斯收买了。

10月15日，切萨雷勉强自己披上战甲，发起了绝望的进攻。率领着在罗马城外仅存的军队出击，却遭遇到早已等候多时的奥尔西尼与威尼斯两军的反击，交战不久即不得不败逃撤退。切萨雷逃回了教皇宫，但这个地方也只是宫殿而非要塞，面对已经追击到了罗马市内的敌人，算不上安全。因病骤然消瘦的切萨雷，唯有双眼依旧闪烁着光芒，他在唐·米凯罗特的搀扶下穿过地下通道，逃到了防守坚固的圣安杰洛城堡。

三天后的18日，一个令切萨雷大为震惊的巨大噩耗降临了圣安杰洛城堡，庇护三世逝世了。这位对切萨雷表示同情的教皇，仅仅在位二十六天就结束了他短暂的任期。西班牙裔的枢机主教们担心会再有新的危机来临，纷纷向切萨雷进言，劝他乔装成神职人员逃亡。对此，以剑为杖支撑起身体，晃晃悠悠站起来的切萨雷，几欲吐血一般地只说了一个字："不！"

教皇庇护三世过世后，众人对切萨雷的敌对态度再无半点遮掩。10月24日，在威尼斯的元老院会议上，元首说道：

"大家想必都知道，我们政府的意图就是要得到罗马涅地区。为达此目的，我们就必须抓住这次机会，把我们的敌人同时也是神的敌人，瓦伦蒂诺公爵彻底消灭。"

这并不是一句空话，威尼斯确实有所策划，想在暗中支援法恩扎和弗利各自的旧主曼弗雷迪和奥德拉弗复位，把这两位推举成名义上的一国之主，再借机渗入威尼斯势力，只是弗利并没让威尼斯如愿以偿。

此般境遇下，切萨雷只得将自己的运势赌在下一次的教皇选举上。西班牙出身的十二名枢机主教均效忠于切萨雷，相当于总数三十六票中的三分之一都掌握在他手中。如果能利用这些选票，成功选出对自己抱有善意的教皇，也许他还能再次朝着自己的野心出发。对切萨雷来说，下一次的教皇选举至关重要，或是逃脱死地，或是万劫不复，唯有这两种可能的结果之一。

10 月 29 日，切萨雷率领十二名西班牙出身的枢机主教，与朱利亚诺·德拉·罗韦雷枢机主教在教皇宫的一间房间内进行了会面。切萨雷提出的条件，是以在秘密会议上将西班牙出身的枢机主教的十二张票全部投给罗韦雷，来交换对方当选后，保证自己教会旗手的称号与教会军总司令官的地位不变，保证自己罗马涅公国领地的所有权不被侵犯。罗韦雷接受了，同时他又在上述条件基础上另增加了一条，切萨雷在法国的 3 岁女儿露易丝，要同自己的外甥乌尔比诺公爵家的后继者弗朗切斯科·马利亚订立婚约，只有波吉亚、罗韦雷两家联姻，方能在未来互相扶持。

28 岁的切萨雷，拖着仍然衰弱的身体精疲力竭地倚在椅背上，直直地盯着在他眼前的这位朱利亚诺·德拉·罗韦雷枢机主教的侧脸，对方晃着羽毛笔正奋笔疾书，看上去面色红润，完全不像是已有 60 岁的人。迄今为止，切萨雷已体验过了数次同伴的背叛，也十分清楚，在政治面前，真理不是由感情和伦理道德所决定，而是寄生于利益交换之中。然而，当他面对这位向自己表现出十足诚意的罗韦雷时，却大大低估了对方受波吉亚一家迫害，十一年间卧薪尝胆深埋于心的仇恨。最终，协定在切萨雷、罗韦雷和作为证人的十二名西班牙出身的枢机主教的共同签名下成立了。

11 月 1 日，朱利亚诺·德拉·罗韦雷作为尤利乌斯二世即位为教皇。新任教皇由于太过感动，全程几乎都呈现出一种失神的状态，就连圣彼得大教堂的台阶都不太能一个人平稳地登上去。

切萨雷用自己的力量，将自己在这个世界上最大的敌人成功推上了光荣的宝座，这是他犯下的最大错误。但与其说他是输在了赌运气上，倒不如说是输在了政治短视上。

第三章

新教皇尤利乌斯二世自称“我把切萨雷当作自己的亲儿子一样疼爱”，同时建议切萨雷前来他无偿提供的教皇宫一隅专心养病恢复身体，而会把新教皇的鬼话当真的，也就只有切萨雷一个人了。

同一时期，马基雅维利作为佛罗伦萨共和国大使被派驻罗马，关于新任教皇对切萨雷百般示好的真意，他做了如下的分析。第一点，是为 10 月 29 日与切萨雷签署的那份协定做做表面文章。第二点，是为牵制威尼斯的势力，遏制其持续向罗马涅地区的渗透。最后，是为着切萨雷眼下仍然还掌握着的罗马涅地区的军事要所和民心。马基雅维利还附加上了一句，教皇尤利乌斯一直在伺机等待着消灭切萨雷的机会。

卧病在床的切萨雷完全不知情的是，教皇私下里对威尼斯的大使却是这样说的：

“这位为了权势可算是坏事做尽，看看教皇亚历山大六世死后他的惨状。当敌人有权有势的时候，我们只能忍气吞声唯命是从，但是现在不同了，我们已经自由了。”

然而，把这句话充分付诸行动的并不是当时的教皇，而是威尼

尤利乌斯二世

斯。威尼斯的下一手伸向了法恩扎和弗利，对于刚刚即位的教皇尤利乌斯二世来说，压制威尼斯的侵略成了当务之急，但实际上，他也是束手无策。曾在名义上属于教会的军事力量，完全是由切萨雷个人构建而成，而切萨雷只是空有教会军总司令官之名，军队照旧是建立在佣兵制度之上。更何况，刚刚即位的尤利乌斯并不富裕，在金钱方面也无法与威尼斯相抗衡。

切萨雷很清楚尤利乌斯的这个弱点。在教皇选举之前的 10 月 29 日，他们二人缔结协定的时候，切萨雷所考虑的利益交换，一个能在政治上吸引尤利乌斯的筹码，就是自己作为武将的才能，切萨雷认为尤利乌斯不可能不需求自己的力量。

而在教皇尤利乌斯看来，若是只作为一介佣兵队长，切萨雷的才能确实是他渴望至极、梦寐以求的，但他并不认为切萨雷会是只满足于佣兵队长地位的男人。要是现在不管不顾地拿切萨雷来对付威尼斯，迟早能看到他向教会举起反旗的那一天。

但是，尤利乌斯二世身边确实没有可靠的军事人才，他虽然有女儿，但却没有儿子，外甥们当中也并无合适的人选，唯一一个要继承乌尔比诺公爵家的外甥弗朗切斯科·马利亚·德拉·罗韦雷，眼下还太过年少，其他亲族也是如此。尤利乌斯二世与伯父西斯都四世一样都是贫民出身，一生中都没能遇到擅于军事的甘为他们效力的左膀右臂。事实上，这一时期的尤利乌斯，正在对波吉亚家族的憎恶与对切萨雷的军事才能的认可这两种感情之间摇摆不定。

探查到了教皇真意的马基雅维利，对本国政府提议，应与罗马教皇联手，共同对抗逐步侵略罗马涅的、对双方都极具威胁的威尼斯共和国，而鉴于罗马与佛罗伦萨都没有优秀的武将，是否可以请瓦伦蒂诺公爵切萨雷作为佣兵队长，用他来担任对威尼斯作战的指挥官。

亲眼看见切萨雷将自己最大的敌人尤利乌斯推举成了教皇，对如此愚蠢的举动，马基雅维利表示“与过去的公爵相比，简直是云泥之别”。对于这个时期的切萨雷，他的评价几乎可以说是痛下针砭毫不留情。但是，十年后，在他所著的《君主论》的最后，马基雅维利却写了这样的一段话：

“我时常想起，是否曾经透过某个人，看到了神为意大利投下了一束名为赎罪的光芒，但遗憾的是，那人未及攀升到荣耀的顶端，就已被命运所抛弃。”

然而在十年之前，尚未著成《君主论》的马基雅维利关于利用切萨雷的军事才能压制威尼斯的提案，却并不是为了挽救切萨雷，完完全全是为了在面对威尼斯共和国时总是处于劣势的祖国佛罗伦萨共和国所着想。但是，被认为在那时就已预测到八年后的威尼斯对罗马、对康布雷同盟之战的马基雅维利，此时的这个大胆提议却在无人知晓的情况下就夭折了。因为，佛罗伦萨政府首先就不同意，佛罗伦萨在畏惧切萨雷能力的同时，也对法兰西国王有所顾忌。而且，教皇尤利乌斯二世也无法完全抛却对波吉亚家的憎恶。

另一方面，切萨雷的健康刚恢复到可以骑马的程度，就迫不及待地开始了行动。虽然依旧身形消瘦、面色苍白，外加时不时袭来的头痛会使其痛至面部扭曲，但他已下定决心，要回到罗马涅再一次重头来过。切萨雷从热那亚的银行取出金币，再次招兵买马，后又向教皇尤利乌斯二世申请通行许可证，声称要作为教会的武将再次征服罗马涅和马尔凯地区，成功后会将领土悉数交还给教会。教皇正对威尼斯势力在旧教会领地的罗马涅、马尔凯两地区的蛮横行事大为苦恼，痛快地给予了切萨雷许可。

得到教皇许可的切萨雷，立即给军队下达了命令，主力部队在唐·米凯罗特和塔德奥·德拉·沃尔佩的指挥下，经陆路跨过托斯卡纳向罗马涅前进。因为健康状况还无法承受远路的行军，切萨雷自己是同五百名士兵一起，经奥斯提亚乘船去向里窝那，预计两军在比萨附近会合。为此，洛伦佐·莫提诺在奥斯提亚的港口忙着为船队做准备。

11 月 19 日，送走了唐·米凯罗特一行人，切萨雷骑上骏马向奥斯提亚出发了。

但令切萨雷没想到的是，在自己离开罗马后，威尼斯大使又有了新的动作。正逐步侵蚀罗马涅的威尼斯，对于教皇同意切萨雷前去罗马涅的事情十分震惊，于是指派大使接近教皇，游说他关于切萨雷的危险性。本来就对放切萨雷回罗马涅感到犹豫的教皇，很快就被说服了。

教皇向各国送去了如下的诏书：

“教会领地理应归属于教会，而非切萨雷·波吉亚的私有领土。此番授予切萨雷的许可，是教皇在被胁迫下所发。”

教皇在送出诏书的同时，还派出了索德里尼枢机主教拦截切萨雷。

索德里尼枢机主教到达奥斯提亚的时候，切萨雷正准备上船。枢机主教向切萨雷传达了教皇的意思，作为教会的一介武将，切萨雷无权将罗马涅地区各城堡要塞据为己有，要求他必须出示将这些让渡给教皇的证明。而切萨雷回绝了。

得知此事的教皇立即禁止了他的出航。虽然切萨雷表示出了让步的姿态，但教皇却对此不为所动。26 日，尤利乌斯二世在自己即将举行教皇加冕仪式前，下令逮捕切萨雷。坊间开始流传，尤利乌斯终于向波吉亚发起了复仇行动。

切萨雷被秘密押解到罗马后，住进了他与父亲曾在教皇宫生活时住过的房间，那里已被人称为“波吉亚的房间”，虽然是对待客人的待遇，但事实上却是监禁。所谓福无双至祸不单行，11 月 30 日传来消息，唐·米凯罗特指挥的军队，在向罗马涅进发途经托斯卡纳境内时，遭遇了詹保罗·巴利奥尼指挥的佛罗伦萨军，并于激战后落败。在听到唐·米凯罗特和塔德奥·德拉·沃尔佩竟然都被佛罗伦萨军俘虏的消息后，始终对教皇要求交出罗马涅城池一事持拒绝态度的切萨雷，终于撑不住了。

12月2日，在教皇宫紧挨着教皇寝室的其中一个房间内，一位面色惨白的男人坐靠在长椅上。房门被打开，另一位高挑消瘦的男人出现在门口，他如鬼影般三两步就飘了进来，对坐在长椅上的男人弯下腰，跪地行礼。坐在长椅上的男人站起身来，踌躇了片刻之后，走向了跪在地上默默无言的男子，接着，说出“公爵阁下”几个字，搀着对方的手臂将其扶起。坐在长椅上的男人，是因切萨雷而被迫屈辱地几次三番逃亡的乌尔比诺公爵圭多巴尔多，而跪在他身前的男人，正是为了与教皇和解前来向他求情的切萨雷。圭多巴尔多与教皇尤利乌斯二世之间有亲族关系，教皇也打算让他代替切萨雷担任教会军总司令官的职务。最终，圭多巴尔多同意为其说情，条件是切萨雷需归还在占领乌尔比诺时当作战利品夺走的物品，并对无法归还的物品进行赔偿。

第二天夜里，切萨雷通过圭多巴尔多向教皇提出，自己将让渡罗马涅所有城池，用以交换自己与唐·米凯罗特等被佛罗伦萨军所俘虏的家臣们的自由，教皇答应了这个条件。

然而，切萨雷所不知道的是，早在八天前，圭多巴尔多就已对曼托瓦大使说：

“教皇已下定决心要消灭公爵，现在，只是为了保护教皇的名誉，暂时保持沉默。”

威尼斯大使杰斯汀安则更加率直，他在给本国政府的信中如下写道：

“教皇想要消灭公爵，却不想弄脏自己的手。”

尤利乌斯二世没有属于自己的军事力量，无法依靠自力征服罗马涅，话虽如此，他也不愿眼睁睁地看着罗马涅被威尼斯夺走。故而，对于教皇来说，在被消灭之前，切萨雷还有利用价值。

教皇向罗马涅各地都派出了使节，递送教皇诏书，号令他们交出城池。但没想到，面对教皇使节，各地城池守官均给出了不看到主君被释放就绝不开城门的回复。尤其是切塞纳的守官迭戈，甚至将其中一个教皇使节吊了起来。这些举动激怒了教皇，他叫嚷着要将切萨雷戴上手铐脚镣，扔进圣安杰洛城堡的地下牢房去，在众多枢机主教们的劝说下，才总算没有付诸实践。

而另一方面，被关在“波吉亚房间”的切萨雷却像个旁观者一样，享受着无所事事的快乐。

12 月 14 日的午后，切萨雷曾经的恩师索伦托枢机主教前来拜访，切萨雷并没在房间内，他被引到了中庭与之会面。枢机主教在柱子后的阴影中看到，冬日暖阳照射下的中庭里，切萨雷与看守自己的一名侍从围坐在棋桌前，桌子周围还有另两名侍从旁观这场比试。一段时间后，好像分出了胜负，下棋的侍从站起身来，说道：

“公爵大人，您总是如此的强大。”

对他们，切萨雷只是回以微笑。

侍从们离去之后，切萨雷依旧坐在原处一动不动，身体深深地埋在椅子里，只仰着头，似是为了晒晒阳光，眼睛则是一直闭着的。

枢机主教在之后与科斯塔比利会面，谈到切萨雷时叹息道：“就像是对世间的一切都已不再在乎了。”

没人知道，处在孤独沉默之中的切萨雷，到底在思考些什么。只是，现在的切萨雷，既无法回到拒绝对教皇投降，始终对自己保持忠诚的罗马涅，也无法拯救忠实于自己的唐·米凯罗特和塔德奥·德拉·沃尔佩，他们经受着严酷的拷问，但宁愿被囚禁也不背叛自己的主君。而切萨雷本人，连唐·米凯罗特依教皇之令被秘密从佛罗伦萨转移到罗马，就关在距离他所在的教皇宫极近的圣安杰洛城堡牢房的事情也不得而知。就这样，这一年——1503年便就此结束了。

转过年的1月3日，西班牙军在那波利的加埃塔与法兰西军交战，大获全胜，法兰西被迫就此完全退出对那波利的权力争夺，而这让教皇尤利乌斯二世决意亲近西班牙国王。

1月28日，切萨雷打破了近两个月的漫长沉默，再次与教皇缔结了协定。根据协定，切萨雷将在卡瓦哈尔枢机主教的监视下被转移到奥斯提亚，并在那里度过四十天的时间，若是在四十日之内罗马涅各城池向教皇投降，则切萨雷可重获自由，若是罗马涅依旧拒绝投降，则切萨雷将再次被带回罗马，关进圣安杰洛城堡牢房终身服刑。

2月14日，教皇招待切萨雷共进午餐，我们虽然无法得知双方内心的想法，但至少从表面看来，午餐会是在和睦的氛围中结束的。第二天夜里，切萨雷便离开了教皇宫，乘船沿特韦雷河去向奥斯提亚。

但是，罗马涅各处城池在教皇使节面前依旧毫不屈服，各地守官们反复强调交城的前提是切萨雷公爵已获得自由，教皇的愤怒爆发了，而这些愤怒被悉数发泄给了在奥斯提亚等待的切萨雷。切萨雷给罗马涅的家臣们写了信，让他们按照教皇命令交出城池，绝不能对教皇兵戎相见。收到切萨雷的书信后，伊莫拉、切塞纳、贝尔蒂诺罗的城池才终于被交还给了教皇。

4 月 19 日，切萨雷重获自由之身。他等不及从那波利前来迎接他的船只到达，骑马迎着来船的路线跑到了聂图诺，与来船会合后乘船去向了那波利。

此时那波利的实际掌权人是西班牙总督科尔多瓦，他的军事才能出众，被称为“伟大的元帅”。切萨雷还是枢机主教的时候便已与他相识，此次前去那波利，就是为了投靠这个比自己年长很多的友人。

科尔多瓦热情地迎接了切萨雷。而自 4 月 28 日，切萨雷拜访卡斯泰尔诺沃城堡以来，这位人至中年的成熟武将科尔多瓦，便一直很喜欢与雏鹰一般的年轻人交谈。这让因担心切萨雷的安危，从罗马跟到那波利的两位枢机主教倍感宽慰，这两位其中一位是切萨雷的伯父卢多维科·波吉亚枢机主教，另一位是切萨雷的恩师索伦托枢机主教。这期间，切萨雷一直客居在他伯父的宅邸。

切萨雷向科尔多瓦表示，想要在西班牙国王手下谋得军职为其效力。他提议可以由皮奥恩比诺登陆，先夺回比萨，再据此进攻法兰西的同盟国佛罗伦萨共和国。科尔多瓦接纳了他的想法，并约定会对他进行援助。

得到承诺的切萨雷，马上就开始行动了起来。他从威尼斯和佛罗伦萨的银行分别提出自己最后的一笔金币，开始编制军队，科尔多瓦借出的桨帆船船队也在同时做着准备。但是，切萨雷真正目的在于罗马涅，他给留在罗马涅地区的家臣们秘密地发出了待命的指令。

5 月 25 日，所有的准备工作都完成了，就差最后一步率兵登船。这天夜里，以街上有疑似刺客的可疑人员徘徊为由，科尔多瓦向切萨雷提出邀请，为了安全着想建议他同自己一起留在城堡中过夜。切萨雷也认为在出发前，有必要对至今为止科尔多瓦的亲切表示感谢，故而接受了邀请。两个男人共进了晚餐，席间两人开怀畅谈，亲密无间。科尔多瓦看着切萨雷，就如同看到了自己往日的荣光、力量与年轻时的梦想，都原原本本地具象到了这个年轻人的身上一般。

到了就寝的时候，科尔多瓦将切萨雷送到他的寝室前，又接着聊了一会，直到切萨雷表示自己已经想要休息，科尔多瓦可以离开不必继续作陪了。但是，他的朋友却摇了摇头，接着说道，自己已从国王那里接到命令，要不眠不休地待在他的身旁。切萨雷的脸霎时白了，他呆立原地，口中不受控制地喊出了几乎不成词语的声音。

切萨雷并不知道，曾一度放他自由的教皇尤利乌斯二世后悔了，为了再次摧毁切萨雷已与西班牙国王勾结，早在五天前的 5 月 20 日，教皇在罗马对西班牙大使表示："我想我们双方都不会乐于见到切萨雷重获自由。"此时已征服了那波利的西班牙国王费迪南多，正要将野心伸向亚平宁半岛，自然是不会放过向教皇卖人情的机会。再加上从不放过任何一个打倒切萨雷机会的威尼斯共和国，也在利用反法兰西政策这一诱饵接近教皇和西班牙国王。所有这些人都直接或间接促成了毁灭切萨雷的命令下达。

从 5 月 25 日的午夜开始，切萨雷就被幽禁在了卡斯泰尔诺沃城中的塔内。这座塔就位于港口附近，右手边是桑塔 · 露琪亚之塔，左手边可以遥望到紫色烟雾缓缓升起的维苏威火山。这个那波利港口被一塔一山左右环抱，沐浴着耀眼的阳光，各式船只从这里驶向地中海，又不断有船只从各处返航，日日都是热闹非常，喧闹声直达遥远的高塔之上。

而在塔上的切萨雷却已经不想再见到任何人了。总督科尔多瓦虽然几次登上高塔，但切萨雷都只是直直地盯着对方的脸，闭口不言，他的双眼燃烧着愤怒与憎恶，令科尔多瓦难以承受。其实在最初，科尔多瓦也没有要背叛切萨雷的意思，在接到国王的命令时，他的内心万分苦恼。但当他得知这件事的背后，不只有西班牙国王，同时还有教皇参与其中的时候，科尔多瓦便没有了选择的余地。

另外一个经常来拜访切萨雷的人，是教皇的使节。使节前来，是为了逼迫切萨雷交出罗马涅最后仅剩的弗利。教皇几次下达命令，但位于弗利的拉瓦尔迪诺要塞守官们均不曾服从，向切萨雷贯彻了曾宣誓的不变的忠诚，到现在也不肯交出要塞，然而教皇和威尼斯也对他们无法轻易出手。切萨雷这边，也是一直拒绝着教皇使节的让渡劝告。

另一方面，在罗马的教皇尤利乌斯二世，为了找出惩处切萨雷的理由而费尽了心思。切萨雷并没有像被法兰西国王俘获的摩尔人那样，在战争中输掉成为俘虏，而且他也并没有对教皇发起过反叛，教皇若仍旧执意处置他，就只有让他背负杀害教会相关人员这一罪责了。本想让唐·米凯罗特站出来指证，在亚历山大六世任期内去世的枢机主教们是被切萨雷下令所毒杀的，但无论米凯罗特受到如何残酷的拷问，都没有屈服。教皇无法从唐·米凯罗特口中获得想要的证言，他自始至终声称那些枢机主教们全部是自然死亡，再怎样拷问都不会从他这里得到任何其他的答案。但是，教皇尤利乌斯二世也不能轻易地就随便杀掉切萨雷，由于他辉煌的过去，众多民众都知晓他的存在，也在关注着他的下场。此外，对教皇来说，西班牙裔的枢机主教们的意向也不能完全无视。教皇领悟到，要想惩处切萨雷，必须要有相应的理由，然而想找到一条合情合理的理由又是如此的困难。

春去夏至，在盛夏的 8 月 15 日，切萨雷终于对教皇的命令屈服，给弗利的城堡守官写去了一封书信。

“幸运的女神，恐怕已对我十分愤怒了。”

以这样一句话开头的书信紧接着就只写道：

“到了如今，我想要重获自由的方法，就只剩下交出要塞这一条了。”

8 月强烈的阳光，毫无顾忌地抛洒在弗利这座位于平原上的城镇。民众们为了避暑纷纷聚集在广场回廊上，他们当中已有人感到不可思议，聊着自昨夜起要塞就一直大门紧闭，武将与士兵们也不似往常进进出出。突然，一个人跑进了广场，听闻要塞中吵吵闹闹的，好像发生了什么变故，乘凉的人们争先恐后，来到了要塞护城河边。

就在这时，在人们的注视中，城门被粗暴地打开了，随即吊桥降到了护城河上。一匹骏马飞驰而过，骑在上面的武将正是城堡守官贡萨洛·德·米拉芬特斯，身穿黑色盔甲的他将长枪架在大腿上，视线直视正前方，像征服者一般凛然地骑马跑过。紧随其后的是弗拉卡索、拉弗、纳迪等，这些被称为切萨雷心腹中的心腹的武将们穿着盔甲骑马跑过。在他们的后面是举着印有代表切萨雷旗号的文字“Aut Caesar aut nihil”（不为恺撒，宁为虚无）军旗的队伍，驻扎在这座要塞的两百名骑兵，全员都陆续走出了城门。这支骑兵队集结成队伍，一起离开要塞时，一声声高喊着“公爵！公爵！”，喊声在弗利城镇的房屋之间反复回荡。

他们虽然为了被囚禁的主君切萨雷交出了要塞，但却拒绝了教皇的邀请，拒绝为新任主君效力。全员达成一致，要尽可能抵达主君所在的那波利。

但即使如此，切萨雷依然没能再次获得自由。西班牙国王费迪南多推测出了教皇的用意，已下令将切萨雷押送回西班牙，将以杀害自己家臣甘迪亚公爵胡安的主谋罪名，对他进行审判。

8月20日，那波利港口，一艘沐浴在阳光下的白色帆船向着西班牙出发了。而这正是米拉芬特斯交出要塞后的隔天。

被关在圣安杰洛城堡地下牢房的唐·米凯罗特在这之后又度过了大约两年的囚禁生活，直到1506年4月才终获释放，虽然释放他的交换条件是要担任佛罗伦萨军的佣兵队长，但他很快就消失了，关于他在这之后的事情就不得而知了。

第四章

在西班牙南部，从瓦伦西亚南行至阿利坎特的路上，在路途正中间会经过波吉亚家的领地哈蒂瓦。波吉亚家族最初生活在西班牙北部潘普洛纳附近的博尔哈，后南下定居在了哈蒂瓦，作为这个地区的领主发展壮大。整个家族均秉持武将传统，代代侍奉阿拉贡王家，与王族结为姻亲，一度在阿拉贡王国的宫廷中占据了重要的位置。

波吉亚家族的飞速发展，是从阿方索·波吉亚离开哈蒂瓦去罗马教皇厅任职，于1455年成为加里斯都三世教皇时开始的。随后，罗德里格·波吉亚被自己的伯父加里斯都三世召唤，离开哈蒂瓦去往意大利，并于1492年作为亚历山大六世也登上了天主教教会领袖的宝座。

虽然波吉亚家族已跻身于欧洲政界中心，但教皇亚历山大六世还是无法忘记故乡哈蒂瓦。教皇曾命阿拉贡国王将包括哈蒂瓦在内的甘迪亚地区独立为公国，由自己的一个儿子作为甘迪亚公爵统治此处，来保持与西班牙的关联。但是，甘迪亚公爵胡安于 1497 年被暗杀，之后都是由胡安的妻子玛丽亚·恩里克斯与被留下的孩子两人守护着这片土地。

但切萨雷，如今却是以囚犯之身踏上了这片祖先的土地。虽然在家族成员之间用瓦伦西亚方言交谈，也拥有许多西班牙出身的朋友与家臣，但这还是切萨雷第一次踏上西班牙。他在阿利坎特下船，最初是被押着穿过哈蒂瓦送到了瓦伦西亚，这里是曾经他担任枢机主教时所管辖的教区。但是，切萨雷没有被允许逗留在哈蒂瓦或是瓦伦西亚。没过多久就继续被押送南下深入内陆，被关进了阿尔瓦塞特近郊城镇钦奇利亚的城堡中。

城堡远离城镇，矗立在高约 700 米的山丘之上，从这座外观粗犷近似于摩尔人风格的城堡放眼望去，仅有一处森林，其他都是光秃秃的山脉，奉国王之命前来监视切萨雷的城堡守官加百利，体格据传像大力士一般健壮。给予切萨雷的三间大房间位于这座城堡的最顶层，一名从意大利开始就跟随着他的侍从与他共同生活在这里。

不知不觉间，秋天过去了。城堡石墙被内陆特有的猛烈寒风呼啸袭过的冬天也要过去了。切萨雷居住的房间十分宽敞，即使他想像往日的习惯那样在屋中走来走去，也不会在空间上感到不便，但空气只能透过被割裂成小格子的窗户进入，他也无法走到室外再次沐浴阳光。屋子的白色水泥墙像是修道院的样式，屋内也只有粗木家具，切萨雷在这里过着寂静又沉默的日子。

另一方面，在外面的世界，释放切萨雷的请求和运动一刻不曾停歇。他的恩师索伦托枢机主教和西班牙裔的枢机主教们不知疲倦地对教皇尤利乌斯二世以及西班牙国王费迪南多进行着游说。曼托瓦侯爵弗朗切斯科·贡扎加受人在费拉拉的卢克雷齐娅所托，接连向教皇、西班牙国王乃至法兰西国王请愿释放切萨雷。而在西班牙方面，切萨雷的管家雷奎伦佐陪同主人一同登上西班牙的陆地后，就立即奔赴梅迪纳·德尔·坎波觐见西班牙国王和女王，递交西班牙裔的枢机主教们所写的请愿书。此外还有切萨雷的内兄，以国王的名义从纳瓦拉向西班牙国王费迪南多和女王伊莎贝拉派去使节，为释放切萨雷活动。还有两个女人，切萨雷的妹妹卢克雷齐娅和妻子夏洛特，也都给法兰西国王、教皇以及西班牙国王和女王送来了近似于哀求的书信。

但是，教皇尤利乌斯二世和西班牙国王费迪南多并没有听从他们的请愿。至于法兰西国王路易十二世，不只是无视请愿，还将从法兰西境内的切萨雷领地收缴来的年贡全额没收，甚至连本该由国王支付的与夏洛特结婚时的10万达克特的陪嫁也不再履行。此外还大规模收回本来赐予切萨雷的领地，只留下了瓦朗斯的公爵领土和其他一些小领地，甚至还在暗中限制他身处法兰西的妻子夏洛特的行动，防止她跑去西班牙。

因为教皇他们的强硬态度，各种不吉利的传闻扩散开来。有的说，胡安的遗孀玛丽亚・恩里克斯将起诉切萨雷暗杀了自己的丈夫，有的说，国王费迪南多似是打算将切萨雷作为暗杀拥有阿拉贡王家血统的比谢利公爵的主谋者处以死刑，等等不一而足。但这些不好传闻的共通点，都在于女王伊莎贝拉才是切萨雷获释的最大障碍。

这位女王去世两个月后的11月11日，一则传闻震惊了整个意大利，说西班牙国王已释放瓦伦蒂诺公爵，并将军队的最高指挥权交予了他。留在意大利的波吉亚派们狂喜异常，但可惜的是这是个误报。即使如此，这一类的传闻还是没完没了地被反复传播。甚至教皇都一度听闻并相信了费迪南多国王已将西班牙全军交付切萨雷，即将进攻意大利版图的传闻，西班牙驻罗马大使不得不紧急跑去梵蒂冈向教皇阐明原委。

但是，被囚禁在钦奇利亚冷清的城堡内的切萨雷对这一切动向都不得而知。春天即将结束，从非洲大陆吹来的热风，让空气日复一日地燥热起来。城堡守官加百利前来查看这名囚徒的状况，切萨雷请守官来到窗户近前，说是从这里望见的山脉有可疑的火光飘了过来。守官走近了窗户，一瞬间，切萨雷扑向了他，用尽全身力气掐住了他的脖子。守官痛苦地拼命挣扎，他的脸憋得通红，但是几乎是两倍于切萨雷强壮的守官，还是一边挣扎一边像头牛一样吼叫了出来。喊声引来了城堡的武装士兵，切萨雷松开了守官，边微笑着边对他们说：

“听说他力量很大，我只是想要验证一下而已。”

城堡守官因疼痛和愤怒涨红着脸，带着士兵们急匆匆地走下了楼。

1505 年夏，在这件事情发生后不久，切萨雷从待了将近一年的钦奇利亚城堡被转移到了位于梅迪纳·德尔·坎波的莫塔城堡。

梅迪纳在阿拉伯语中是“都市”或者“街道”的意思。曾统治过这里的摩尔人给这片地区留下的不仅是名字，还为这个距离马德里 200 公里的城镇染上了自己浓重的色彩。这里盛产骏马与健壮的公牛，沙色石头砌成的房屋一间挨着一间，中央广场聚集着从各地前来的商人，买卖交易热闹非凡。一年前女王伊莎贝拉尚未去世时，她的宫殿就是在这里。

切萨雷被移送的这座莫塔城堡，城池坚固、气势磅礴，傲视众生一般地矗立于世。城门处两边各有一个圆柱形石塔，从这里左右展开的高大石墙，将城堡与街道一斩为二。城墙外围环绕有深深的护城河，即便是在现在这样的暑热之中，也照样注满了水。小小的窗户和枪眼将城堡墙体分割成无数个小方块，从窗户和枪眼望出去会有种错觉，会觉得这座莫塔城堡就如同一头巨象，扑通一下凭空地坐在了沙色街道与无垠山野之间。这里的城堡守官是卡德纳斯，但还另有一位塔皮亚，专为监视切萨雷而来。切萨雷被关在了城堡中最高的一座靠近城墙的高塔顶层。

梅迪纳·德尔·坎波是卡斯蒂利亚王国的直系继承人乔凡娜与其丈夫菲利普，以及年幼的王子们共同居住的地方。其中刚满 5 岁的一位王子，就是后来成为神圣罗马帝国皇帝兼西班牙国王的查理五世。

当时的西班牙王家正处在激烈的动荡之中。分裂的西班牙经由卡斯蒂利亚女王伊莎贝拉和阿拉贡王国费迪南多的婚姻，成为一个统一的国家还时日尚短。这个统一的新兴国家，在朝着下一代世界最强国的道路迈进的同时，其内部的权力斗争也不断上演。

虽然费迪南多国王和伊莎贝拉女王育有几名王子和公主，但都接连夭折了，最后只有一位被人们戏称为“发疯的乔凡娜”的公主，她有个喜欢躲在王宫的厨房里一言不发的癖好。此外，几乎尽人皆知的一点是，她对自己那被美誉为“美男子菲利普”的俊美丈夫有着超出常规的嫉妒心。

女王伊莎贝拉在世时，即使在这样的国情之下，所有事情也都能相安无事地正常运转。但在女王去世后，费迪南多国王与公主的丈夫菲利普之间突然开始飘散出不安的气息。菲利普以亲生父亲神圣罗马帝国皇帝马克西米利安的势力为背景，从母亲勃艮第的玛丽那里相继得到了法兰德斯全部地区以及法兰西的一处领土，现在还代替妻子摄政卡斯蒂利亚。国王费迪南多将这个年仅 27 岁的野心勃勃的女婿看作自己的强敌。而菲利普则认为，根据自己已有的势力来看，只要国王一死，他就可以继承整个西班牙王国了。所以这两人都将目光投向了被囚禁着的切萨雷。

受命统治那波利的科尔多瓦总督野心勃勃声名远播，国王对他也同样不太放心，因而曾考虑过是否要让切萨雷统率军队，牵制科尔多瓦。所以国王想要将一度转移到梅迪纳·德尔·坎波的切萨雷，再次调回自己宫廷所在的瓦伦西亚附近。对国王来说，将切萨雷放置在自己身边是一举两得，既得到了能代替科尔多瓦的优秀武将，又为抑制菲利普王子的动作增添了力量。

当然，菲利普拒绝了国王的这一请求。野心勃勃的他已预感到，自己迟早有一天会与国王费迪南多兵戎相见。到了那个时候，切萨雷对菲利普来说将非常有用。

1506 年 9 月 7 日，距切萨雷被转移到莫塔城堡已过一年有余，西班牙国王费迪南多再次率军前往那波利。十八天后，年轻的菲利普王子因病突然去世。费迪南多认为现在可以放切萨雷自由了，而对切萨雷来说，现在也正是他重回历史舞台的绝好机会。

但是，切萨雷却没能忍耐地等到国王归国。在高塔之上过着与世隔绝生活的他，对这些事情和进展全然不知。通过进出城堡的一名祭司，他与贝纳文特伯爵相识，但这位伯爵是死去的王子菲利普一派，也就是卡斯蒂利亚派的首领，即便切萨雷想要了解国王费迪南多的动向，贝纳文特伯爵也只会让他愈发地疏远国王。在反费迪南多派的贝纳文特伯爵看来，与其眼睁睁看着切萨雷落到国王手里，还不如趁着国王不在将他放跑更好。伯爵与他这一党派为了帮助切萨雷脱逃，提出要让武装士兵入侵城堡，但切萨雷只期望能得到一根长绳索。

10月25日，夜半时分，一团黑影悄悄接近城墙，利用阴影遮蔽自身的是四匹马和两个人影。夜空中虽然闪烁着繁星，但天空高悬的尚是细长的新月，暗淡月光下四周仍是一片黑暗。

这时，高塔上窸窸窣窣地放下了一根绳索，紧跟着，一个男人顺着绳索滑了下来，正是切萨雷的侍从。随后的瞬间，一道惨叫划破夜空，绳索太短了，侍从留下那一声惨叫之后便落入了护城河之中。

切萨雷发现，贴着塔壁降下的这根绳索在半途就到头了，下方是张嘴迎接着他的漆黑的注满水的护城河。但是他并没有迟疑，将身体攀上还在晃动的绳索，快速地沿着墙壁滑了下去。但是，塔皮亚的儿子听到刚刚的惨叫声后，立即召唤了卫兵，城堡随之骚动了起来。切萨雷正下方已布满了卫兵，但视力所及之处能看到，脚下的土地与护城河仍有一段距离，同时，手执武器的卫兵们，陆续从塔的入口蜂拥而来。已经再无他法的切萨雷，像弹簧一样在塔壁与空中来回晃动了两三下，下个瞬间，他在空中放开双手，从非常恐怖的高处远离城墙向护城河跳了出去。

被摔在地面上的切萨雷动弹不得，等在旁边的两个身影快速地围了上来，随即把他拽上了马。两人一左一右将缰绳拉住，递给伏在马上一动不动的切萨雷后，也分别上了马，甩开鞭子，从两侧夹住切萨雷所乘的服帖的马，三匹马就这样如风一般离去了。

20公里的道路，毫不停歇，追兵点燃的火把仿佛一直在他们后方闪现。切萨雷几乎在疼痛中失去了意识，但紧握缰绳的手却从未松开。

终于到达了维拉龙，贝纳文特伯爵的领地。一行人在这里进行了短时间的休整，照料切萨雷的伤势，他从塔上跳下来的时候，左半身落地承受了重创，左臂骨折。而这里距离潘普洛纳还有遥远的路途，在逃去那里之前，即便是很短时间的休养，对切萨雷来说也是必要的。为此，他们隐蔽地休憩了数日。

终于，到了该离开维拉龙的时候了。此处距切萨雷的内兄纳瓦拉国王的领土，即使是东北方向的直线距离，也还有大约400公里路程。不过，追兵自然也能预测到切萨雷会逃往纳瓦拉，一定会在必经之路上展开拉网式的追查。他们不得不选择迂回的路线，先北上翻过坎塔布连山脉，然后出海沿海岸向东前进，再穿过巴斯克地区进入纳瓦拉境内。

贝纳文特伯爵为切萨雷提供了三匹健硕的马以及两名可靠的领路人，马丁和米格尔，并且还为他准备了足够多的金钱。三名旅行者在国王的领国内部逃亡，为避开西班牙国王手下的追兵，他们各自装扮成了买卖小麦粉的商人。

严酷的11月到了，寒冷的空气刺痛着皮肤，马儿都被狂风吹得打晃。切萨雷一行人无时无刻不担心惧怕着埋伏，日复一日在危机与平安间往复。穿过巴利亚多利德，越过阿米斯科，走过迪阿拉·德·坎波斯那片乌鸦成群的寂寥林荫道，他们进入了坎塔布连山脉，道路从这时开始渐渐陡峭。他们在走私者常走的林间密道上悄无声息地跑着，偶尔会遇到赶着骡子的平民，天空低沉阴云密布，终于有一天开始降雪了。三个旅行者在雪中艰难前行，怜悯着精疲力竭的马匹，他们放慢了前进的速度。

历经数日，小心保护自己免遭狼和豹的袭击，在大雪中又露宿了无数个夜晚后，他们总算得偿所愿地翻过了山脉。此时的道路也主要以下坡为主了，但当快接近桑坦德的时候，切萨雷和马丁所骑的两匹马倒下了。米格尔提出，让伤势还没有痊愈的切萨雷用自己这匹尚且能骑的马。但切萨雷在稍作思考后，命令米格尔就这样骑马先走，早点到达桑坦德，去准备能渡过卡斯特罗·乌尔迪亚莱斯的小船。米格尔受命后骑马离去了，在他的身后，切萨雷与马丁也再次出发，只是这次是徒步前进。

又过了一段时日，大海的气息包裹住了他们，紧接着，灰色的海面映入了他们的眼帘。冬日的寒风扬起白色的浪花，波浪碰撞出海水的泡沫，大西洋在他们的面前延展开来。潮湿的海风吹打着切萨雷的脸颊，他全身沐浴在海风中，脸上露出了久违的笑容。而当切萨雷正欲将欢喜的目光投向站在他身后的马丁时，他感到了剧烈的头痛，虽然想要忍耐住这让他精神恍惚的疼痛，然而他所能记住的最后一件事，是自己依靠在身旁的树木上。

切萨雷再次恢复意识的时候，他正被马丁的手臂搀扶着。有一种恐惧在他的心中不断扩张："不会是患上了梅毒吧？"对于这种恐怖的病症他知之甚详，病人发病后会逐渐变成废人，两三年后就会死去。一定不会是这样的，即便自己很早以前确实患上过梅毒，也并没有完全根治，但在那之后很长一段时间里从未复发。况且三年前自己还得了严重的疟疾，梅毒应该已经消失了才对。但是，随后他又想起了，被囚禁在莫塔城堡的时候，曾爆发过两次严重的头痛。那么，曾经患有的梅毒，现在又再次复发了吗？但那已经是十年以前的事情了，在这么长的时间里，是不可能完全看不出症状的。对于这个首次袭来的恐惧念头，切萨雷从内心坚定地否决了这种可能，头痛若不是因为疟疾，就一定是脱逃时的跌伤所致，他深信只可能是这二者之一导致了头痛。

另一方面，米格尔总算想方设法地成功雇到了小船，要知道在这样的坏天气里，船夫们是十分不愿出海的。只是，由于为此事花费了重金，引起了一名船夫的怀疑，将此事报给了城镇的守备部队。很快，守备队的武装兵便赶到了城镇。眼看逃亡的成功近在咫尺，为了提前庆祝，他们三人决定在城镇的餐馆饱餐一顿，守备队闯进来的时候，他们正在和三只烧全鸡与大份烤肉搏斗，却不得不停下来接受守备队队长的盘问。大概因为逃亡的切萨雷被悬赏了1万达克特赏金，还是死生皆可，盘问持续了很久。不过，最终队长认可了他们的说辞，相信他们三人是买卖小麦粉的商人了。守备队撤走了，但是料理店的主人和雇工们在这之后的很长时间里都记得这三个人，特别是其中一个，身材瘦高，披着黑色长斗篷，绝不摘下斗篷的头巾，以此来刻意隐藏面容的男子。他的左手，偶尔会从斗篷下露出来，好像受伤了似的用绷带捆绑着，并且总是奇怪地一言不发。只是有一点，这个男人的言谈举止有着超乎常人的气度，而另两个人则看上去像是家臣一般。当守备队长再次询问时，他们如是说道。

不过那时的切萨雷与两名领路人早已乘船出海。大海一片荒茫，像是随时都会掀起狂风暴雨，为了安全，船只只敢在能远远望着陆地的海域行驶。此时头已不再疼痛，并且成功逃离了守备队监视的切萨雷，就连掺着冰冷海水的海风，也甘之如饴。

他们三人在卡斯特罗·乌尔迪亚莱斯上岸，用尽各种办法也没能搞到马匹，最后在城镇近郊的圣基亚拉修道院换来了三头骡子。三人只得骑着骡子上路，这段旅程对于眼看纳瓦拉领地就近在眼前的切萨雷来说，缓慢得无法忍受。当走过巴斯克地区，踏上连接都城潘普洛纳的道路时，就已正式踏上了纳瓦拉的国土——逃亡终于成功了。

1506 年 12 月 3 日，国王在潘普洛纳的宫殿中，非常意外地见到了前来投靠的妹夫，一个精疲力竭、变得像恶鬼一般的切萨雷站在他面前。两年的囚徒生活，再加上一个多月的艰险逃亡之旅，让曾经被誉为“本世纪最俊美武将”的切萨雷·波吉亚已英俊不再。脸颊消瘦干瘪，被任其随意生长的胡须包裹，脸色枯槁发青，只有炯炯发光的眼睛还是和以前一样。国王对他的到来给予了热情迎接，嘱咐切萨雷要优先休养，他坦率地听从了建议，这之后的一整天里，都深陷在安稳的沉睡中。

第五章

纳瓦拉王国靠近法兰西和西班牙国境的比利牛斯山脉，被北面的比利牛斯山脉和南面的埃布罗河夹在中间，就像是个被挤出来的王国，切萨雷宣告自由的书信正从这个国家的都城潘普洛纳发出。

“在经历了众多苦难后，主已将我从囚禁中解放出来，他赐予我自由，给予我决心。我的秘书费德里科在代我递交这封书信的同时，将为各位传达更多详细信息。我于12月3日到达潘普洛纳，现在我身在此处，与纳瓦拉王国高洁的国王及王妃在一起。”

这封书信被送到了意大利各地，从身在费拉拉的卢克雷齐娅，伊波利托·德·埃斯特枢机主教，到曼托瓦侯爵弗朗切斯科·贡扎加，以及在罗马的众多西班牙裔的枢机主教们。

费德里科12月7日从潘普洛纳出发，21天后这个消息传遍了意大利，使整个国家陷入了骚乱。卢克雷齐娅几乎欣喜若狂，而意大利尚存的那些亲波吉亚派，特别是罗马涅的民众们，直到现在仍口耳相传着切萨雷定会回归意大利。最为震惊的还是教皇尤利乌斯二世，教皇厅与威尼斯共和国由于争夺罗马涅地区而矛盾频发，民间传言没有优秀武将可用的教皇将会在对威尼斯作战时启用切萨雷，而这让教皇勃然大怒，等切萨雷的秘书费德里科一到罗马，教皇立刻下令将他抓捕。而法兰西国王路易十二世和西班牙国王费迪南多对切萨雷的这个自由宣言则毫无回应。

但是，任何战争都需要金钱，然而，现在的切萨雷却并不富有，所以他不能由自己发起战争。不过，世界上总是会有挑起战争的人，愿意为此出钱的人也是哪个时代都不会少。切萨雷拥有军事才能，又处在年仅31岁的壮年，对一个男人来说，想要东山再起并不算晚。他感到自己眼前的世界再次变得明亮开阔，学生时代曾是自己绰号的城镇潘普洛纳——他在这个美丽的城镇充分地享受着春天。一边从容不迫地休养身体，一边尽可能多地参与室外活动，头痛也像是彻底将他遗忘了一般，再没有来困扰过他。虽然偶尔会被前所未有的疲惫感侵袭，但他纤细干瘪的身体也在一点点地长肉，在沐浴了西班牙强烈的阳光后，苍白的脸色也恢复成了往日紧致的古铜色。骑马兜风的切萨雷，脸上重新出现了曾经的年轻笑容。

让切萨雷再次奔赴战场的时刻来临了。当时的纳瓦拉王国正处于十分微妙的立场，这个小王国的命运，因关系越发险恶的神圣罗马帝国皇帝与西班牙国王而动荡不安。在被安排与西班牙公主结婚的儿子菲利普死后，神圣罗马帝国皇帝马克西米利安明确地选择了反西班牙立场。在皇帝与西班牙国王之间，围绕着欧洲世界主导权的争夺，现在已经完全摆上了台面，法兰西国王路易十二世也与皇帝联手，站在了反西班牙的立场上。而与法兰西国王关系走得很近的纳瓦拉国王，自然也受到了西班牙国王的敌视，由于国家特殊的地理位置，西班牙与法兰西开战，自己必将首当其冲，对纳瓦拉来说这是最急需解决的问题。

决心要粉碎纳瓦拉王国的西班牙国王，此番下令由博蒙特伯爵率领前军。根据当时的记录，博蒙特虽然个子很矮，但他大胆勇猛的英姿在西班牙却是屈指可数。两年前，博蒙特伯爵以比亚纳的要塞为据点，与纳瓦拉国王手下的军队已摩擦冲突不断。比亚纳城镇位于埃布罗河北部，与坎塔布连山脉相连接，不过这片土地有卡斯蒂利亚地区做后盾，战争所必需的武器、马匹以及士兵和粮食均唾手可得，作为对纳瓦拉的前线基地，守卫可以说是相当坚固。纳瓦拉国王决定对比亚纳发起攻击，切萨雷领取了这项任命，与国王一同参加了比亚纳的攻击战。在比亚纳的要塞前布阵的纳瓦拉军队，有五千步兵、一千骑兵、两百枪骑兵、一百三十名炮兵和弓箭手，总数六千三百三十人。切萨雷负责指挥的是由两百枪骑兵和五百骑兵组成的前卫部队，其他士兵所组成的主力军队则由国王亲自指挥。

1507 年 3 月 11 日夜，激烈的暴风雨来袭，从三个方向围攻要塞的攻城军均遭到了打击，营帐被大风吹飞，火把燃起的火光飘零于夜空，惊惧的马匹齐鸣，扯断了缰绳，疯狂地四散奔逃。仓皇的士兵来回奔走，有人想要制服逃窜的马匹，有人想要收捡被踢散的武器。闪电将天空劈裂开来，将这混乱的一切，连同背后屹立着的要塞，照得犹如白昼一般闪亮。

接连十天的攻防战，已让坐困城中的军队受到了惨痛的打击，城堡守官博蒙特伯爵察觉到这次暴风雨将会是一次绝好的反击机会。要塞的大门被从内侧打开了，随即，手持武器的两千名骑兵一涌而出，随后还跟着几乎相同数量的步兵，伯爵自己则在城墙的上方布阵，指示着炮击。被突然的暴风雨袭击，又受到敌兵的来袭，纳瓦拉军的士兵连重整旗鼓的时间都没有，全军全线崩溃。

一直忙于重整队伍的切萨雷，此时身披盔甲手执权杖，突然发现己方士兵正朝着自己大批溃败奔逃而来，敌军则紧随其后追杀不休。下一个瞬间，众人听到了立于原地的切萨雷发出了激烈的声音：

“牵马过来！”

被牵过来的乌黑骏马桀骜不驯，切萨雷像挑战一般跳上了马，但即使主人已骑在它的背上，黑马依旧躁动不安，两三次地将前蹄扬到空中，在马背上的切萨雷一面抓着缰绳一面俯视着侍从吩咐道：

“我会在此拦截敌军，你快去国王那里，告诉他，队伍整编好了就立刻带来会合。”

他扔掉了权杖，但就在此时，已经被遗忘了的剧烈头痛竟然再次袭来，切萨雷紧抓着马鞍，想要忍过这让他快要失去意识的疼痛。敌我双方的叫喊声犹如轰鸣的波涛，忽远忽近地包围着马背上的他，听着这些声音，他拔出了剑，下一刻，他踢向马腹催其奔跑。

任黑马狂奔的切萨雷，不知踢散了多少敌军或是友军，直冲进了敌方阵营的正中央，只有十二名骑兵跟在他身后。尽管如此敌军还是被他撕开了一个口子，似是一瞬之间，切萨雷就砍倒了一名骑兵和两名步兵，之后是两名骑兵，接着又是两名骑兵。切萨雷穿着黑色盔甲骑着黑马的狂暴身姿，在闪电的光照下，瞬息闪现复又瞬间消失。

但敌军很快重整了队伍，近两百名骑兵和步兵包围着切萨雷，但四周却完全看不到同伴的身影，他一个人被留在了敌军的海洋。

在城墙上的博蒙特伯爵，注意到了下方原野中的战斗，那名身穿黑色盔甲的骑士奋力厮杀，犹如一头受伤的雄狮。但他并不知道那人是谁，即使问身边的人，也没人见过这名骑士。

切萨雷被逐渐逼到了山丘之上，这里四处都是滚石，骑马非常凶险。他几乎打败了所有的骑兵，但步兵们却一边远远围住他，一边缩小包围圈。射向胸膛的弓箭，一声脆响后就被铁制的护胸弹开，但紧接着长枪刺中了大腿，切萨雷虽然用剑砍断了枪，断掉的枪尖却还深深地扎在大腿上。绕到背后的敌人用枪刺中了黑马的后脚，马儿高声发出了悲鸣一般的嘶叫声，抬起了前脚，就在这时，一支箭划过天空朝他射来，下一个瞬间，切萨雷发出了令人胆寒的低吼，那支箭射中了他的右眼。马儿因再次被刺中而倒地，同时切萨雷也被重重地摔在了地上，盔甲碰地发出了钝响。这个声音就仿佛是暗号，包围着切萨雷的士兵们一拥而上，像蚂蚁噬象一般，杀害了切萨雷。那一刻，刀枪剑戟密集得就如同天空坠下的暴雨。

倒下的切萨雷，右手上还握着剑，左手紧拽着已经一动不动的黑马的缰绳。一名敌兵剥下了他的头盔，扎在他右眼上的箭轻响一声折断了，头盔下面出现了一张苍白的面孔，额头上留着痛苦的印迹，右眼已血肉模糊，只有左眼大大地睁开着，眼中灰色的光芒越来越弱，最终消失了。

敌兵们对尸体本身毫不关心，注意力全都集中在了令人吃惊的华丽盔甲上。他们争相从尸体身上扒下盔甲，夺走佩剑，就连盔甲下的白色衬衫和浅灰色紧身裤也没放过。但当贴身衣物都被扒掉的时候，他们也着实被尸体身上无数的伤痕吓到了，数来竟有23处，全身的伤口还往外渗着血，将白色的、浅灰色的破碎贴身衣物染成殷红。敌兵们为收获的精致盔甲与佩剑欣喜异常，将尸体丢在原地，有说有笑地返回了要塞，他们大多都是无名于历史洪流的普通人，唯有一位留下了姓名，就是射箭的库希梅内斯·噶尔西亚·德·阿古雷多。

博蒙特伯爵发现了士兵们带回要塞的盔甲与佩剑，斥责了他们，随后亲手拿起沾满了血污泥土的物件仔细端详，盔甲胸部的位置上刻有银色的字迹，“瓦伦蒂诺公爵切萨雷·波吉亚”。

大惊失色的伯爵赶忙命人将尸体搬运过来，但是士兵们还没爬上山丘，就不得不原路折返，纳瓦拉的国王和官兵已经聚集在那里了。

在山丘上，纳瓦拉国王俯视着妹夫那已不成形的遗体。昨夜，在切萨雷冲进敌阵之后，国王方得以重整队伍，但仅仅是勉强收拢队伍撤退，完全没有余力追在切萨雷之后给予支援。完成了队伍的重整撤退后，国王也曾带着官兵四处寻找着失踪了的切萨雷，但直到漫长的夜晚转为黎明之时，才发现躺倒在山丘的岩石上的切萨雷。

遗体流出的血液已经凝固，连着一个个的伤口，绘成了一片血河。国王伸出手，将还睁着的左眼轻轻合上，随后脱下身上朱红色的斗篷，覆在横躺着的遗体之上。

六名骑士默默地出列，左右各三人并列，用肩膀将覆着朱红色斗篷的遗体抬起。国王紧随其后，无人出声，这条沉默的送葬队列，向着逐渐染上玫瑰色的东方天空，缓慢前行。

透白干净的晨光流转在队列四周，似乎在暗暗窥视着朱红色斗篷的内里。切萨雷仰面向上被骑士们抬着，苍白的脸颊和身体两侧垂下的手臂露在外面，春日里寒冷的晨风，静静地吹拂而过。

参考文献

书信、公文、其他原始资料

图书馆（Biblioteca）
ヴァティカン、ローマ、ヴェネツィア、フィレンツェ、ボローニャ、パドヴァ、ペルージア、モデナ、ヴェローリ
古文书馆（Archivio）
ヴァティカン、ボローニャ、フィレンツェ、ミラノ、ヴェネツィア、マントヴァ、ファエンツァ、イーモラ、ペルージア、シエナ、リミニ

当时的记录、年代记、历史著作

尽量选择发行年份最新的著作。

ALBERI, E., *Le relazioni degli ambasciatori veneti al Senato durante il secolo XVI*, Firenze, 1839-63.

ARCHIVIO STORICO ITALIANO, Firenze, 1842-54: *Storia di Milano scritta da Giovan Pietro Cagnola* (1023-1497); *Storia di Milano scritta da Giovanni Andrea Prato* (1499-1519); *Cronaca di Milano scritta da Giovan Marco Burigozzo* (1500-1544); *Degli Annali Veneti dall'anno 1457 al 1500 del Senatore Damenico Malipiero, ordinati ed abbreviati dal Senatore Francesco Longo*; *Documenti per servire alla storia della Milizia Italiana dal XIII al XVI secolo raccolti negli Archivi della Toscana e preceduti da un discorso di G. Canestrini*; *Cronaca della città di Perugia dal 1492 al 1503 di Francesco Matarazzo detto Maturanzio*; *Memorie perugine di Teseo Alfani dal 1502 al 1527*; d'ARCO, C., *Notizie di Isabella Estense moglie a Francesco Gonzaga, aggiuntivi molti documenti inediti che si riferiscono alla stessa Signora, all'istoria di Mantova ed a quella generale d'Italia*; *Documenta aliquot quae ad Romani Pontificis notarios et curiales pertinent*.

BERNARDI, A. (NOVACULA), *Cronache forlivesi*, Bologna, 1896.

BURCHARDI, J., *Diarium sive rerum Urbanarum commentarii ab Anno MCDLXXXIII ad Annum MDVI*, Paris, 1833-85.

CONTI di FOLLIGNO, S. dei, *Le storie dei suoi tempi dal 1475 al 1510*, Roma, 1883.

CORIO, B., *Hoistoria di Milano*, Venezia, 1554.

D'AUTON, J., *Chroniques de Louis XII*, Paris, 1889.

GIOVIO, P., *Illustrium virorum vitae*, Firenze, 1551.

GIUSTINIAN, A., *Dispacci*, Firenze, 1886.

GUICCIARDINI, F., *Storia d'Itala*, Roma, 1968.

GUICCIARDINI, L., *Storie fiorentine dal 1378 al 1509*, Bari, 1931.

INFESSURA, S., *Diario della città di Roma*（1294-1494）, Roma, 1890.

MACHIAVELLI, N., *Opere complete*, Milano, 1960-65;『マキアヴェリ』(「世界の名著」第16巻，会田雄次責任編集，「君主論」池田廉訳，「政略論」永井三明訳)，東京，1966.

NOTAR, G., *Cronaca di Napoli*, Napoli, 1845.

RERUM ITALICARUM SCRIPTORES,《Editio Palatina》Ludovico Antonio Muratori, Milano, 1733: *Marini Sanuti Leonardi filii patricii veneti De origine urbis Venetae et Vita omnium Ducum*（1421-1493）; *Storia della Repubblica Veneziana scritta da Andrea Navagiero, Patrizio Veneto.*

RERUM ITALICARUM SCRIPTORES,《Editio Altera》G. Carducci & V. Fiorini, Città di Castello-Bologna, 1900-: *Il diario nomano di Gaspare Pontani*（1481-1492）; *Iacobi Volterrani Diarium Romanum ab Anno MCCCCLXXIX ad Annum MCCCCLXXIV*; *Diario de Sebastiano de Branca Tedallini*（1485-1524）; *Diario di Antonio de Vascho*（1480-1492）; PRIULI, G., *I Diarii*（1494-1512）; *Diario Ferrarese dall'anno 1409 fino al 1502 di autori incerti*; ZAMBOTTI, B., *Diario ferrarese*（1476-1504）.

SANUDO, M., *I Diarii*（1496-1533）, Venezia, 1879-1903.

后代历史学家的著作

ADEMOLLO, A., *Alessandro VI, Giulio II e Leone X nel carnevale di Roma. 1499-1520*, Firenze, 1886; *Lucrezia Borgia e la verità*,《Archivio Storico Provinciale di Roma》, Roma, 1887.

ALVISI, E., *Cesare Borgia, duca di Romagna. Notizie e documenti*, Imola, 1878.

BELLONCI, M., *Lucrezia Borgia*, Milano, 1931.

BELTRAMI, L., *Leonardo e il porto di Cesenatico*, Milano, 1903.

BENOIST, C., *César Borgia, l'original du Prince*,《Revue des Deax Mondes》XXXVI（1906）; *Le Machiavelisme avant Machiavel*, Paris, 1907.

BERNALDEZ, A., *Historia de los Reyes Católicos Don Fernando y Dona Isabel*, Madrid, 1878.

BONARDI, A., *Venezia e Cesare Borgia*, 《Atti della Regia Deputazione Veneta di Storia Patria》, Venezia, 1909-10.

BRION, M., *Le Pape et le Prince*, Paris, 1953.

BURCKHARDT, J., 『イタリア・ルネサンスの文化』（柴田治三郎訳），東京，1966.

CARACCIOLO, A., *Un ratto di Cesare Borgia*, Napoli, 1921.

CERRI, D., *Borgia, ossia Alessandro VI Papa e i suoi contemporanei*, Torino, 1873.

CHERRIER, C., *Historie de Charles VIII*, Paris, 1868.

CINELLI, C., *Pandolfo Colle nuccio e Pesaro ai suoi tempi*, Pesaro, 1880.

CIPOLLA, C., *Storia delle Signorie Italiane dal 1313 al 1530*, Milano, 1881.

COGNASSO, F., *Società e costume. L'Italia nel Rinascimento*, Torino, 1965.

CROCE, B., *La Spagna nella vita italiana durante la Rinascenza*, Bari, 1922.

DELL'ORO, I., *Il segreto dei Borgia*, Milano, 1938.

DE ROO, P., *Material for a history of pope Alexander VI*, Bruges, 1924.

DUPRE'-THESEIDER, E., *Niccolò Machiavelli diplomatico. L'arte della diplo mazia nel '400*, Como, 1945.

ERCOLE, F., *Da Carlo VIII a Carlo V. La crisi della libertà italiana*, Firenze, 1932.

FELICIANGELI, B., *Il matrimonio di Lucrezia Borgia con Giovanni Sforza signore di Pesaro*, Torino, 1901.

FERRARA, O., *Il papa Borgia*, Milano, 1953.

FUSERO, C., *Cesare Borgia*, Milano, 1958; *I Borgia*, Milano, 1966.

GALLI, R., *Imola tra la Signoria e la Chiesa*, Bologna, 1927.

GALLIER, A., *César Borgia, duc de Valentinois, et documents inédits sur son séjour en France*, Paris, 1895.

GARNET, J.L., *Caesar Borgia. A study of the Renaissance*, London, 1912.

GASPERONI, G., *Saggio di studi storici sulla Romagna*, Imola, 1902.

GREGOROVIUS, F., *Geschichte der Stadt Rom im Mittelalter, vom V bis zum XVI Jahrhundert*, Stuttgart, 1886-96; *Lucrezia Borgia. Secondo documenti e carteggi del tempo*, Firenze, 1874.

LAMANSKY, Vl., *Secrets d'Etat de Venise*, St. Petersbourg, 1884.

LA TORRE, F., *Del conclave di Alessandro VI PP. Borgia*, Firenze, 1933.

LEONETTL, A., *Papa Alessandro VI, secondo documenti e carteggi del tempo*, Bologna, 1880.

LETI, G., *Vita di Cesare Borgia*, Milano, 1855.

LISINI, A., *Relazioni fra Cesare Borgia e la repubblica senese*, Siena, 1900.

LUZIO, A., *Isabella d'Este e Borgia. Con nuovi documenti*, Milano, 1916.

MARINELLI, L., *Caterina Sforza alla difesa dei suoi domini nella Romagna*, 《S.P. R.》 IV, 21 & 22, Bologna, 1932.

MEDIN, A., *Il Duca Valentino nella mente di Niccolò Machiavelli*, 《Rivista Europea》, Firenze, 1885.

MENOTTI, M., *I Borgia. Documenti inediti sulla famiglia e la corte di Alessandro VI*, Roma, 1917.

OLLIVIER, M., *Le pape Alexandre VI et les Borgia*, Paris, 1870.

ONIEVA, A., *César Borgia*, Madrid, 1945.

PASOLINI, P.D., *Caterina Sforza*, Roma, 1893; *Nuovi documenti su Caterina Sforza*, Bologna, 1897.

PASTOR, L. von, *Geschichte der Päpste seit dem Ausgang des Mittelalters*, Freiburg i. Br., 1901-30.

PEPE, G., *La politica dei Borgia*, Napoli, 1945.

PIERI, P., *Intorno alla polittica estera di Venezia al principio del '500*, Napoli, 1934; *Il Rinascimento e la crisi militare italiana*, Torino, 1952.

PORTIGLIOTTI, G., *Rinascimento. Porpora, pugnali, etère*, Milano, 1924; *I Borgia*, Milano, 1907.

RICOTTI, E., *Storia delle compagnie di ventura in Italia*, Torino, 1847.

RIDOLFI, R., *Vita di Niccolò Machiavelli*, Firenze, 1954.

RODRIGUEZ VILLA, A., *Crónica del Gran Capitano*, Madrid, 1908.

ROMANIN, S., *Storia documentata di Venezia*, Venezia, 1852.

SABATINI, R., *The Life of Cesare Borgia*, London, 1912.

SACERDOTE, G., *Cesare Borgia*, Milano, 1950.

SISMONDI, S. de, *Histoire des Republiques Italiennes du Moyen âge*, Paris, 1809-18.

SOLMI, E., *Leonardo*, Firenze, 1923.

SORANZO, G., *Studi intorno a papa Alessandro VI Borgia*, Milano, 1951.

TOMASI, T., *Vita del duca Valentino*, Montechiaro, 1655.

TRUC, G., *Rome et les Borgia*, Paris, 1929.

VILLARI, P., *Niccolò Machiavelli e i suoi tempi*, Milano, 1927; *La storia di Gerolamo Savonarola e dei suoi tempi*, Firenze, 1926.

WOODWARD, W.H., *Cesare Borgia*, London, 1913.

YRIARTE, C., *César Borgia*, Paris, 1889; *Autour des Borgia*, Paris, 1891.

插图来源一览

图片3　切萨雷·波吉亚的侧脸，保罗·乔维奥著作《伟人传》（1575年）中的插图，©Roma, Biblioteca Nazionale (su concessione del Ministero per I Beni e le Attivà Culturali)

图片4　右上　切萨雷·波吉亚的肖像，阿尔托贝洛·梅隆内绘，阿卡德米亚·卡拉拉美术馆（贝尔加莫/意大利）©Scala, Firenze。

左下　因诺琴佐·达·伊莫拉，博尔盖塞美术馆（罗马）©Archivio Fotografico Soprintendenza Beni Artistici e storici di Roma

右下　基督的复活与做弥撒的教皇亚历山大六世，平托里乔绘，梵蒂冈美术馆 ©Archivi Alinari, Firenze

图片5　左上　圣卡塔丽娜的提议，平托里乔绘，梵蒂冈美术馆 ©Archivi Alinari, Firenze

右上　同上

下　同上

p.010　综合精图研究所制作

p.021　圣卡塔丽娜的提议，平托里乔绘，梵蒂冈美术馆 ©Archivi

Alinari, Firenze

p.037　乌菲兹美术馆，乔瓦娜收藏（佛罗伦萨）©Archivi Alinari, Firenze

p.041　综合精图研究所制作

p.045　综合精图研究所制作

p.087　作者不详，温莎城堡王室收藏品（英国）©2001, Her Majesty Queen Elizabeth II

p.094　综合精图研究所制作

p.111　洛伦佐·克雷蒂绘，弗利市美术馆（弗利 / 意大利）©Foto Liverani di Liverani Monica, Forlì

p.123　罗马七大教会，安托万·拉弗雷利，罗马出版资料馆（Gabinetto delle Stampe di Roma）©Istituto Nazionale per I Beni e le Attività Culturali)

p.170　拉斐尔·桑西绘，乌菲兹美术馆 ©Scala，Firenze

p.177　赛迪·第·提托绘，维奇奥宫（佛罗伦萨）©Archivi Alinari, Firenze

p.184　自画像，皇家图书馆（都灵 / 意大利）©Archivi Alinari, Firenze

p.190　温莎城堡王室收藏品（英国）©2001, Her Majesty Queen Elizabeth II

p.283　博尔塞纳的弥撒，拉斐尔·桑西绘，梵蒂冈美术馆 ©Archivi Alinari, Firenze